高罗佩绣像本

大唐狄公探案全译

大唐狄公探案全译·高罗佩绣像本

黄禄善 / 主编

铜钟谜案

THE CHINESE BELL MURDERS

〔荷兰〕

高罗佩 / 著
By Robert Van Gulik

姜逸青　申霞 / 译

山西出版传媒集团　北岳文艺出版社
BEIYUE LITERATURE & ART PUBLISHING HOUSE

- 太原 -

图书在版编目（CIP）数据

铜钟谜案/（荷）高罗佩著；姜逸青，申霞译.—太原：
北岳文艺出版社，2018.1（2018.9重印）

（大唐狄公探案全译：高罗佩绣像本 / 黄禄善主编）

ISBN 978-7-5378-5488-7

Ⅰ.①铜… Ⅱ.①高… ②姜… ③申… Ⅲ.①侦探小
说—荷兰—现代 Ⅳ.① I563.45

中国版本图书馆 CIP 数据核字（2018）第 001803 号

书名：铜钟谜案　　　　策　划：续小强　　　　责任编辑：庞咏平
著者：〔荷〕高罗佩　　项目统筹：贾晋仁　　　　书籍设计：张永文
译者：姜逸青　申霞　　　　　　　　庞咏平　　　印装监制：巩璠

出版发行：山西出版传媒集团·北岳文艺出版社
地址：山西省太原市并州南路 57 号　邮编：030012
电话：0351-5628696（发行部）0351-5628688（总编室）　传真：0351-5628680
网址：http://www.bywy.com　　E-mail：bywycbs@163.com
经销商：新华书店　　承印者：山西人民印刷有限责任公司
开本：890mm×1240mm　1/32　　字数：196 千字
印张：9.125　版次：2018 年 1 月第 1 版　印次：2018 年 9 月山西第 2 次印刷
书号：ISBN 978-7-5378-5488-7
定价：33.80 元

　　《狄公案》是中国众多公案小说之一种，但是，随着高罗佩20世纪40年代对《武则天四大奇案》的译介以及之后"狄公探案小说系列"的成功出版，"狄公"这一形象不仅风靡西方世界，也使中国读者看到"中国古代犯罪小说中蕴含着大量可供发展为侦探小说和神秘故事的原始素材"，认识到"神探狄仁杰"，"虽未有指纹摄影以及其他新学之技，其访案之细、破案之神，却不亚于福尔摩斯也"。在西方对中国总体评价趋于负面的20世纪50年代，"狄公探案小说"不仅满足了普通西方读者了解古代中国社会生活的愿望，也在一定程度上让西方世界重新认识了传统中国，扭转了西方人眼中古代中国"落后""野蛮"的印象。从这个意义上来看，高罗佩对传播中国文化着实做出了很大的贡献，因此学界给予他很高的评价，将其与理雅各、伯希和、高本汉、李约瑟等知名学者并列为"华风西渐"的代表人士。

　　高罗佩是20世纪最为著名的汉学家之一，其语言天赋惊人，汉学造诣"在现代中国人之中亦属罕有"。高罗佩"狄公探案小说"的背景是久远的初唐社会，但讲述方式却是现代的，中国传统文化被润化在小说的情境中，服饰、器物、绘画、雕塑、建筑等中国元素以及其中所蕴含的中国文化，在不经意间缓缓流动着，构成一幅丰富多彩的中国图画，没有丝毫的隔膜感。小说创作的灵感来源于公案小说,但叙事却完全是西方推理小说的叙事。在整个案件的推演、勘察过程中,读者一直是不自觉地被带入情境中,抽丝剥茧,直到最终找出答案。这种互动式、体验式的交流方式,是高罗佩探案小说的成功之处,也是至今仍为广大读者喜爱的原因之一。

为了让读者能原汁原味地读到高罗佩"狄公探案小说",体味到高罗佩笔下的中国文化和社会,我社邀请著名西方通俗文学研究大家黄禄善教授组织翻译了这套"大唐狄公探案全译·高罗佩绣像本",以飨读者。

我社推出的"大唐狄公探案全译·高罗佩绣像本"以忠实原著为原则,译文更贴近于读者的阅读习惯,且完整保留了高罗佩探案小说创作的脉络,力图打造一套完整的"高罗佩探案小说"全译本。

"大唐狄公探案全译·高罗佩绣像本"共计十六册(包括十四部长篇,两部中篇,八部短篇),其中收入了高罗佩手绘的地图及小说插图一百八十余幅。书中的插图仿照的是16世纪版画的风格特点,特别是明代《列女传》中的形象。因此,插图中人物的服饰以及风俗习惯均反映的是明代特征,而非唐代。此外,小说中涉及大量唐代官职、古代地名等信息,虽经译者考证并谨慎给出译名,但仍有存疑之处,敬请方家指正。

愿我们的这些努力,能使这套"大唐狄公探案全译·高罗佩绣像本"成为喜爱高罗佩的读者们所追寻的珍藏版本。

北岳文艺出版社
2018年1月

一

　　20世纪与21世纪之交，西方通俗文学界一个令人瞩目的现象是历史侦探小说（historical detective fiction）的崛起。当时西方的许多主流媒体，如《纽约时报》《华尔街日报》《泰晤士报》《卫报》等等，连篇累牍地报道这类小说获奖的信息，有关小说的介绍、评论汗牛充栋。这些获奖作品的背景多半设置在一个历史久远的年代，中心情节是破解一个与谋杀有关的谜案，作者大都为历史学、考古学的专业人士，爱好文学创作。譬如保罗·多尔蒂（Paul Doherty，1946—），当代英国著名历史学家，20世纪80年代末开始历史侦探小说创作，迄今已出版了八十多部以古希腊、古罗马、古埃及和中世纪英格兰为背景的侦探小说，其中《叛逆的幽灵》（*The Treason of the Ghosts*）被《泰晤士报》列为2000年最佳犯罪小说。又如琳达·罗宾逊（Lynda Robinson，1951—），毕业于得克萨斯大学考古专业，擅长中东史和美国史研究，后在丈夫的鼓励下进行历史侦探小说创作，处女作《死神谋杀案》（*Murder in the Place of Anubis*，1994）一问世即荣登"纽约时报畅销书排行榜"，接下来的十多本小说也一版再版，畅销不衰。再如加里·科比（Gary Corby, 1963—），澳大利亚历史侦探小说创作新秀，尽管作品数量不算太多，但已是2008年"柯南·道尔奖"得主，2010年问世的《伯里克利政体》（*The Pericles Commission*）又获"内德·凯利奖"（Ned Kelly Award）。凡此种种，正如《出版人周刊》2010年一篇评论所指出的："过去的十年目睹了历史侦探小说的数量和质量的爆炸。以前从未有过如此多的天才作家出版如此多的历史侦探小说，作品涵盖的历史年代和案发地点也从未如此宽泛。"[1]

不过，西方历史侦探小说的诞生并非从这个世纪之交开始。早在1911年，在美国作家梅尔维尔·波斯特（Melville Post, 1869—1930）的短篇小说《上帝的天使》（*The Angel of the Lord*），就出现过一个历史年代的业余侦探"阿布勒大叔"（Uncle Abner）；他生活在古老的弗吉尼亚边疆，是个牧场工人，和蔼、睿智的中年人，依靠圣经的道德标准和美国的法律精神破案。《上帝的天使》很快被扩充为拥有二十六个故事的侦探小说集《阿布勒大叔：破案高手》（*Uncle Abner, Master Mysteries*, 1918）。到了1943年，美国作家利莲·托雷（Lillian de la Torre, 1902—1993）又发表了以历史人物塞缪尔·约翰逊（Samuel Johnson）为侦探主角的短篇小说《英格兰国玺》（*The Great Seal of England*），她同样将该短篇小说扩充为有多个故事的侦探小说集《萨姆博士：约翰逊侦探》（*Dr. Sam: Johnson, Detector*, 1948）。在这之后，西方目睹了历史侦探小说的高速发展。一方面，英国作家阿加莎·克里斯蒂（Agatha Christie, 1890—1976）出版了古埃及背景的长

---

1 Lenny Picker. *Mysteries of History*, Publishers Weekly, March 3, 2010.

篇历史侦探小说《死亡终局》（*Death Comes as the End*, 1944）；另一方面，美国作家约翰·卡尔（John Carr, 1906—1977）又出版了拿破仑战争题材的长篇历史侦探小说《狱中新娘》（*The Bride of Newgate*, 1950）；与此同时，荷兰外交家、汉学家、收藏家、作家高罗佩（Robert van Gulik, 1910—1967）还推出了基于中国公案小说传统的系列历史侦探小说"狄公探案"（*Judge Dee series*）。这些单本的、系列的历史侦探小说的问世，为当代西方历史侦探小说的全面崛起做了有益的铺垫，尤其是"狄公探案"，采用长、中、短三种小说形式，数量多达十六卷，在东、西方均产生了持久的轰动效应，被认为是早期西方历史侦探小说的成功"范例"。[1]

　　"狄公探案"系列历史侦探小说始于1949年高罗佩的一本中国公案小说译作《狄公断案精粹》（*Celebrated Cases of Judge Dee*）。故事的侦探主角狄公（Judge Dee）在中国历史上实有其人。他名叫狄仁杰，生活在唐朝（618—907），一生为官，两次出任宰相，是所谓的青天大老爷。有关他廉洁自律、为民请命、秉公办案的故事很早就在民间流传。到了清朝末年，一位无名氏将这些民间故事整理成长篇公案小说《武则天四大奇案》（亦名《狄公案》或《狄梁公四大奇案》）。高罗佩在中国任外交官期间，对该书产生了浓厚的兴趣。他在进行了详细考据之后，将其中基本符合西方侦探小说传统的前三十回翻译成英文出版。之后，又亲自出马，尝试创作了以狄公为侦探主角的历史侦探小说《迷宫奇案》（*The Chinese Maze Murders*, 1952）。该历史侦探小说出版后，居然是本畅销书。从此，高罗佩一发不可收拾，先后接受芝加哥

1　Carl Rollyson. *Critical Survey of Mystery and Detective Fiction*, Revised Edition. Salem Press, INC, printed in USA, 2008, p.1783.

大学出版社及其他图书出版公司的稿约，继续创作了十五卷狄公案历史侦探小说。它们是：《铜钟谜案》（*The Chinese Bell Murders*, 1958）、《黄金谜案》（*The Chinese Gold Murder*, 1959）、《湖滨谜案》（*The Chinese Lake Murders*, 1960）、《铁针谜案》（*The Chinese Nail Murders*, 1961）、《红阁子奇案》（*The Red Pavilion*, 1964）、《朝云观奇案》（*The Haunted Monastery*, 1961）、《御珠奇案》（*The Emperor's Pearl*, 1963）、《漆画屏风奇案》（*The Lacquer Screen*, 1962）、《晨猴·暮虎》（*The Monkey and the Tiger*, 1965）、《柳园图奇案》（*The Willow Pattern*, 1965）、《广州谜案》（*Murder in Canton*, 1966）、《紫云寺奇案》（*The Phantom of the Temple*, 1966）、《太子棺奇案》（*Judge Dee at Work*, 1967）、《项链·葫芦》（*Necklace and Calabash*, 1967）、《黑狐奇案》（*Poets and Murder*, 1968）。这些"奇案""谜案"也全是畅销书，不断再版、重印，直至2014年，还有麦克法兰图书出版公司（McFarland）的新版本出现。

与此同时，"狄公探案"系列小说的影响又渐渐从美国、英国、加拿大、澳大利亚、新西兰延伸到法国、德国、西班牙、荷兰、瑞典、芬兰、日本和中国。1982年，甘肃人民出版社率先在中国推出了陈来元、胡明翻译的《四漆屏》（*The Lacquer Screen*）。紧接着，中原农民出版社、北方妇女儿童出版社、北岳文艺出版社、中国电影出版社、海南出版社、贵州大学出版社也各自推出了这样那样的狄公案全译本和节译本。各种各样的续集、改写本也不断涌现。"狄公探案"被多次搬上银幕，仅在中国大陆，就有电影《血溅画屏》（1986）、《恐怖夜》（1988）、《奇屏谜案》（2009），电视连续剧《狄仁杰断案传奇》（64集，1986）、《神探狄仁杰Ⅰ》（30集，2004）、《神探狄仁杰

Ⅱ》（40集，2006）、《神探狄仁杰Ⅲ》（48集，2008）、《神探狄仁杰Ⅳ》（50集，2013）。

二

　　作为早期西方历史侦探小说创作的一个成功范例，"狄公探案"小说系列展示了这一小说类型的诸多特征。首先，它是侦探小说，遵循侦探小说之父爱伦·坡（Allan Poe, 1809—1849）的"破案解谜六步曲"，亦即介绍侦探、展示犯罪线索、调查案情、公布调查结果、解释案情发生的原因和经过、罪犯的服输和认罪。其次，它又是历史小说，涵盖了历史小说之父沃尔特·司各特（Walter Scott, 1771—1832）所创立的大部分市场要素，如异国情调、哥特式气氛、英雄主义、骑士精神等等。而且，其作者本人，也像上面提到的许多当代历史侦探小说的作者一样，是个精通历史学、考古学的专业人士，只不过专业研究的对象，并非众人趋之若鹜的古希腊、古罗马或中世纪欧洲文明，而是当时并不被看好且有点冷僻的东方语言文化。

　　高罗佩，原名罗伯特·范·古利克，1910年8月9日生于荷兰聚特芬（Zutphen）。父亲是个医生，曾先后两次在荷属东印度（Netherland East Indies, 今印度尼西亚）服役。自小，高罗佩随父母侨居在殖民地，在当地学习汉语、爪哇语和马来语，由此对亚洲文化，尤其是中国文化产生了浓厚的兴趣。1923年，父亲退役后，高罗佩随全家回到荷兰，定居在奈梅亨（Nijmegen）。1929年，高罗佩从奈梅亨市立中学毕业，入读莱顿大学，主修东方殖民法律和（荷属东）印度学，以及中日语言文学，后又到乌特勒支大学深造，学习现当代中国史以及藏文和梵文，并以论文《马头明王诸说源流考》（*Hayagriva, the Mantrayanic Aspect of Horse-cult in China and Japan*）获得东方语言学博士学位。高罗佩的语言才能和专业知识很快得到回报。1935年，他被荷兰外交部录用为助理翻译，并被派驻东京，任荷兰驻日公使馆二等秘书。1941年，太平洋战争爆发，荷兰成为日本的对立面，高罗佩与其他同盟国的外交人员一道被遣离日本。1943年3月，他从印度加尔各答来到中国重庆，与那里的荷兰使馆人员会合，出任荷兰政府驻重庆大使馆一等秘书。其间，他结识了同在大使馆秘书处工作的中国名媛水世芳，两人结为伉俪，先后育有三子一女。战争结束后，高罗佩离开中国回到海牙，出任荷兰外交部政务司远东处处长，一年后又去了美国，任荷兰驻美使馆顾问。1948年，他被任命为荷兰驻日本东京军事代表处顾问，1951年又离开东京前往新德里，任荷兰驻印度大使馆文化参赞。1953年，他再次被召回，任外交部中东暨非洲事务司司长。1956年至1959年，高罗佩担任荷兰驻黎巴嫩全权代表，1959年至1962年又担任荷兰驻马来西亚大使。1965年，他作为驻日大使第三次被派驻东京。任上，他被诊断出患了肺癌，不得不返国治病。1967年9月24日，他在海牙辞世，享年五十七岁。

高罗佩一生以外交官为职业，辗转海牙、东京、重庆、南京、华盛顿、新德里、贝鲁特、吉隆坡等地，工作异常繁忙。尽管如此，他还是不忘初衷，挤出时间从事自己所喜爱的东方语言文化研究。他的研究兴趣很广，琴棋书画、小说戏曲无所不包，而且成果颇丰，几乎每隔一至两年就出版一本书。1941年由日本上智大学出版的《琴道》（*The Lore of the Chinese Lute*）是西方第一本系统介绍中国古琴的专著。在书中，高罗佩基于大量中国古代文献，对中国古琴的起源和特征、琴人的心境和原则、琴曲的意义和内涵、演奏的象征和意象，做了详尽的论述。而1944年在重庆出版的《明末义僧东皋禅师集刊》（*Collected Writings of the Ch'an Master Tung-kao, a Loyal Monk of the End of the Ming Period*），则是一部填补中国佛学史空白的开山之作。该书成书时间长达七年，期间高罗佩遍访中日名刹古寺、博物馆院，共觅得东皋禅师遗著和遗物三百余件。1958年，他耗时十余年完成的《书画鉴赏汇编》（*Chinese Pictorial Art as Viewed by the Connoisseur*）又在罗马远东研究社出版。全书内容分两部分，前一部分泛论中日屋宇的式样、书画的悬挂方法以及装裱技术的衍变，后一部分讲述毛笔的构造、墨的制作、纸绢的特质、书画真赝的鉴别，堪称一部东方艺术鉴赏大全。

不过，高罗佩的最大学术成就当属中国古代性文化研究。1949年，因日文版《迷宫奇案》的一幅封面裸体插图，高罗佩开始对中国古代性文化产生兴趣。他广集史料，探幽索隐，费尽周折收集历朝历代春宫画册，又参阅了一系列的明末情色禁书，终于辑成了中国古代性文化的拓荒之作《秘戏图考》（*Erotic Colour Prints of the Ming Period*, 1951）。该书共分三卷。卷一《秘戏图考》是正文，用英语写成，分"上""中""下"三篇，讨论了自公元前226年至公元1664年中国历代王朝与性有关的历史文献、春宫画简史以及他所收藏的《花营锦阵》对题跋文字的注释和翻译，并附有"中国性术语"和"索引"。卷二《秘书十种》系中文卷，收录了卷一所引用的重要中文参考文献，包括《洞玄子》《房内记》《房中补益》《天地阴阳交欢大乐赋》《某氏家训》《纯阳演正孚佑帝君既济真经》《紫金光耀大仙修真演义》《素女妙论》以及《风流绝畅图》题词和《花营锦阵》题词。卷后有附录，分乾（旧籍选录）和坤（说部撮抄）两部分，所录各项均为极其珍贵的中国古代性文化研究资料。卷三《花营锦阵》影印了他所收藏的《花营锦阵》的所有春宫画，外加所题艳词。在这之后，高罗佩继续中国古代性文化研究，且时有新的发现，适逢荷兰图书出版商建议他撰写一部面向更多西方读者的中国古代性文化著作，于是便有了洋洋数十万言的《中国古代房内考》（*Sexual Life in Ancient China*, 1961）的问世。相比《秘戏图考》，该书的社会文化史研究气息更浓，且内容上有增补，还更新了许多旧的译文，添加了许多新的引文；观点上有修正，尤其是强调爱情的高尚意义，反对过分突出纯肉欲之爱。直至今日，该书仍是东西方性学家了解中国古代性文化的重要参考文献。

三

正是以上历史学、考古学方面的惊人成就，让高罗佩发现了《武则天四大奇案》等中国公案小说的价值，并选择性地翻译、出版了《狄公断案精粹》。在该书的"译者前言"，高罗佩指出，多年来西方读者所理解的中国侦探小说，无论是厄尔·比格斯（Earl Biggers, 1884—1933）的"查理·张"系列小说（*Charlie Chang series*），还是萨克斯·罗默（Sax Rohmer, 1883—1959）的"傅满洲系列小说"（*Fu Manchu series*），其实都是"误判"。真正的中国侦探小说是《武则天四大奇案》之类的中国公案小说。这类小说早在1600年就已经存在，时间要比爱伦·坡"发明"侦探小说的年代，或者柯南·道尔（Conan Doyle, 1859—1930）"打造"福尔摩斯的年代，早出几个世纪。而且这类小说多有特色，主题之丰富，情节之复杂，结构之缜密，即便是按照西方的标准，也毫不逊色。然而，由于一些文化传统的原因，迄今这类小说不为广大西方读者所知。他呼吁西方侦探小说作家应该关注这一被遗忘的角落，积极改写或创作以中国古代清官断案为主要内容的侦探小说。[1]鉴于和者甚寡，1950年，他亲自操刀，尝试创作了以狄公为侦探主角的《迷宫奇案》，以后又费时十七年，将其扩展为一个有着十六卷之多的狄公探案系列。

而且，也正是以上历史学、考古学的惊人成就，让高罗佩在创作这十六卷狄公案时有意无意地融入了较多的中国古代文化元素。"漆画屏风""柳园图""朝云观""紫云寺""红阁子"，这些书名关键词本身就是一幅幅色彩斑斓的风俗画，给西方读者以丰富的中国古代文明想象；而小说中的许多故事场景，如"迷宫""花亭""半月街""桂园""乐苑""黑狐祠""白娘娘庙""罗县令府邸"，也无疑是一道道风味独特的精神大餐，令西方读者一窥东方建筑。此外，还有许多与案情有关的主题物件，如竖琴、棋谱、毛笔、画轴、香炉、算盘、绢帕，也不啻一件件极其珍稀的古文物展示，勾起了西方读者对中国传统文化的无限向往。

当然最值得一提的是，"狄公探案"蕴含的道家思想和诗化手段。在《迷宫奇案》，故事刚一开始，高罗佩就描绘了一个仙风道骨的太原府狄公后裔。他头戴黑纱高帽，身穿宽袖长袍，胸前白髯飘拂，举止谈吐不凡。正是他，讲述了狄公当年在兰坊县任上所破解的三桩命案。之后，故事套故事，小说中又出现了一个鹤发童颜、双唇丹红、目光敏锐

---

1 *Celebrated Cases of Judge Dee: An Authentic Eighteenth-Century Chinese Detective Novel*, Translated and With an Introduction and with Notes by Robert van Gulik, Dover Publications, Inc, New York, 1976, pp. i-v.

的道家隐士，他于狄公断案百思不得其解之际指点迷津。由此，狄公锁定了余氏财产争夺案的真正凶犯。同样高贵、脱俗、飘逸的道家隐士还有《项链·葫芦》中的葫芦老道。同传说中的道家神仙张果老一样，他骑着一头长耳老驴，鞍座后面用红缨带拴着一个大葫芦。小说伊始，在松树林，他不期而至，给不慎迷失方向的狄公指路。接下来，还是在松树林，他协助狄公击退了凶狠歹徒的袭击，让狄公得以完成公主的重托。末了，依旧在松树林，他再遇狄公，自报真名，细述身世，并赠予其大葫芦，然后语重心长地留下嘱咐："大人，现在您最好把我忘了，免得将来还会想起我。虽说对于未知者，我只是一面铜镜，会让他们撞头；但对于知情者，我是一个过道，进出之后便了事。"[1]

显然，高罗佩在暗示读者，狄公之所以能屡破奇案，是因为有"高人"相助，而这"高人"并非别的，乃是他所信奉的"清静无为""顺应天道""逍遥齐物"的老庄哲学。事实上，现实生活中的高罗佩也是一个老庄哲学推崇者。在《琴道》的"后序"，高罗佩曾经谈到自己的抚琴体会，认为其秘诀在于遵循老子说的"去彼取此，蝉蜕尘埃之中，优游忽荒之表，亦取其适而已"[2]。接下来的正文，他进一步明确指出："我认为道家思想对琴道衍变有决定性的优势，或者说，虽然琴道的产生及基本观念源于儒家，但内涵却是典型的道家。"[3]此外，在《中国古代房内考》中高罗佩也有类似的说法："道家从自己与自然的原始力量和谐共处的信念中得出合理结论，并固定下来，称之为道。他们认为人

---

1 Robert van Gulik. *Necklace and calabash*. University of Chicago Press, Chicago, 1992, p. 92.

2 Robert van Gulik.*The Lore of the Chinese Lute: An Essay in the Ideology of the Ch'in*.Sophia University, Tokyo, 1941, pp. xiii.

3 Ibid, p. 49.

类的大部分活动，都是人为的，只起到疏远人和自然的作用，由此产生非自然的、人工的人类社会，以及家庭、国家、各种礼仪、专横的善恶区分。他们提倡回复到原始质朴，回复到一个长寿、幸福、没有善恶的黄金时代。"[1]

如果说，在狄公案中，道家思想是高罗佩欲以推崇的精神食粮和破案利器，那么效仿唐代传奇小说和明清章回小说，对小说故事情节做诗化处理，便是他编织案情的重要手段。这种诗化手段，在狄公案前期问世的一些卷册，如《迷宫奇案》《铜钟谜案》《黄金谜案》《湖滨谜案》，主要表现在每章有两句对仗工整的诗歌标题，以及正文起首插有几句韵味十足的题诗。前者起着点明全章主要内容的作用，而后者往往也从作者的视角，感叹世事人生、因果报应，同时赞誉清官替天行道、为民申冤，与正文叙述有着某种唱和的效应。如《黄金谜案》第三章诗歌标题"入县衙主簿慌张，闯后园狄公受惊"[2]，概括了该章主要描写狄公一行四人进了蓬莱县衙，并着手调查前任县令遇害案；而《湖滨谜案》题诗"神笔录尽人间事，万物皆有源与头；无奈凡夫灵犀欠，不谙其意枉自愁。公堂端坐父母官，生杀之权大如天；倘若心少浩然气，草菅人命臭人间"[3]，也以极其简练的语言，歌咏了天下之大，无奇不有，法网恢恢，疏而不漏，为民父母，除害雪冤，从而有效地呼应、烘托了

1　Robert van Gulik. *Sexual Life in Ancient China: A Preliminary Survey of Chinese Sex and Society from Ca. 1500 B. C. till 1644 A.* D.Leiden, E. J. Brill, 1974, pp. 42-43.

2　Robert van Gulik.*The Chinese Gold Murders: A Judge Dee Detective Story*. Perennial, An Imprint of Harper Collins Publishers, New York, 2004, p. 20.

3　Robert van Gulik. *The Chinese Maze Murders: a Chinese detective story suggested by three original ancient Chinese plots*. The University of Chicago Press, Chicago, 1997, p. 1.

小说主题。狄公案后期问世的一些卷册，如《漆画屏风奇案》《御珠奇案》《紫云寺奇案》《黑狐奇案》，尽管考虑到西方读者的持续接受程度，不再有如此诗化形式，但仍出现了相当数量的对仗工整、韵味十足的诗歌。这些诗歌多半与案情相互交织，成为案情侦破的关键。以《漆画屏风奇案》为例，在正文第十一章，狄公偕竹香去地下的妓院暗访，看见床壁上贴有一首七言绝句，并从前后两句的字迹，推测是年轻画家冷德和滕夫人银莲合写，也据此断定此前滕知县所说"生死伉俪"完全是编造的。一个由婚姻不幸导致妻子出轨、继而被杀的复杂命案终于大白于天下。

四

然而，高罗佩并非不分良莠、一味地融入中国古代文化元素。也还是在他的《狄公断案精粹》的"译者前言"，高罗佩总结了《武则天四大奇案》等中国古代公案小说的五大"弊端"。首先，小说伊始即介绍罪犯，细述犯罪的经过和动机，从而丧失了故事基本悬念。其次，崇尚神鬼等超自然力量，法官能潜入冥王地府与受害者对话，动物、炊具也能上法庭做证。再有，故事冗长，情节拖沓，动辄数十章，甚至数百章。再有，出场人物过多，难以分清主次、理清线索。最后，惩罚罪犯过分，残忍地诉诸暴力。[1]

1　*Celebrated Cases of Judge Dee: An Authentic Eighteenth-Century Chinese Detective Novel*, Translated and With an Introduction and with Notes by Robert van Gulik, Dover Publications, Inc, New York, 1976, pp. ii-iv.

以上"弊端"，高罗佩在创作狄公案时已经剔除。整个谋篇布局，仍沿用西方古典式侦探小说的创作模式，并突出运用了许多行之有效的创作技巧。譬如阿加莎·克里斯蒂式的"高度悬疑"，几乎每卷都有这样的设置。典型的有《紫云寺奇案》，故事一开始，读者就被置于紧张的悬疑之中而不能自拔。漆黑的寺庙外，隐约现出一块溅洒鲜血的石头；一对男女鬼鬼祟祟，借着微弱的灯笼光线朝井边拖拽尸体。他们是谁？为何要弃尸古井？被害者又是谁？但未等读者找出答案，新的悬疑接踵而至。从古董店买来贺寿的紫檀木盒，莫名其妙地留有求救纸片。一夜之间，国库五十锭金变成一堆铅条。而原本是两个无赖之间的争斗命案，凶手却要费事地剁下受害者的头颅？并且，狄公的得力助手两次险遭杀害，衙役们已是一死一重伤。直至最后，罪犯——被擒获，狄公细述案情，所有谜团解开，读者才恍然大悟。原来百年寺庙早已成了藏污纳垢之地。而《朝云观奇案》的悬疑设置更有特色，整个故事情节集中在一个密闭时空，命案迭起，案中有案。狂风暴雨夜，狄公一行人前往百年道观借宿。倏忽间，对面塔楼现出一男与一残臂裸女相搂的身影。此前，已有三个年轻女子在那里蹊跷身亡。紧接着，戏班子又有伶人"假戏真做"，险些酿成大祸。狄公循迹调查，又遭人暗算。更不可思议的是，众目睽睽之下，前任住持玉镜讲道时突然"仙逝"。之后，现任住持真智又坠楼暴毙。种种蛛丝马迹，指向道观一个辞官修道的孙太傅。然而他为何要谋害数条人命？又能否逃脱法律制裁？如此悬疑，一直持续到小说结束。

又如柯南·道尔式的"科学探案"，这一技巧的运用集中体现在小说主要人物形象的提升和重塑。在高罗佩的笔下，狄公已经不单是那个为政清廉、刚正不阿、体恤民生，只凭聪明才智断案的青天大老爷，而是融博学、勤政、亲民于一身，依靠仔细调查和缜密推理破案的"科学"神探。他手下的几个随从，马荣、乔泰、陶干和洪亮，也一改"四肢发达、头脑简单"的性格描写窠臼，变成有血有肉、智勇兼备的破案搭档。作为一方父母官，狄公不但熟悉辖区具体政务，还擅长同各种各样的人打交道，了解他们的喜怒哀乐和实际需求。尤其是，他深谙犯罪心理学，勤于现场勘查，善于从蛛丝马迹中寻找破案线索，并层层剥茧抽丝，缜密推理。在《漆画屏风奇案》第五章，高罗佩以十分细腻的笔触，描述了狄公如何在沼泽地查看一具女尸的情景：

> 狄公重新掀开裹盖女尸的袍服。除了那袍服外，女尸一丝不挂，一把短剑从左侧乳房直插胸部，露出剑柄。剑柄周围有一摊干涸的血。他继而细看那剑柄，发现质地为白银，上面镂刻了美丽的花纹，不过年代已久，呈现出黑色。他断定，这把短剑是一件稀世古董，只因那个乞丐不识货，在盗窃耳环和手镯的时候，没有将它拔出带走。他摸了摸那只乳房，表面冷而黏湿，接着又抬起她的一只胳膊，觉得还有弹性。看来，这个女人被害的时间不过几个时辰。他想着，这安详的神态，简便的发型，裸露的胴体，赤裸的双脚，都说明她是在床上熟睡时被害的。[1]

这段描写，与柯南·道尔在《巴斯克维尔的猎犬》中描述福尔摩斯现场勘察爵士死因简直有异曲同工之妙。不过，高罗佩没有无限拔高狄公，

1　Robert van Gulik. *The Lacquer Screen: a Chinese Detective Story*. The University of Chicago Press, Chicago, 1992, p. 52.

而是描写他有时也会被假象蒙蔽而犯错，也会因怀疑自己判断有误而心虚。此外，他还有七情六欲，不但娶有三房夫人，还看见美丽、善良的女人就动心。《铁针谜案》中暗恋郭夫人便是一例。小说描写了狄公邂逅这位容貌端庄、知书达理的仵作妻子后的种种爱慕心理。当获知她同样以铁针杀害了自己无恶不作的前夫后，狄公陷入了矛盾，欲绳之以法又心中不忍。郭夫人跳崖自尽后，狄公一夜未眠，"他感到非常疲惫，想过平静的退隐生活。但随之他明白，自己不能这样做。退隐意味着不想担当任何责任，而他却有太多的责任"[1]。这也令人想起英国侦探小说大师埃·克·本特利（E. C. Bentley, 1875—1956）在《特伦特绝案》中所描写的那个"已食人间烟火"的大侦探特伦特，他在推断门德尔松夫人杀害自己丈夫之后，选择了悄悄离去，因为门德尔松敛财堕落，消除他等于消除了罪恶。

再如约翰·卡尔的"密室谋杀"。所谓密室谋杀，是指罪犯在一个完全封闭、看似无法出入的空间环境内所实施的谋杀，往往产生一种独特的惊悚、神秘的效果。高罗佩似乎谙于这一技巧，在大部分卷册都有展示。《红阁子奇案》中的举人李琏和花魁娘子秋月先后"自杀"，显然是一种密室谋杀，因为两人均死在卧室，房门紧锁；而《朝云观奇案》中的前任住持玉镜"讲道时突然仙逝"，也是与密室谋杀不无联系，因为众目睽睽之下，凶手没有任何作案机会。最令人玩味的是《迷宫奇案》中的丁将军被杀案。高罗佩先是在第八章，透过狄公的视角，描述了十分密闭的案发现场：

1　Robert van Gulik. *The Chinese Nail Murders*. The University of Chicago Press, Chicago &London, 1977, p. 200.

狄公迈步跨过书斋门槛，举目环视。书房很大，呈八边形，墙上高处有四扇小窗，窗纸莹白，阳光透过窗纸，漫入室内甚是柔和。窗户上方，有两个小孔，供通风之用，均有栅板相隔。除了窄门，书斋墙上再别无其他开启之处。

书斋中央正对门放着一张乌木雕花大书案，只见一人身穿墨绿锦缎便袍软软地伏于书案之上。此人头枕弯曲左臂，右手伸于书案之上，手中握有一红漆竹制狼毫，一顶黑色丝帽掉落于地，灰白长发暴露无遗。[1]

接着，他又借陶干和丁秀才之口，说明了凶手不可能自由进入案发现场的缘由。一是房门乃进入书斋的唯一通道，墙壁、书架上的窗户和挡有栅板的通气孔洞以及窄门，均未见暗道机关；二是丁将军先亲自开锁进入书斋，丁秀才跟着进入下跪请安，其时管家就站在丁秀才身后，直至丁秀才起身，丁将军才将房门合上，而平时书斋房门总是紧锁，唯一的钥匙也由丁将军随身携带。但就是这样一个看似无法破解的密室谋杀案，狄公通过仔细调查和严密推理得出了答案。原来杀死丁将军的是他手上执握的那管珍贵的狼毫。之前凶手将狼毫作为寿礼送给了丁将军，但狼毫内藏有浸透毒液的飞刀，上有弹簧，用松香封住。丁将军初次写字时，自然要烧掉狼毫笔端的毛刺，于是松香受热，弹簧启动，飞刀弹出结果了他的性命。

此外，还有盖尔·威廉（Gale Wilhelm, 1908—1991）的"女同性恋描写"，也对高罗佩的狄公案创作产生了较大的影响。尽管小说没有出

---

[1] Robert van Gulik.*The Chinese Maze Murders: a Chinese detective story suggested by three original ancient Chinese plots*.The University of Chicago Press, Chicago, 1997, pp.88-89.

现任何女同性恋侦探，但出现了相关人物和细节描写，而且这些描写往往与案情的发展有关，甚至成为案情侦破的关键。仍以《迷宫奇案》为例。在该书的第二十四章，高罗佩几乎用了整整一章的篇幅来描绘女同性恋李夫人的外貌以及看见黛兰时的异样神态：

　　黛兰看那李夫人，面相周正，但五官略嫌粗大，双眉稍浓……黛兰燃旺灶内余火……顷刻厨房香味扑鼻……然而李夫人只吃了半碗便放下碗筷，将手置于黛兰膝头……角落里有两只水缸，一冷一热……黛兰提起热水缸盖……快速褪去衣裤，舀了几桶热水倒在盆内。待其舀取冷水时，猛地听得身后有异动，旋即转过身去……李夫人边说，边盯着黛兰。黛兰顿时觉得十分惧怕，忙俯身捡取衣裤。李夫人走上前来，霍地从黛兰手中夺走下衣，厉声问道："你怎么又不沐浴了？"黛兰惊得忙赔不是。李夫人猛地将黛兰拽到身边，轻声说道："姑娘何须假正经！你这身段甚是漂亮！"

　　当然，像盖尔·威廉的《我们也在漂浮》（*We Too Are Drifting*, 1934）一样，高罗佩如此不厌其烦地细述女同性恋性爱的目的是给接下来的情节高潮做铺垫。果真，李夫人求爱不成，便凶相毕露，并丧心病狂地用白玉兰之死来威胁黛兰。只见她将布帘一拉，梳妆台现出白玉兰的血淋淋头颅。正当李夫人的尖刀刺向黛兰之际，窗外跃入了彪形大汉马荣，眨眼工夫他便打落了尖刀，又将李夫人的双手绑定。至此，白玉兰失踪案告破。

　　立足西方古典式侦探小说创作模式，选择性融入中国古代文化元素，一切以故事情节生动为准则，高罗佩的十六卷"狄公案"就是这样成为早期西方历史侦探小说的成功范例，同时也赢得世界千千万万读者的青睐。

黄禄善

2017年10月26日

黄禄善，上海大学外国语学院教授，上海作家协会会员、上海翻译家协会理事，英国皇家特许语言家学会中国分会副会长。译有《美国的悲剧》等十部英美长篇小说，主编过八套大中小外国文学丛书，其中由长江文艺出版社、花城出版社出版的"世界文学名著典藏"（精装豪华本）近二百卷。

高罗佩·大唐狄公探案年表

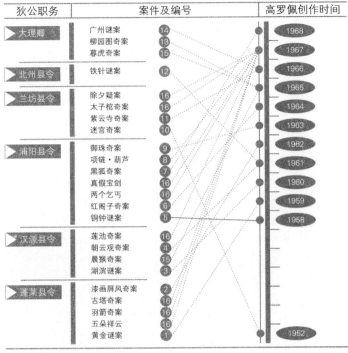

狄公职务	案件及编号	高罗佩创作时间
大理卿	广州谜案 14 柳园图奇案 13 暮虎奇案 15	1968 1967
北州县令	铁针谜案 12	1966 1965
兰坊县令	除夕疑案 16 太子棺奇案 16 紫云寺奇案 11 迷宫奇案 10	1964 1963
浦阳县令	御珠奇案 9 项链·葫芦 8 黑狐奇案 7 真假宝剑 16 两个乞丐 16 红阁子奇案 6 铜钟谜案 5	1962 1961 1960 1959 1958
汉源县令	莲池奇案 16 朝云观奇案 4 晨猴奇案 15 湖滨谜案 3	
蓬莱县令	漆画屏风奇案 2 古塔奇案 16 羽箭奇案 16 五朵祥云 16 黄金谜案 1	1952

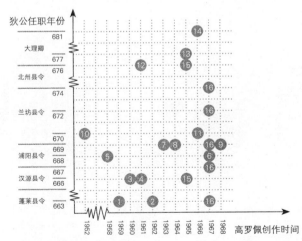

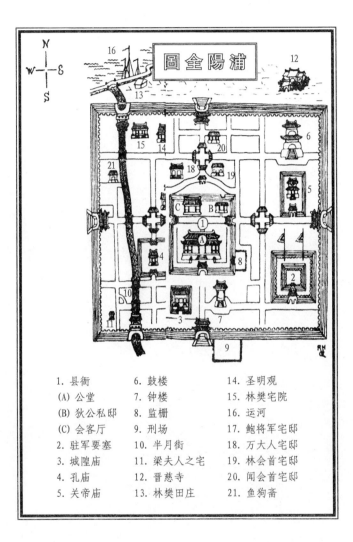

1. 县衙	6. 鼓楼	14. 圣明观
(A) 公堂	7. 钟楼	15. 林樊宅院
(B) 狄公私邸	8. 监栅	16. 运河
(C) 会客厅	9. 刑场	17. 鲍将军宅邸
2. 驻军要塞	10. 半月街	18. 万大人宅邸
3. 城隍庙	11. 梁夫人之宅	19. 林会首宅邸
4. 孔庙	12. 晋慈寺	20. 闻会首宅邸
5. 关帝庙	13. 林樊田庄	21. 鱼狗斋

新任浦阳县令	狄仁杰
狄公忠实的幕僚，人称"洪参军""参军"	洪　亮
狄公的随从，官职县尉	马　荣
狄公的随从，官职县尉	乔　泰
狄公的随从，官职县尉	陶　干
屠夫，即肖屠夫	肖富含
肖富含的女儿，奸杀案的受害者	肖洁玉
裁缝，住在肖屠夫家对面	龙裁缝
书生	王贤东
王贤东的朋友	杨　蒲
案发地的里正	高里正
流浪汉	黄　三
晋慈寺的住持	灵善法师
晋慈寺的前任住持	明空法师
致仕的将军	鲍将军
致仕的刺史	万大人
金匠行会的会首	林会首
木匠行会的会首	闻会首
娘家姓欧阳，广东富商的遗孀	梁夫人
梁夫人的儿子，遭土匪劫杀	梁　洪
梁夫人的孙子	梁寇发
广东富商	林　樊

书中主要人物

铜钟谜案

书中主要人物

铜钟谜案

目录

铜钟谜案

一

▼

述奇遇乡绅陈楔子
赴任所县令问疑情

诗曰：

　为官须如人父母，爱抚老弱敬忠贞；
　作奸犯科皆严惩，防微杜渐乃本根。

　　光阴荏苒，离开先父留下的生意兴隆的茶叶铺子已有六年了，在下一直于东城门外的乡间别墅中安闲度日。由此，终得一缘，我觅着了打发时日的最佳娱乐，一心一意搜寻有关犯罪及断案的文献。

　　时值大明圣朝，真个儿是太平盛世，国泰民安；上下井然有序，作奸犯科之事罕见。不多时，我便发现唯有追溯以往，方可觅得那些神秘离奇的罪案及其各地父母官机敏裁断的记载。春去秋来，我业已收罗了不少知名案例以及相关的文物文献，有凶残歹徒用过的凶器、古时宵小之徒夜盗的器具，以及其他许多与罪案记录相关的古物，几年来醉心于此，每每令我痴似癫。

所有藏品中，有一物件乃我最爱，那便是数百年前断案如神之狄仁杰——人称"狄公"——所使过的惊堂木。此物系一长方形黑木，上镌在下于此书开篇所引诸句。可以想见，此物乃狄公升堂问案时所用，乃时时警醒其肩担正义、不负社稷民生之意。

可目下，我只能凭借记忆写出上文，因为此物已非在下所有。今夏之时，亦即两月前一次令人魂飞魄散的经历，令我彻底放弃了对罪案的研究，故而我也转让了那些个藏品。每一念及那些物件都和令人发指的罪案相关，在下便不寒而栗。好在现今我已改弦更张，热衷于青瓷收藏。我生性平和，这等雅好也颇合我意。

只是在我能真正心安理得悠闲度日之先，还须再做一件事。那可怕的往事无法轻易忘却，仍叫我夜不成寐，故须先奋力甩脱困扰我已久的诸般记忆。我自忖，若要从此间解脱，不再为噩梦所扰，须得揭此秘密，把那无可名状的神秘经历原原本本和盘托出。唯如此，方可一劳永逸，脱离苦海，不再面对令我战栗惊悚、近乎发狂的恐怖经历。诸位看官，且听我慢慢道来。

那一日清晨，天气晴朗，正所谓秋高气爽时节，我坐在自家精致的花园内，看着两位爱妻以修长玉指抚弄摆放菊花。唯有在如此宁静的氛围里，我方敢回忆起那一日所发生的可怕之事。

那是八月初九，这日子我将永世铭记。中午时分，天气异常燥热，午后则愈见闷热。傍晚，我心下甚是不宁，烦闷不已，遂决定坐轿外出。轿夫躬身询问去处，我一时兴起，命他们抬我去刘掌柜的古玩铺。

这古玩铺有个傲人的名字，唤作"金龙"，位于孔庙对过。店主刘掌柜是个贪心的家伙，但他却是个精明的生意人，时不时能帮我觅到些与罪案断狱相关的有趣古物。在他收藏丰富的店铺里，在下常常乐不思蜀，倒也度过不少快乐的时光。

进店时，只有刘掌柜手下的小二在。他禀道，掌柜的身子不适，正在楼上屋子里歇着。我知道，那屋里放着不少稀世珍品。

在楼上我见到了刘掌柜，他正在那儿使性子，连称头痛，抱怨不已。为免屋外热浪侵袭，他已合上了格窗。半明半暗中，这间熟悉的屋子反而显得有些陌生，颇有几分凶险之相。我本想立马抽身而去，但念及屋外热浪滚滚，遂决意再待一阵，顺便也请刘掌柜再拿几件玩意儿瞧瞧。于是我在大扶手椅上坐定，一个劲地猛扇我的鹤翎羽扇。

刘掌柜咕哝道，他没啥特别的东西可以给我看。他漫无目的地向四周环顾片刻后，打角落里取出一座黑漆镜架放在我面前的书案上。

在他忙着擦拭镜架时，我发现那架上只是面普通的帽镜，亦即置于方盒顶的一架银镜。不过，唯有做官的方会使这种镜子，以束发正冠。从漆架上的裂痕看，似颇为古老，但对于经眼无数的行家而言，此物极为平常，几无任何价值。

不过，我忽然瞥见架上的一行镶银小字，忙近身念道："浦阳狄县令。"花了很大劲儿我才矜持如故，没露半毫狂喜之态。我知物主绝非旁人，乃鼎鼎大名的狄公狄仁杰。在下隐约记得，据史书所载，狄公在任小小的浦阳县令之际，曾不可思议地断了至少三件疑案。但很不幸，那些事迹之详情未能留得只字片语。因狄姓并不多见，故而我敢断定，此帽镜乃狄公之物。

顿时，所有疲倦烟消云散。我暗自庆幸刘某人懵懂无知，竟然辨认不出这无价之物曾属盛唐时代一位断案名臣所有。

我靠回椅背，装出毫不在意的模样，请刘掌柜去替我倒杯茶。他一下楼，我便随即跳起，打开帽镜，迫不及待地将帽镜检视一番。我随手抽出镜子下端那盒中的小屉，只见内中放着一顶可折叠的古代官帽。

我小心撑开这件破旧的丝织品，灰尘自接缝处掉落。除了些蛀洞之外，帽子还算完整。我颤抖着双手，虔诚地举起这顶官帽，这正是著名的狄大人在公堂问案时所戴的官帽！

也许唯有老天知道，是何等的奇思异想令我不自量力，拿起这珍贵古物扣到了自家的头上。我往镜中看了一眼，想知道我戴此帽是否得体。久经岁月侵蚀，此帽镜原本精致的外表已失去了光泽，只映出暗淡之影。可突然间，模糊之影成了个清晰之像，只见一张极为陌生憔悴的脸浮现于镜中，双目炯炯，逼视着我。

霎时间，雷鸣电闪，天旋地转，一切变得幽暗，我好似掉入一无底深渊，神思恍惚，脑中空荡，不知身处何时，更不知身在何地。

慢慢地，我发现自己正飘行于一大片愁云惨雾之间，云雾成了一个个人形。朦胧中，我发现一个恶棍正在摧残一赤裸的少女，但我却瞧不清那男子的脸。我欲上前相救，却怎的也动弹不得；想大声呼救，却无以发声。随后，我又被卷入其他一连串令人毛骨悚然的事件里，一会儿我是个无缚鸡之力的旁观者，一会儿又是个备受折磨的受害者。当我缓缓沉入一潭恶臭的死水之际，两位美人前来相救。隐约中，我只觉得她们与我那两个可爱的如夫人长得很像。我只想抓住她们伸给我的手，当此之际，一股强大的气流将我拽回，在泛着白沫的旋涡中不停打转。我处在旋涡中央，正慢慢为其吞噬。当我清醒时，发现自己被困在一个暗而狭小的空间里，有一股无形之力狠狠地踩压着我，虽死命挣脱，可手指所及尽是光滑冰凉的铁壁。将要窒息之际，此压力突然减弱，我贪婪地呼吸着新鲜的空气。可当我想移动时却惊恐地发现，自己的四肢业已被钉在地上。粗重的绳索套住我的手腕及脚踝，绳两端湮没于灰雾茫茫之中。只觉绳索渐渐收紧，剧烈的疼痛感遍及四肢，无名的恐惧令我魂飞魄散。自觉整个身子正被缓缓分开，遂开始痛苦地尖叫。随后，我醒了过来。

此刻我正躺在刘掌柜房间的地板上，冷汗淋漓，浑身尽湿。刘掌柜跪在我边上，惊声呼叫着我的名字，而狄公的帽子已从我头上滑落，静静躺在摔成碎片的镜子上。

在刘掌柜的搀扶下，我战战兢兢起身坐于扶手椅上。刘掌柜随即将一杯茶递到我嘴边。他告诉我，正逢他下楼取茶壶时，蓦地一声雷响，紧接着就下起了滂沱大雨。他冲上楼欲将窗户关紧，却发现我倒在地上。

我沉默不语，许久，只缓缓品尝着香茗。随后我便将那冗长的、有关本人忽然晕倒的传奇故事，一五一十地告诉了刘掌柜，接着便请他替我将轿子唤来。在倾盆大雨中，虽然轿夫以油布盖住轿子，可回家途中我还是被淋得浑身湿透。

我觉得精疲力竭，头痛欲裂，遂径直上床睡觉。我的大夫人甚是不安，唤来了一直替我家治病的郎中，他发现我的心智有些失常。

我一病不起，整整四十天之久。大夫人坚持，我之所以康复，完全归功于她热切的祷告，以及天天在药王菩萨前烧香礼拜的功德。而我却将此归功于二夫人、三夫人日日夜夜的精心侍奉，她们轮流守护床边，依良医之嘱按时定量喂我服药。

当我体力逐渐恢复，已能自个儿坐起时，郎中问及那日在刘掌柜古玩铺里的个中详情。我自然不愿再回忆那段怪诞离奇的经历，只推托道，那天只是忽然觉得头晕目眩而已。郎中奇怪地看了我一眼，倒也未再坚持让我从头至尾说上一遍。离开时，他随口说道，类似此般致命头痛发烧之症状，大多由邪气所致，尤其是与那横死案件有关之物更易引发，因那些物件四周邪气缠绕，极易危害与其过于接近之人之心智。

睿智明达的郎中离开后，我便唤来了管家，吩咐他将所有与罪案有关之藏品装入四个大箱，送与我那大夫人的叔父黄员外。虽然我大夫人不厌其烦地在我面前夸奖她叔父，可事实上，她的这个叔父始终是个叫人厌恶的吝啬鬼，常爱惹些官司上身。我给他写了封有礼有节的信，说在下对他精通大明律法万分钦佩，遂欲将我全部有关罪案之藏品送给他。我须得补充一点，自打那位叔父钻了法条的空子、骗去我一处价值不菲的地产后，我一直对其心存耿耿，真希望某日当他在研究我的藏品时，与那些骇人之

古玩铺里的奇遇（高罗佩　绘）

物咫尺之近，遭逢我在刘掌柜古玩铺内同样毛骨悚然的经历。

眼下，我打算将戴上狄公官帽那瞬间所经之事一一道来。至于因我这番非同寻常的经历而揭开的三桩古案是真是假，抑或仅为本人发烧时的胡诌，那就由看官您自个儿裁量吧，我不再打算从史料中寻觅真相。诚如前文所述，我已全然放弃了对罪案及断案史的研究，对那些不祥之物已失去兴趣，而对收藏精致的宋瓷却兴致盎然，乐此不疲。

就任浦阳县令的头天晚上，狄公坐于衙门公堂后的书斋内，专注地审阅着本地档案。桌案之上，一侧堆满账簿与文案，另一侧放着两支点燃的高台大烛，烛台以青铜制成。摇曳的烛光照在狄公那绿色的锦缎官袍及闪亮的乌纱官帽上，偶尔他会将一捋那浓密的黑色长髯，但眼睛始终未曾离开过眼前的大堆文案。

在对面那张较小的桌案旁，狄公的亲随洪亮正在整理、筛选文案卷宗。洪亮是个瘦小的老者，留着稀疏的白山羊胡须，着一身褪了色的褐色长袍，戴一顶小弁帽。他心下明白，目下已近子夜时分。他不时悄悄望一眼另一张桌案后的高大身影。他自己在中午小睡过片刻，可狄公一整日皆未曾歇息过。尽管洪亮知道狄公身子犹如铁打般壮实，但仍不免忧心忡忡。

洪亮原本为狄公父亲之侍从，一手将狄公带大，后跟随狄公到了京师，陪其完成学业，在狄公受命赴各地任职时，仍一直陪伴其左右。浦阳乃狄公任县令的第三个任所。过去那些日子里，洪亮始终是狄公最信任的朋友和幕僚，无论公事还是私事，狄公皆能毫无保留地与之商议，而洪亮也总能肝胆相向，献计献策。

为方便洪亮行事，狄公任命他为参军，委他协理县衙事宜，因此人人俱称其为"洪参军"。

望着眼前大堆的文案，洪亮不由想到狄公已忙碌了一整天。早上，狄公与其夫人、孩子、仆役及一帮随从抵达浦阳县城后，狄公便立即赶至县衙公堂，其余人等则赶往北面的宅邸去。到了宅邸，狄夫人在管家的襄助下监看行李解卸，开始布置新家。狄公没时间看他的宅邸，他须先从他的前任冯县令手里接过县衙大印。仪式结束后，他便召集衙内吏员，上至书吏、衙役班头，下至狱卒和衙役，俱一劝勉一番；中午又为即将离开此地的冯大人摆了一桌丰盛的酒宴，并依旧例，亲送冯大人及其随从出城门。回到县衙后，他还接待了前来迎贺的一干浦阳地方缙绅。

在书斋匆匆用完晚膳后，其随从按他的要求，忙着从文案馆内拖出一个个皮制文案箱。一个多时辰后，他让随从们去歇着，自己却丝毫未有将息之意。

最后，狄公终于推开眼前的账簿，往后靠在椅背上。他的双眉异常浓密。他瞧着洪亮笑道：

"我说洪亮，来杯热茶如何？"

洪亮赶紧起身从侧案上取过茶壶。趁洪亮倒茶之际，狄公言道：

"多亏上苍护佑此县。我由县志中得知，浦阳土地肥沃，从未遭逢水旱灾祸，农夫们生活自在富裕。大运河贯穿于县城南北，水上通行船只甚火，凭这些已令浦阳获益匪浅。官船及私船常泊于西城门外的良港之内，行旅商贾往来不断，此间大商号生意兴隆。运河及其支流中盛产鱼类，可供百姓们谋生；还有一支庞大的军队驻扎在此，常有卫士光顾那些小餐馆和小店铺。此处百姓生活还算富庶，他们也心满意足，且能依律按时缴税。

"我还得说，前任县令冯大人是个极其热心且能干之士，他留心记录最新资料，所有记录皆井然有序。"

此时洪亮面露喜色道："大人，这可真叫人高兴。此处可不像您前一任所汉源，那才真是个鬼地方，那阵儿我还常常私下里担心您的健康呢！"

他捋了捋那一小撮山羊胡，接着道：

"我查阅了公堂的文案，发现这里的犯罪作恶行为鲜见，而那些业已发生的案件亦已得到及时处理。此间唯有一个案子尚待解决。那是一起普通的奸杀案，冯大人花了几天的时间断审这案子。大人如若明日细读有关的文案，便会发现仅有些零散的细节尚待解疑。"

狄公扬了扬眉毛。

"洪亮，有时那些细节往往会造成很大的问题，甚或成为破案的关键！请你将那起案子说与我听！"

洪亮耸了耸肩道：

"这是起很简单的案子，屠夫肖富含的女儿在其闺房被奸杀。原来，她有一名相好，叫王贤东，是个落魄的书生。肖富含递了一纸诉状告那王贤东。冯大人审问证人、验明证据后，都指明王贤东即为凶手。但王贤东自己却死活不肯招供。冯大人只能动用酷刑，可王贤东尚未招供便昏死过去了。由于冯大人即将离任，故而他也只能到此为止。

"既然已找到了凶手，也有足够证据证明他有罪，这案子便这样了结了。"

狄公沉默了片刻，若有所思地捋着胡子道："洪亮，我想了解整个案情。"

洪亮一脸担心，迟疑了一阵，说道："大人，目下已近午夜时分，还是请大人早些歇着吧。明日我等有足够的时间再来研究此案！"

狄公摇了摇头。

"适才你说了个大概，可听上去颇为怪异，案情似有蹊跷。看了县衙内如此之多的文案后，正需要一件犯罪疑案让脑子清醒一番。

"洪亮，先喝杯茶，舒舒服服地坐下，与我讲一下案情大概！"

洪亮很清楚此时争亦无益，遂顺从地回到书案前，查阅了些文案后，说道：

"就在十日前，亦即本月十七日上午，屠夫肖富含哭喊着冲进县衙。此人在县城西南角的半月街上开了家肉铺。与他一同来的尚有三名证人，分别是城南的高里正、住在肖富含对过的龙裁缝及屠夫行会的会首。

"肖富含递了状纸，状告王贤东。那王贤东是个穷书生，也住在肉铺附近。肖富含称他膝下唯有一女，名唤洁玉，可王贤东那厮却在他女儿屋中将其勒毙，还偷走一对金簪。肖富含说，王贤东同他女儿幽会偷情已达半年之久。那日早晨，洁玉未曾如往常那般到楼下操持家务，肖富含心下狐疑，这才发现女儿业已被害。"

狄公打断他的话道："那肖屠夫定是个十足的傻瓜，要不就是个贪婪的恶棍！他怎可允许女儿在自家屋檐底下与人偷情幽会，这与青楼有何分别？怪不得那儿会生出如此凶戾不伦之事！"

　　洪亮摇首道："非也，大人，肖屠夫对此事的解释倒令案情变得明朗！"

　　狄公将双手拢入宽大的衣袖中。

　　"接着讲！"他饶有兴味道。

　　洪亮继续道："直至那日上午，肖富含尚完全被蒙在鼓里，根本不知自家女儿洁玉已有相好。洁玉睡觉的阁楼，亦充作洗衣缝纫作坊，在库房之上，与肖富含的肉铺相隔一段距离。他们一家没有仆役，所有家务俱由屠夫娘子与洁玉来做。冯大人曾令人试过，他们发现，在洁玉的屋内即便大声喊叫，邻人也听不见，连肖富含睡房内也听不见。

　　"至于王贤东嘛，他乃京城一望族之苗裔，其双亲皆已过世。由于同族人争吵，王贤东目下身无分文。他过着穷日子，仅靠教授小孩课业维持生计，那些小孩的父亲俱为半月街上的店铺掌柜。此外，王贤东还在准备赶考，指望今年秋闱得中。他在龙先生的裁缝铺楼上租了间小阁楼，正对着肖富含的肉铺。"

狄公问道："那王贤东与洁玉是何时幽会的？"

"大约半年之前，"洪亮答道，"王贤东爱上了洁玉，两人便开始偷偷在洁玉的房内幽会。王贤东每每在近午夜时分打窗子溜进洁玉的阁楼，天亮之前又偷偷溜回自己住所。龙裁缝说，他数十天后方发现此中蹊跷，遂将王贤东臭骂一顿，还扬言要将此等尴尬丑事告诉肖富含。"

狄公点头称是："龙裁缝甚为明理！"

洪亮看了看眼前的文案，继续道：

"很明显，王贤东是个奸猾之徒。他跪在龙裁缝面前，指天发誓道，他与洁玉深深相爱，只要金榜得中便娶洁玉为妻，那时他才有能力给肖家一份体面的聘礼，给新娘一个舒适的家。王贤东还说，此秘密一旦公开，他赶考的资格便会被取消，而他与洁玉的相爱最终将成为丢人现眼之事。

"龙裁缝知王贤东是个勤奋的后生，有望今秋金榜得中。再者，他也暗自窃喜，因为这望族后裔终将为官，而他将挑自己邻人之女作其未来的夫人。他最终允诺会替王贤东保守秘密。想到王贤东会向肖家求婚，体面了断此事，龙裁缝心下也就安了。不过，为说服自己洁玉并非轻浮的姑娘，打那日起，龙裁缝便密切注意肖富含的肉铺。他证实，王贤东确系与洁玉交往的唯一男子，亦是唯一到过她房内的男子。"

狄公啜了口茶，尖刻道：

"也罢，就算他说得有理，可无论如何，这三人——洁玉、王贤东和龙裁缝，其行为都该受责！"

"冯大人也曾及时地指出这一点，他严厉呵斥龙裁缝，责他包庇纵容，亦怪肖富含对家人疏忽大意。

"十七日清晨，龙裁缝得知洁玉被杀的消息后，其对王贤东的青睐便转为憎恨。他冲至肖家，将洁玉与王贤东苟且之事一五一十和盘托出。此处乃其原语：'原来那狗贼王贤东一直利用洁玉来满足他的淫欲，而老汉我这个傻瓜自始至终都被蒙在鼓里，竟会宽恕此等下流龌龊之事。可以想见，当洁玉坚持要王贤东娶其为妻时，那畜生便把她给杀了，且偷走了她的金簪，好给自个儿买个体面的婆娘！'

"肖富含既愤又悲，好似发疯一般，急忙唤来了高里正及屠夫行会的会首。大伙一致断定，王贤东即为凶手。会首起草了一份诉状，随后便一同到县衙喊冤，状告王贤东犯下这起凶案。"

"那时王贤东身在何处？"狄公问道，"他可曾逃离本城？"

"没有，"洪亮答道，"他很快便被捉拿归案。冯大人从头至尾听了肖富含之陈述后，便派手下捉拿王贤东。他们在裁缝铺楼上的小阁楼里找到了他，当时虽已过正午，可王贤东还是睡得死沉。衙役将其拖至衙门，冯大人遂以肖富含的诉状盘问王贤东。"

狄公坐直了身子。他倾身向前，双肘搁在书案上，急切道：

"那王贤东是如何为自己辩解的？我很感兴趣！"

洪亮挑了几份文案，浏览一番后，道："那恶棍将件件事事均解释得滴水不漏。大意为……"

狄公摆手道：“我想听听王贤东自己的话。请将文案念与我听！”

洪亮面露不解之色，他本想概括说个大概，犹豫一阵后遂决意照读原文。他翻开录有王贤东口供的文案，毫无表情地逐字念道：

“冤枉啊，大人，晚生跪于青天大老爷前，请大人替晚生做主。晚生与那个纯洁的女孩相爱，私下幽会，众人皆视之为莫大罪孽，晚生本无可辩，可此事原委，晚生尚需向大人道来。那阵子，晚生每日均坐于阁楼上攻读五经典籍，窗子正对着洁玉的屋子。那屋子在半月街一死胡同旮旯内。晚生常见她在窗前梳理秀发，当时晚生便认定自己未来的娘子非她莫属。

“现在想来，如若当时晚生存此心意又能克制自己，待得完试得中后再行表白，那便会幸运得多。届时，晚生便可找一媒人带着合适的聘礼去提亲，洁玉的父亲也可了解晚生的心意。可那天，晚生碰巧在巷子内遇上洁玉，当时只有我俩，晚生忍不住上前和她搭话。当晚生得知她也对我有意时，本应牢记圣人古训，应有廉耻之心，不该得寸进尺，可晚生却故意一次次在巷子内同其见面。那时节，晚生与洁玉两厢萌情，不能自已。很快，晚生便说服她同意在其屋内偷偷见上一回。约定的那晚，晚生在她窗下放了把梯子，她便让晚生进了屋。我俩快活了一夜，但晚生心知，除非我二人正式结为夫妻，否则，此等作为天地不容。

“如同干柴遇上烈火，晚生陷于淫欲之中，欲罢不能，晚生与洁玉频频见面。因生怕梯子放于窗下会令守夜更夫或晚间过路人发现，晚生便说服洁玉在窗外悬一白布条，布的另一头系在床脚上。晚生只要一拉布条，她便打开窗子并拉上布条，帮晚生上到她的屋内。粗心的路人纵令见到这布，也只道是哪家忘了将洗好的东西收进屋内，不易起疑。"

听到此处，狄公以拳敲击书案，打断了洪亮的诵读。

"诡计多端的小子！"他愤愤道，"呵，真是出人意料！一个堂堂书生竟自甘堕落，玩起了夜盗之流的把戏！"

"正如我说过的那样，大人，"洪亮接话道，"那个王贤东是个卑鄙的案犯。不过请容我继续——"

"可有一天，龙裁缝发现了这个秘密，那忠厚之人威胁我，说要向肖屠夫告发我俩苟且之事。这警告无疑是仁慈的老天爷安排的，但鲁莽愚蠢的晚生竟不予理会，只一味向龙裁缝求情。最后，他答应不予张扬。

"就这样，晚生同洁玉又来往了大约半年左右。可老天爷再也不能容忍冒渎天理伦常之事，灾难终于降临了，给了无辜可怜的洁玉和晚生这个不幸的罪人猛然一击。我俩原本约定，十六日的晚上在她那儿碰面。可那日午后，晚生的同窗好友杨蒲前来看望晚生，他告诉我说，他在京城的父亲送与他五锭银子当生日礼物，遂请我一同上城南的'五味馆'畅饮一番。席间，晚生比平日里多喝了几杯。当晚生与杨蒲告别、走到街上时，顿感一阵凉意，心想自个儿完全喝醉了。晚生本想立刻回家睡上半个时辰，待酒醒之后再去看望洁玉，不想却迷了路。今日黎明之前晚生方才醒来，发现自己身在一片古宅废墟之中，且躺在杂乱多刺的灌木丛里。

"晚生挣扎着站起身来，可头疼欲裂，故而未曾注意周遭情形。一路上，晚生晃晃悠悠地走着，也不知怎的走回大路。晚生回到家中，直接上楼到了自己的屋子，一头栽在床上，很快又睡着了。直至大人您的手下来抓晚生，晚生方知厄运已降临到了洁玉身上，可怜的洁玉呀……"

洪亮止住声，看了看狄公，冷笑一声道：

"接下去让我等听听那伪君子是如何结束陈述吧——

"大人，如若您以为晚生对那姑娘干下了不可饶恕之事，抑或因晚生之由引发了洁玉之死，而判晚生受极刑处决，晚生愿接受此判决，因为那至少对晚生亦是了断。晚生已失去了至爱之人，生不如死，余生将永远笼罩在愁苦之中，如此还不如一死了之。但为了替洁玉报仇，也为了晚生家族之令名，晚生绝不承认奸杀之罪名。"

洪亮把文案放下，以食指轻敲那堆文案纸说道：

"很明显，那书生欲洗脱自己之罪名，逃脱公正的惩罚。他虽坦承自己引诱那姑娘的罪行，却一口咬定未曾杀那姑娘。他很清楚，如若引诱不曾反抗的未婚女子，判罪很轻，至多挨五十大板，但若犯了杀人之罪，那就得在刑场上被处死！"

洪亮期待地望着他的主人，可狄公不置一词。他倒了杯茶慢慢地喝着，随后才开口道："对王贤东的陈述，冯大人怎么说？"

洪亮查阅一卷文案，过了一会儿他说道：

"在那场审讯中，冯大人并未再继续盘问王贤东。他立刻开始常规的调查取证。"

"英明之举！"狄公深表赞同。"洪亮，你可否替我找一下

狄公和洪亮讨论半月街凶案（高罗佩　绘）

冯大人调查案发现场的记录以及仵作的尸格？"

洪亮继续查着文案。

"大人，全部情况俱详细记录在此。冯大人在衙役的陪同下出发到半月街。在阁楼上，他们发现一具赤裸的女尸平躺在睡榻上。这姑娘约莫十九岁光景，看上去发育得很好。姑娘的脸因痛苦而扭曲，头发凌乱地散开，床垫被弄歪了，枕头也掉在地上。地板上有块皱巴巴的白布，布的一头系在床脚上。柜子开着，里面放着洁玉少得可怜的几件衣裳。正对床的墙边靠着一只洗衣盆，角落里放着张破旧的小桌，上有一面裂了缝的镜子。除此之外，唯一的家具便是床前一张翻倒在地的脚凳。"

"没有一点线索可以证明凶犯的身份吗？"狄公打断洪亮的话问道。

"没有，大人。"洪亮答道，"无论他们怎生仔细搜查，连一点蛛丝马迹都没有，只在梳妆台的一个抽屉内找到一包写给洁玉的情诗，她虽说不懂那些诗，可仍然小心翼翼地把它们卷起来藏得好好的。那些诗都是王贤东写给洁玉的。"

"至于验尸的结果，仵作说系因窒息而亡。死者脖子上有两处较大的瘀伤，显系凶手掐扼所致。接着，他又列出许多位于胸部及手臂部位的瘀青肿伤之处，证明那姑娘曾尽其所能地全力反抗。最后，仵作指出，有证据表明，姑娘在窒息前或在此过程中为人强暴。"

洪亮很快浏览了一遍剩下的文案，继续道：

"在接下去的几天里，冯大人不辞辛劳地调查验证所有的证据。他派了……"

"你可跳过细节，"狄公打断他的话，"我确信冯大人绝对是耐心细致地处理那些事情。你只需告诉我主要的情况。比如说，我很想知道在五味馆中的那次小酌，杨蒲是怎么说的。"

洪亮答道："杨蒲证实了王贤东所说的每一个细节，除一点之外，他以为王贤东与他分手时并未喝得大醉。杨蒲用了'微醺'一词。我须补充一点，王贤东认不出酒醉睡醒之处，这颇有嫌疑。冯大人派他的手下带王贤东去辨认了全城有可能涉及的旧宅废墟，并竭力提醒他一些细节，试图令他从中辨认出那地点，可一切俱为徒劳。王贤东身上有几处很深的抓痕，其袍子也有新近被扯破的痕迹，可他说那些都是酒后在灌木丛中跌跌撞撞的结果。"

"接下来的两天里，冯大人异常细致地调查了王贤东的住处和其他一些与此案有关的地方，皆未能找到那对被盗的金簪。肖富含凭记忆画出了金簪的图样。那张图附在记录后面。"

狄公伸出手，洪亮随即从一卷文案中抽出薄薄的一张纸片，放在狄公的桌案上。

"传统做工，真是精致，"狄公望着图评道，"形如一对正在飞翔的燕子，打造得相当精致考究。"

洪亮道："据肖富含说，这对金簪系他们肖家的祖传之物。其夫人一直将它们锁在柜中，因为据说这对发簪会给戴它的人带来厄运。可几个月前，洁玉坚持要她母亲允她戴这对金簪，因其母没钱给她买其他小饰物，便只能答应了。"

狄公悲哀地摇了摇头道："可怜的姑娘！"过了一阵，他又问道："那冯大人最后是如何判决的呢？"

"前天，冯大人对收集到的证据做了一番概括。他从那对失窃的金簪至今仍未找到这个事实着手，但并未将此事视为对王贤东有利的证据，因王贤东有足够的时间将它们藏到安全之处。冯大人承认，王贤东的自我辩解很精彩，可他以为读书人总有本事编造一套叫人信服的故事。

"他以为这案子不可能是流浪汉所为。谁都知道，半月街上住的俱是些不怎么富裕的小店铺掌柜：即使小偷要偷东西也定会想方设法闯入店铺或库房，不会选那屋檐下的小阁楼下手。所有证人证言及王贤东自己的口供皆证实，王贤东与洁玉的秘密幽会除了他俩及龙裁缝之外，无人知晓。"

洪亮抬头微笑道："大人，那龙裁缝已七十岁了，年老体弱，故可排除他作案之嫌疑。"

狄公点点头，然后问道："冯大人是如何断案的？我想逐字逐句听来。"

洪亮翻开文案读道："王贤东欲辩其清白，冯大人以拳击案，怒声道：'尔这狗贼，本县已知案情原委！你离酒店之后便直奔洁玉家。彼时你已酩酊大醉，便借酒壮胆，一吐心曲，将平日不敢说的俱告知洁玉，道说你已厌倦了她，欲与之决裂。之后你们争吵起来，洁玉冲出门口想叫其父母，你则欲将其拉回。斗殴中你兽心大发，遂强行奸污洁玉，事后又掐死了她。随后你翻箱倒柜拿走了一对金簪，如此一来，便可让人以为这一切皆为夜贼所为！'"

引了这段记录之后，洪亮抬起头继续道：

"王贤东坚持其清白无辜，冯大人遂令手下衙役给了他五十大板。可打了三十下，王贤东便昏死在县衙公堂。被热醋熏醒之后，这小子反倒怪冯大人没再审他。就在当夜，冯大人接到了调令，故他未能办完此案。不过，他在最后一次审讯记录中做了个节略，陈述了自己的意见。"

"洪亮，且让我看一下！"狄公说。

洪亮将文案翻至卷末，交与狄公。

狄公将文案取至眼前，大声诵道：

"余思之良久，终觉此生系奸佞之辈，行止言语疑窦丛生，余指其奸杀之罪自当不虚。身为儒生，背离圣人教诲，罪不容赦。待其画供后，拟依律判其死罪。浦阳县令冯毅。"

狄公再次将文案抚平。他手中摆弄着一只玉质镇纸，默不作声。洪亮仍站在书案前注视着狄公，眼含期待。蓦地，狄公放下手中的镇纸，由座椅上站起身来，眼光直视洪亮。

"冯大人是个能干且尽责的县令。"狄公道，"我以为他匆忙间下此草率断语，实因其即将离任之故，诸多重担压肩，他也只能如此判断。如若他空闲下来，再行细勘此案，当得出不同的论断。"

见洪亮一脸疑惑，狄公淡淡一笑，随即说道：

"我也以为王贤东是个优柔寡断且无甚责任心之后生，确该给他个严厉的教训。可他并未杀死洁玉！"

洪亮正欲开口，可狄公抬手示意他别说话。

"在我亲自审问有关人员及勘察案发现场之前，我不想多说什么。明日中午，我要在公堂上重新审理此案，届时你便知我是如何得出那个结论的。好了洪亮，现在几时了？"

"大人，当下已近寅时。"不过洪亮还是一脸疑惑，说道："我得说我确实看不出有何不妥之处。待明日我头脑清醒些，再从头至尾细读案子的记录！"

他摇着头，拿起一支蜡烛，为狄公照路，因狄公的私邸位于县衙之北，从书斋到私邸须经过一道黑漆漆的走廊。可狄公将手放在洪亮臂上，道：

"别麻烦了，洪亮！这么晚了，我不想打扰家人，今天够他们辛苦的了。你也累得很，且回房歇息去吧！我今晚就睡在书斋的睡榻上。行了，去睡吧！"

三

次日黎明，洪亮端着早膳来到狄公书斋，见狄公早已起身洗漱完毕。狄公用了两碗粥及一些泡菜，还喝了杯洪亮沏的热茶。此时朝霞似火，红光洒在纸窗上，洪亮遂吹灭蜡烛，侍候狄公穿上那件厚重的绿色织锦官袍。狄公见仆役已将帽镜放于侧案之上，心下甚是高兴。他拉出镜架内的暗屉，对着镜子细细正冠。

此刻，手下衙役已打开了县衙大门，那大门异常厚重，上有铜钉装饰。尽管时辰尚早，可已有一大群闲人在门外大街上等着开堂。屠夫之女的奸杀案在安宁的浦阳县引起了很大的震动，人人都想看看新来的县令如何了断此案。

五大三粗的衙役在县衙入口处击响了铜锣，爱凑热闹的人们遂依次拥进县衙大院，步入宽敞的公堂。所有的目光都集中在公堂尽头，高高在上的桌上，覆以红色织锦。大伙儿明白，新县令马上会在那儿出现。

老成持重的书吏在桌案上摆放县令大人必用的物品，但见右首放一枚两寸见方的衙门大印，另有一印墨盒；中间放着可以盛放红、黑两种墨汁的砚台，以及书写不同颜色的毛笔；左首放着些用于记录口供的空白纸张及公文纸。

桌案前，六个衙役分两列面对面站立，手中拿着鞭子、铁链、枷等可怕的刑具。班头站得离他们稍远些，接近桌案。桌案后的幕帘终于拉开，狄公出现在众人眼前。他不疾不徐地端坐在高高的扶手椅上，洪亮则站立在旁。

狄公扫了一眼挤得满满的公堂，缓缓捋着胡须。接着，他敲击惊堂木大声道：

"开——堂——！"

众人见狄公并未取出红令签，心下讶异，那表示狄公尚无意令狱卒将案犯带上堂来。

狄公让书吏将本县衙事务的记录交与他细览，随后便自在安然地阅读起文案来。接着，他令衙役班头与他一同过目衙门内公人的俸禄册。

狄公浓黑的双眉下射出严厉的目光，他对着班头呵斥道："此处少了一吊钱！这吊钱究竟用于何处？"

班头小声嘀咕着，却道不出由来。

"这些要从你的俸禄中扣除。"狄公厉声斥道。他往后靠在椅上，小口啜着洪亮递与他的茶。他心下盘算着，不知那么多人中是否有人要喊冤申诉的。见没人开口，狄公遂宣布退堂。

当狄公离开公堂退回自己的书斋时，人群中传出阵阵失望的私语声。

"都退下！"衙役们大声喝道，"你们该瞧的已经瞧了，现在该干吗的干吗去，别碍着我们当差！"

人群散尽后，班头往地上吐了口唾沫，苦恼地摇了摇头。他对站在身旁的一个年轻的衙役说道：

"你们这些小子最好再去觅份差事！在浦阳这该死的衙门里当差，可别指望过上好日子。这不，过去三年，我们为冯大人做事，每少一钱银子他都要你说个究竟。我自以为在这么个清官手下已算得上尽忠职守了！可现在倒好，狄大人却比那位更胜一筹，老天爷啊，为一吊铜钱他也会吹胡子瞪眼睛！对咱衙役来说，可真他妈的糟！你们倒是说说，为什么那些昏官总到不了浦阳呢？"

衙役们低声抱怨之际，狄公已换上了一袭舒适的便袍，一瘦小精干的男子陪在一边。那男子着一身朴素的蓝服，束棕色腰带；长着张阴沉的长脸，左脸颊有一枚铜钱般大小的黑痣，那痣上冒出三根寸把长的黑毛。

此人便是狄公的得力亲随陶干。就在几年前，他还是个流浪江湖的骗子，故而他对那些个下三烂的手段，诸如浑水摸鱼、行骗伪造、溜门撬锁等一些骗子的把戏都了如指掌。狄公将他从卑下低贱的环境中解救出来，打那之后，陶干便洗心革面，改过自新，忠心耿耿地为狄公办事。陶干头脑机警，颇有察觉违法行为的天赋，从办理的多起案件来看，他对狄公确实大有助益。

狄公在书案后坐下，两个彪形大汉走入书斋向狄公请安。两人皆穿长长的棕色袍子，系玄色腰带，戴着公差的皂帽。此二人便是马荣与乔泰，狄公的另外两名得力亲随。

马荣身高足有六尺多，长得虎背熊腰，挺拔伟岸。他的脸盘颇大，下颌宽厚，除两撇唇髭之外，其余的都刮得很干净。虽说他人高马大的，可步伐矫健，很是敏捷，足见其武功过人。年轻时，他曾给一名贪官做过护卫，后因这官员向一寡妇勒索钱财，马荣挺身而出拼死反对，差点儿把他主子给杀了，于是不得不出逃，加入绿林，成了个盗贼。有一回，他在城外路上袭击了狄公及其随从，为狄公的品格所折服，从此便弃恶从善，成了狄公忠实的随从。因其胆量奇大、武艺高强，狄公总派他去追捕那些危险的案犯，办些危险性很大的差事。

乔泰与马荣在绿林中一同待过，亲如兄弟，虽说他武功不及马荣，可却精于剑术和射术，颇具耐心与毅力，这对破案而言是很有用的。

"好吧，诸位壮士，"狄公道，"我相信你们皆已巡视过浦阳全城，对此地的状况应有初步印象了吧。"

"大人，"马荣回话道，"冯大人定是个好官。此处的百姓安居乐业，生活富足。饭铺的饭菜都很可口，价格也公道，本地产的酒也香醇可口。看样子我等可以在此地过一阵舒坦日子了！"

乔泰乐滋滋地表示赞同，唯独陶干那张长脸上挂着疑虑。他没说一句话，只是以手抚摸着脸颊上那三根长毛。狄公瞥了他一眼，问道："陶干，你以为如何？"

"事实上，大人，"陶干开口说道，"我碰巧遇到件事，似乎有必要调查一下。在本城的那些大茶馆周遭巡视之际，出于习惯，我欲探察一番此地致富之缘由。很快我便发现，此地大约有十多个富商，他们把持运河之交通，此外还有四五个大地主。即便如此，与本城北郊的晋慈寺方丈灵善的财富相较，他们的财产却可说是微不足道。灵善掌管着那个新建的大寺庙，手下大约有六十个和尚。可那些和尚一不斋戒，二不念经，整日价喝酒、吃肉，生活奢侈之至。"

狄公打断他的话道："私下，我也不喜欢与出家人有任何往来。我等读圣人之书，自小耳濡目染，皆为儒家训谕，其睿智明达，岂是诸般异端所能遮掩？我心下一贯以为，绝无必要理会那些源自天竺的奇思异想。但朝廷以为，佛教有益教化，令愚夫愚妇分辨善恶，故而我大唐天子善待那些佛教徒及其寺庙。如若他们异常富有，显系圣上德政之功，我等务必谨慎，切勿妄加指责！"

一番忠告，令陶干哑然，但看得出，他不情愿地打住了这个话题。

陶干犹豫了一阵，又接着道：

"大人，那方丈已非一般的富有，他简直如财神爷一般！据说，那庙中的和尚住所好似太子宫殿那般豪华，大殿供案上的器皿俱为纯金铸成，而且……"

"得了，"狄公大声打断了陶干的话，"所有那些无非道听途说。你就说说你自个儿的看法吧！"

陶干道："大人，也许是在下搞错了，可我心下很是疑惑，我怀疑那座寺庙的财富来路不明，没准源于一个骇人听闻的大阴谋。"

狄公道:"现在你所说的倒挺吸引人。接着讲吧,但简短些!"

陶干遂继续道:"许多人都知道,晋慈寺的主要收入源自大殿里供奉的那尊高大的观音像。此像以檀香木雕成,已有百年历史。几年前,观音像还被供在一间破烂的大殿内,殿外是一座废弃的花园。寺庙里原有三个和尚,他们住在邻近的一间破烂木屋里,平时鲜少有人进香,香客留下的钱还不足以让三个和尚每天喝上一碗稀粥。故而,这三个和尚每天都托钵上街化缘,如此方能勉强为生。

"可就在五年前,一行脚僧在此庙内住下。虽然他衣着破旧,可却是个高大英俊的家伙,自称是灵善法师。大约一年后,传说那尊檀香木观音像开始显灵,夫妻但凡求子,只需亲往庙中进香求拜便可如愿。打那时起,灵善便宣称自己是晋慈寺方丈,并坚持那些求子心切的妇人须在大殿观音菩萨前虔诚默想一整夜。"

陶干很快地扫了周围的人一眼,接着又继续道:

"瓜田李下,为避嫌疑,一旦妇人入殿后,灵善总是亲手在门上贴封条,还请那些当丈夫的在封条上加盖印章,且要求当丈夫的也在和尚的住处过夜将息。次日黎明,再由当丈夫的亲手打开大殿大门。由于来求子的夫妇皆如愿以偿,因而寺庙也就声名远播,全城没孩子的夫妇俱来此祈求观音保佑。善男信女得偿所愿,自然向寺院多加布施,功德捐、香火钱源源不断。

"灵善便用这笔钱来重建大雄宝殿及其他佛殿,为和尚们加造宽敞的僧寮，那时，和尚数已有六十余名。花园改建成很漂亮的大园林，内中有鱼池及假山，去年又为在庙中过夜的妇人建造了许多幽雅的休息之处。灵善还在庙宇周围筑起了高墙，再建了三重山门，半个时辰前，我还在为此目瞪口呆呢！"

说至此，陶干停了停，欲待狄公评说。可狄公缄默不语，陶干只得接着道：

"不知大人您对此有何高见。如若大人您的想法碰巧与我的相似，那明摆着，咱们不能允许此等情形再继续下去了！"

狄公将了将胡子，审慎而周密地说道：

"世事纷繁复杂，平庸之辈无从知之。我自然不会断然否认观音菩萨的神力，不过，既然我未曾交与你什么紧急差事，你还是去多了解些晋慈寺的事吧。须记住，要及时禀告我。"

接着，狄公转向桌案，从桌上的大堆文案内挑了一卷。

他道："此系半月街奸杀案的全部记录，此案尚悬而未决。昨晚我在此与洪亮讨论过这案子。我建议诸位读一下这记录，因为中午我要审这桩有趣的案子。你们会注意到……"

刚说至此，进来一位老汉打断了狄公的话，那是他的老家人。老汉向狄公躬身施礼后道：

"夫人命小的来问一声，大人今天上午能否抽空察看一下府内的居家布置。"

狄公无奈地笑了笑，对洪亮道：

"也是，来浦阳后我还未进过自家门槛一步，难怪夫人们有些不悦。"

狄公站起身，将双手纳入袖中，对手下众人说道：

"中午堂审时，你们会注意到，对疑犯王贤东的某些指控是站不住脚的。"说罢便向门廊走去。

四

▼

中午开堂锣响起之前，狄公已回到了自己的书斋，洪亮及其他三名随从正等着他。

狄公穿上官服，戴上乌纱官帽，经由门廊步入公堂。显然，上午的开堂未令浦阳百姓失望，公堂内挤满了人，几无立足之处。

狄公升座后，命班头将肖富含带上堂来。

肖富含上堂后，狄公上下打量了他一番。他断定，眼前之人是个头脑简单的小店铺掌柜，老实但不精明。肖富含跪下后，狄公道：

"你痛失亲人，本县深表同情。本县前任冯大人已因你治家之疏忽而警告过你，对此，本县不欲再多说什么。但现有的证据中还有几项本县欲加查明的，故而，本县须让你知晓，尚需假以时日方能了结此案。不过本县向你保证，法网恢恢，疏而不漏，害你女儿洁玉之凶手必将受到严惩。"

肖富含恭敬地低语了几句，狄公示意衙役将其带下。

狄公察看了眼前的公文，传令："带仵作！"

狄公飞快地瞥了仵作一眼，他看上去是个异常精明的年轻人。狄公开口道：

"趁你尚未遗忘，本县欲核实一些验尸中的关键之处。首先请你大致描述一下被害者的身体特征。"

仵作答道：

"大人，那姑娘要比同龄人高大，长得很结实。我推测她在家中从早忙到晚，还在店铺里做帮手。她身子无甚缺陷，体格强壮，是勤于劳作的女子。"

"你有没有特别注意她的手？"狄公问道。

"当然，大人。冯大人对此特别在意，因他想从那姑娘的指甲缝里找出些布料碎片或其他什么东西，以作为线索，查出凶犯当日穿的是什么衣服。实际上，那姑娘与一般干活的女孩一样，指甲很短，故而什么线索都未曾发现。"

狄公点点头，接下去又道：

"在你呈上的尸格中，曾描述凶犯在受害者的脖子上留下了瘀青掐痕，且指出这些伤痕中有些是指甲所留下的印子。请你再详尽描述一下那些指甲印痕。"

仵作思考片刻，而后道：

"那些指甲印痕呈半月形，与常人无甚两样。它们陷入皮肤不深，可有些地方的皮肤被划破了。"

"记下这些补充的细节。"狄公向书吏吩咐道。

他让仵作退下，并下令将被告王贤东带上堂来。

王贤东被带至狄公面前，狄公目光犀利地看了他一眼。这后生中等身材，身着书生常穿的那种蓝袍。此人举止得体，但同那些疏于运动的人一样，胸部狭窄而双肩耸起。显然，他大部分时间都在书本中度过。其天庭饱满，属宽厚聪颖之人，可相较之下，嘴长得不好，左颊上还有一道破相的伤疤。

王贤东在狄公面前跪下，狄公厉声道：

"你这小子，败坏读书人的名声！尔本当熟读圣人之书，奉儒家训谕为圭臬，可你却耍乖弄巧，行那肮脏卑贱之事，引诱目不识丁的无辜少女不说，淫欲未得满足，便强行苟合，坏人性命。对此，本县决不姑息宽贷，定将依律严惩。本县不欲听你辩解，本县已从记录中读到了一切，真是令人作呕。而今只是还需再问你些问题，你须从实招来。"

狄公身子向前倾了倾，看了一页文案，然后道：

"在你的陈述中，你争辩道，十七日晨，当你醒来时，发现自己身在一座古宅废墟中。你且详细描述一下你在那儿所见到的一切！"

王贤东颤着声支支吾吾道：

"大人，恕在下难以从命。因当时太阳尚未东升，在黎明前的暗淡光线中，在下仅注意到几排砖头，好似一堵倒塌的墙，周围是浓密带刺的矮树丛。我只清楚记得这些。当我挣扎着站起身时，头仍很沉，神志不清，遂为砖块绊倒，树上的刺划破了我的袍子，也划伤了脸及身子。那时我唯一想的就是尽快离开那个阴森森的鬼地方。我模糊地记得，自己漫无目的地穿过一条又一条的小巷。我始终低着头想让自己的脑子清醒过来，心中惦记着空守闺房白白等我一宿的洁玉……"

狄公向衙役班头做了个手势，班头立刻给了王贤东一巴掌。

"休要再编故事了，"狄公喝道，"你须认真回答本县的提问！"他命衙役道："让本县看看此人身上的伤痕！"

衙役班头抓住王贤东的衣领，将他拉起。两个衙役三下两下剥去了王贤东的袍子。王贤东痛苦地尖声叫唤起来，三天前他刚挨过板子，背上至今仍伤痕累累。狄公看到，除了些瘀伤之外，王贤东的胸部、手臂及肩上有几处很深的擦伤痕迹。他朝班头点了点头。还没来得及重新穿上衣服，王贤东又被强迫跪下地去。狄公继续审问：

"你说除了受害者、龙裁缝和你三人之外，没别的人知晓你与洁玉幽会的秘密。这陈述显然站不住脚。你怎能肯定在你未曾注意时，没被路人撞见过这等妄为之事？"

王贤东答道："大人，离开裁缝铺之前，在下都会很小心地往街上观察，听听有无脚步声。有时更夫路过，我便等他们走掉后才出门。随后我便很快穿过那条街，溜进裁缝铺旁的那条黑巷子里。一到那儿我便安全了，即便有人经过半月街，我也可蹲在暗处不为人发现。唯一的危险是我向上爬往洁玉屋子之际，但每每往上爬的时候，洁玉便会站在窗旁，如若见到有人经过，她便会提醒我。"

"好个书生，跟贼似的，夜间偷偷摸摸干这寡廉鲜耻的勾

狄公审问王贤东（高罗佩　绘）

当！"狄公冷笑道，"叫人惊叹的场面！罢，罢，你再想想，是否发生过什么令人生疑之事？"

王贤东沉思片刻，最后缓缓言道：

"我想起来了，大人，大约十多天前，那次我确实被吓坏了。我在穿过那条街之前，由裁缝铺门口向外张望，看着更夫经过，领头的敲着梆子。我等着，直到他们全都走到半月街尽头。我看得清清楚楚，那伙人在街尽头消失，那里高悬着点亮的灯笼，那是方郎中给人看病的地方。

"可正当我溜进对面的死胡同时，突然又听见一声更夫的梆子声，且非常近。我紧紧贴着墙站在暗处，心慌不已。更夫的梆子声骤停，我等着更夫发出警报，他们定以为我是个夜贼。但一切平安无事，周围死一般寂静。后来，我断定那只是出于自家的想象，便由藏身处走了出来，拉了拉洁玉窗口垂下的布条，让她明白我已到了她楼下。"

狄公转过头向站在身边的洪亮低语道：

"这又是个新发现，记下来！"

随后，他皱紧双眉，怒声道：

"你在浪费本县的时间！更夫怎会在如此短的时间内打那么远的地方返回呢？"

他转向书吏，吩咐道：

"将此人今日所供择要念出，让他确认画押。"

书吏大声地读了一遍记录，王贤东证实无误。

"让他画押！"狄公吩咐衙役道。

衙役再次粗暴地将王贤东拖起，将其大拇指按在印泥上，令他在狄公桌案边的纸上画押。

在王贤东颤着身子画押之际，狄公注意到，此人的双手保养得很好，留着书生通常所喜欢的长指甲。

"将犯人带入牢房！"狄公高声命令道。随后他站起身，拂袖而去。经过书斋大门时，他听到旁听的人群开始低声议论起来。

"走吧，快走！"衙役班头喝道，"此处可不是戏场，由得你们品头论足！都出去，还想让咱当差的伺候你们茶点不成？"

当最后一个旁观者被赶出公堂后，衙役班头闷闷不乐地对其下属道："往后咱的日子可怎么过哟！"他大声叫道，"我等日盼夜盼，直指望来个既笨又懒的县老爷，可老天却让我去伺候一个城府很深、又很勤勉的县令！他还是个脾气暴躁的怪老头。真是不幸之至啊！"

"狄大人为何不动严刑呢？"一个年轻的衙役问道。"那个瘦弱的书呆子挨了头一鞭之后，便会立刻招供，更甭提把他的手和脚脖子放到竹夹子里了。这桩案子马上便可了结！"

另外一个衙役又说道：

"拖来拖去究竟用意何在？那姓王的小子一贫如洗，根本就别指望从他那儿得到一丁点儿好处。"

"他绝对是个傻瓜，只能这么解释！"班头厌恶地说道。

"王贤东的罪名很是清楚，可大人却还要核查证据。罢了，不提了，咱还是去厨房，趁那些贪心鬼狱卒还没把所有东西吃完之前，先把咱的饭碗盛满吧。"

此时，狄公在书斋内已换了件棕色的便袍，坐于桌案后的那把大扶手椅上。乔泰给他倒了杯茶，狄公面带满意的笑容，小口啜茶。

洪亮走了进来。

"洪亮，为何你看上去心绪低落？"狄公问道。

"我适才在公堂外，混于人群中听他们交谈。"洪亮答道，"恕我冒昧，大人，众人对您今日首度问案并不满意。他们以为此次审问没任何结果，还认为大人未曾抓住要点，亦即未让王贤东当堂认罪。"

狄公说："洪亮，我知你所说的一切皆是出于对我狄某的关心，否则我早就狠狠斥责你了。圣上派我到此是施行正义公道，绝非取悦百姓！"

狄公转向乔泰，对他道：

"去把高里正找来！"

乔泰走后，洪亮问狄公：

"大人是否真的以为王贤东适才所说的那些更夫与本案有关？"

狄公摇摇头。

"不，传唤里正并非因为此事。即使未曾听见王贤东今日所说之词，每一接近过案发现场之人，皆须接受鞫讯，这是不可或缺之公事。冯大人业已亲自盘问过更夫，那更夫领头的证明，他与他的两个同伴俱与此事无关。"

乔泰与高里正一同进门，里正在狄公面前躬身施礼。

狄公看着他，怒声道：

"你就是高里正？这伤风败俗的案子正是在你的地域内发生

的。你难道不知你该对此地所有作奸犯科之事负责吗？你当加倍尽忠职守才是！须日夜巡视，不该将公干之时耗在酒馆及赌窝里。"

高里正慌忙跪下，磕头不止，狄公继续道：

"现在你领我们到半月街，看看案发现场，让我也初识大概。除你之外，加上乔泰及其四名手下。我微服而行，洪参军就扮成我等这伙人中领头的。"

狄公戴了顶黑色的小帽，一行人打西首边门离开了县衙。乔泰与高里正领路，狄公与四名衙役紧随其后。

他们先沿大道向南走，到城隍庙的黑色围墙外往西行，很快便看到右侧孔庙光滑的瓦顶。过了一座桥，一行人自西城的北端到了南端。街道至此已是尽头，他们发觉自个儿已置身贫民区。高里正向左一拐，走到了另一条街上，那条街的两侧布满了小店铺及破烂的屋子；接着又走进一条狭小曲折的巷子，此地便是半月街。高里正将肖富含的肉铺指给他们看。

他们在肉铺前一停步，马上有一群看热闹的围拢过来。高里正喝道：

"他们是狄大人派来勘察凶案现场的公差老爷。妈的都给我让开！别妨碍老爷们公干！"

狄公注意到，那铺子坐落在一条非常狭窄的小巷拐角处，侧墙上并无窗户。店铺后大约十尺左右便是库房，中间有一堵墙，其上便是那姑娘住过的阁楼。正对面是屠业行会高大隐蔽的侧墙，行会大院便坐落在小巷的另一拐角处。回过头朝大街看，狄公看见龙裁缝的店铺恰好正对着小巷的入口。从裁缝铺的阁楼望出去，或俯或仰，皆可望见小巷那头洁玉姑娘阁楼的窗户。

洪亮例行向高里正询问了一些问题。此时，狄公对乔泰道：

"你且试试爬上窗户去！"

乔泰笑了笑，将袍边掖进腰带，随即向上一跃，攀住围墙顶。他用力往上爬，墙上有几块砖掉了，现出一个洞，乔泰的右脚正好踩进去。其后，他将身子紧贴着墙，缓缓往上爬，直到手搭在窗台上。他又往上爬了点，腿伸过窗台，整个人随即进了屋内。

狄公在底下点点头。乔泰纵身翻出窗台，双手攀在那儿晃了一阵，接着便从五尺的高处跳回地面。他使了一招"飞蝶扑花"的轻功，落地时几无一丝声响。

高里正欲带众人看看被害者的房间，但狄公向洪亮摇了摇头，洪亮遂简短说道："我等已看了想看的，可以回衙去了。"

一行人缓缓走回衙门。

高里正向众人殷勤道别。等他离去后，狄公对洪亮道："适才我所看到的一切更证实了我的怀疑。把马荣唤来！"

不多会儿，马荣走了进来，向狄公躬身施礼。

"马荣，"狄公道，"我要给你一项艰难的任务，没准还有点危险。"

马荣顿时容光焕发，心急火燎道：

"在下随时听候大人吩咐！"

狄公遂命道："你将自个儿扮成一个下三烂的地痞无赖。你须去那些本城无赖常去之处，想方设法找到一个云游道士或以行乞为生的游方和尚，或者是一假扮成前两者的恶棍。此人是个高大强壮的家伙，但绝非那种行侠仗义的好汉，与你当年在绿林中结识的那拨人不同。这是名堕落的恶徒，生活放荡，品行卑污。他双手强而有力，指甲很短且有缺口。我不知你找到他时，那家伙会穿什么袍子，但极有可能是件破烂的僧服。不过有一点我可以肯定，像所有行乞的游方僧人一样，他会随身带一只木鱼，和尚们敲木鱼可以吸引路人注意。最后，你可凭这点辨认出他——此人所有家当中有一对或许是最近才到手的做工精致的足金簪。这是那对金簪的草图，你须牢牢将它记住。"

"大人您已经说得再明白不过了，"马荣道，"但此人究竟是谁，他又犯了何罪？"

狄公笑着道："我也从未见过他，故我无从告知你那人的名姓。至于他所犯的罪嘛，此人便是强奸并杀害肖屠夫之女的卑鄙恶棍！"

"我就爱这份差事！"马荣兴奋地大叫着，急急离去。

洪亮一直在旁听着，他愈听愈惊讶，禁不住大声叫道：

"大人，您所说的全把我给弄糊涂了！"

可狄公只是笑道：

"我适才耳闻目睹的，你自当也听到看到了。你且自己来做一番论断吧！"

五

▼

拜观音陶干勘佛寺
施小计和尚遭耍弄

却说陶干离开狄公的书斋后，换上普通却又特别的外袍，戴上玄色纱帽，此帽颇受"出世"君子的青睐。

穿着这身衣服，他穿过北城门往北郊走去。到了家小饭铺，他要了份简单的午餐。

坐在二楼，他透过格子窗可望见晋慈寺穹隆的殿顶。

付账时，他对店小二道："好一座华丽的庙宇！我想，那里的和尚们必定十分虔诚，大慈大悲的观音菩萨才会如此保佑他们！"

店小二哼了一声。

"那些秃驴没准是挺虔诚，"小二答道，"可本地倒有许多厚道的户主很想割断那伙鸟人的喉咙！"

"嗨，我说伙计，说话悠着点！"陶干佯装怒道。"你现在正和一个崇奉三宝的虔诚佛教徒说话。"

小二飞快地瞥了陶干一眼，连陶干放在饭桌上的小账都没拿便走开了。陶干心下甚为得意，遂将钱纳入袖中，离开了饭铺。

走了一小段路后，陶干来到寺庙三重山门的入口。他拾级而上，眼角的余光瞄到了坐在门房内的三个和尚。他们也正仔细观察着他。陶干缓缓穿过大门，忽地停下身，摸着袖子，左顾右盼，好似手足无措。

三个看门和尚中有一个年纪稍大的，他迈步走出，合十行礼，向陶干问道：

"贫僧能为施主做些什么？"

"多谢师父美意，"陶干道，"在下乃一虔诚信徒，今日至此，是特意来进香祈愿，祈求大慈大悲的观世音菩萨保佑。可我一时大意，将香火钱不知掉哪儿去了。这不，我没法买香火了，恐怕只得改日兑了银子再来。"

说话的当口儿，他由袖中取出一锭白花花的银子，在手中掂了掂分量。

那和尚羡慕地望了银子一眼，急忙道："施主，让贫僧先代施主垫上香火钱吧！"

说毕，他忙到门房拿来两吊钱，各有五十个铜板。陶干称谢后，收下了这些钱。

穿过第一进院子时，陶干注意到，地上铺着磨光石板，两侧屋廊内的客厅异常高雅。院前停着两乘轿子，众和尚与小沙弥来来去去忙个不停。陶干又穿过两三进院子，见眼前矗立的正是观音大殿。

大殿建在一大理石的平台之上，下面是大理石铺就的大院。陶干登上宽敞台阶，穿过平台，跨过高高的门槛，迈进光线昏暗的大殿。檀香木雕成的菩萨像有六尺多高，底座为一鎏金底座，两支巨烛闪着光，照亮了金香炉及供案上其他盛放供品的器皿。

因身旁站了一群和尚，陶干遂向上拜了三拜，并假意伸出右手往功德箱内扔钱，可左手袖子罩着功德箱，轻轻一晃，内中两串铜钱发出钱币撞击的叮当声。

陶干双手合十，又拜了三拜后便离开了大殿。他在大殿右侧漫无目的地闲逛，发现眼前有一扇紧闭的大门。他正在那儿犹豫，心中计较着是否要将门推开。此时一值日僧走了出来，问陶干道：

"施主是否想见寺院方丈？"

陶干连忙摆手，依原路折回，接着便又穿过大殿向左拐去。在那儿，有一幽静不易被发现的走廊，走廊尽头有段往下走的狭窄台阶，下有一小门，上书"寺外之人敬请止步"。

陶干不予理会，迅捷将门推开，眼前是个景致幽雅的花园。一小径蜿蜒伸展于鲜花及灌木丛中，远处绿树成荫，朱栏绿瓦，楼阁相间。陶干暗自猜测，此处便是那些前来求子的妇人住宿之处。他随即跃入两片大矮树丛中，脱去身上的罩袍，转个面随即又穿上。陶干身上这件袍子是特制的，袍子衬里以麻布片缝制，还缝了几块破破烂烂的补丁。

他摘下头上那顶可折叠的帽子，将其塞入袖中，以一块脏布片扎于头上，又卷起袍子，露出绑腿。最后，他又从袖中取出一小卷蓝布。

此系陶干诸多精巧发明中的一件。那物件卷起便是个缝纫粗糙的蓝布包，形似一般人用的蓝布包裹。此物呈正方形，内有许多稀奇古怪的夹层，褶角皆缝在里层。陶干只需将包内的竹片按不同方式撑起，便可将此物化成任何形状，从衣箱到书袋皆可。此物对陶干的历次冒险均大有裨益。

陶干调整了一下包内竹片的位置，让布包看起来好似木匠的工具袋。不多时，改装完毕，陶干立即沿小路走去。他双肩微斜，瞧上去就像拿着重物。此路通向一间非常雅致的香阁。此阁隐于一盘结缠绕的老松树影内，两扇朱漆大门上装着铜把手。门敞开着，两个小沙弥正在扫地。

陶干跨过高高的门槛，一言不发，直奔屋内里墙的大睡榻旁。他小声嘀咕着蹲下身，取出一条木匠用的墨绳量起尺寸。

其中一个小沙弥问道：

"怎的，又要换家具了？"

"干你自个儿的事！"陶干粗鲁道，"怎的，咱穷木匠赚些小钱你眼红啊？"

两个小沙弥笑着离开了屋子。屋内只陶干一人时，他急忙站起身，细细打量四周。

这屋内除里墙高处有一个小圆窗外，并无别的窗口，而那圆窗却小得连孩子都无法钻入。

陶干先前假装量的那张睡榻是以乌木制成，精雕细刻，镶有贝母，罩垫皆以厚实的锦缎缝制。睡榻边上置一张精雕花梨木桌，桌上摆着一具便携式茶炉及一套精美的瓷茶具。观音菩萨的长轴画像占了整面墙。此画着色丰润，望上去栩栩如生。正对此墙的是一花梨木梳妆台，甚为雅致。梳妆台上有一香炉及两支高烛。除此之外，还有张矮矮的脚凳。尽管小沙弥们刚刚清扫过地面，也已开门让屋子透了气，可空气中仍弥漫着一股浓烈的香火味。

陶干自言自语道："那现在该找那秘密入口了。"

他先察看了最令人起疑的地方，亦即观音画像后的那堵墙。

他轻轻敲遍整个墙面，欲找出一处凹槽或其他密道的痕迹，但都徒劳无功。接着，他又一寸寸仔细察看其余几面墙，也将睡榻从墙边推开，细查一番。他爬上梳妆台，在那扇小窗周围摸索，看看内中有无机关。虽然这窗实际上比在地上望去时要大得多，可他最终还是一无所获。

陶干心下恼怒不已，因他向来自诩是精通诸般黑道骗术的行家，也一直以此为傲。

陶干心说："在有些老屋古宅内，可在地板上发现活门。但这屋子是去年刚造的，我猜和尚们没准在墙上秘密开了个隐秘入口，因他们在干挖地道之类的活计时，没法不引人注目。对了，还有一个可能。"

于是，陶干卷起睡榻前铺着的地毯，双手撑地趴下身去，仔细地察看每一块石板，用小刀在石板缝隙间探查。可一切又是徒劳。

陶干不敢在屋内久留，只得罢手。出门时，他迅速查看了一下大门的门轴，看看内中是否暗藏机关。但一切正常。陶干叹了口气，合上大门，转身又花了点工夫察看门上那把大锁。

陶干沿花园小径返回，有三个和尚在路上与其相遇，他们只把他当成是身背工具袋、脾气暴躁的老木匠。

在那扇小门附近的灌木丛中，陶干将衣服又翻了个面，换成刚进寺院时的装束，悄悄返回寺院大殿。

他在寺内几个大殿的庭院间漫步，暗暗认出了僧寮以及接待那些偕妻来求子的丈夫之住处。

当陶干再次来到山门时，他步入门房，看到了进山门时遇见的那三个和尚。"谢谢师父借钱与我！"陶干彬彬有礼地向老和尚道谢，可并没准备从袖中取出那两吊钱的意思。那年纪大点的和尚觉得让陶干站着挺尴尬的，遂请其坐下，并问他是否想来杯茶。

陶干点头称谢。四个人围坐在方桌旁，喝着寺院内泡出的清苦酽茶。

陶干以闲聊的口气对他们道：

"看来师父们都反对花钱，你们借给我的那串钱并未派上用场，因当我想取下些铜钱买香火时，发现那串钱的绳子未曾打结，这叫人怎生解开那串钱呢？"

"这就怪了，"一小沙弥道，"请施主将那串钱给我看看！"

陶干自袖中取出那串钱递与和尚，那沙弥很快地摸了摸那串钱。

"在这儿，"他得意道，"如若这不算是个结，那贫僧便不知怎样才算是个结了！"

陶干拿回钱串看也不看便对老和尚道：

"这定是个戏法！师父愿与我赌五十个铜钱吗？我打赌这串钱没有结。"

"赌吧！"小沙弥迫切道。

陶干拿起那串钱在空中一圈圈转着，随后将钱递与老和尚，道：

"行，现在请师父指给我看看那个结在哪儿！"

三个和尚忙拽着那串钱，摸索搜寻，恨不能钻入铜钱，可就是找不到一个结。陶干沉稳地将那吊钱纳入袖中。他扔了个铜钱在桌上，说道：

"我给师父们个机会取回铜钱。转动这钱币，我赌五十个铜钱，停下时它的背面朝上！"

"成！"年纪大的和尚说着便转起了钱币，停下时那钱币果真反面朝上。

"我们之间的账清了。"陶干道，"不过为补偿你们的损失，我愿以五十个铜钱的价把我的那锭银子卖给你们。"

说着，他又取出银锭在手中掂了掂。

三个和尚满头雾水，年纪大的和尚以为陶干的心智肯定出了毛病，可他终究不想失去好机会。于是，他又取出另外一串五十个铜钱放在桌上。

陶干道："你做了笔好买卖，这可是块闪亮亮的银子，且容易携带！"

他朝那锭银子吹了口气，只见银子飘飘然落在桌上。原来，那是块以锡箔制成的赝品。

陶干甩了甩袖子，让那吊钱滑落出来，又拿出另一串。他让和尚们看，原来，那串钱绳打了个特别的结。以指尖夹住绳结，便成一滑结，恰好嵌于一铜钱的方孔内。如若将钱串放在手上转动，那结自是看不见，它紧紧嵌于铜钱中，且随铜钱一起转动。之后，陶干又将那枚先前打赌的钱币翻转过来，原来钱币正反两面相同。和尚们大笑起来，他们明白，此人乃一行骗高手。

陶干从容道：

"师父们花一百五十个铜钱上了堂课，还是值得。眼下让我说正经的吧。人人都说此庙财源滚滚，我想一探究竟。

"我听说来此烧香拜佛的有许多体面人家。我是个能言善辩之人，且很会相人，我想你们可雇我来替庙里觅得'施主'，说服那些犹疑不定之人，令他们的夫人来此留宿。"

年纪大的和尚摇了摇头，可陶干却快速接下去道：

"须知，寺庙并不需付我很多钱，我只要施主给予寺里香火钱的十分之一便够了。"

那和尚冷冷道："施主所言差矣，施主适才所说俱系谣传。贫僧知晓有些人起了嫉妒之心，不时地编派谣言，污蔑我佛家寺院，可那都是无稽之谈。贫僧以为，像施主这般闲暇之人定会打歪主意，可此事，施主你完完全全错了。善哉，善哉，寺院之所以兴旺，此等大福俱由大慈大悲的观世音菩萨所赐，阿弥陀佛。"

"别大惊小怪的，"陶干来了劲，"我得说干我们这行的，生性多疑，要我说，你这是为庇护那些求子妇人的名誉才这般小心翼翼吧？"

"这个自然。"那和尚道，"本寺方丈灵善法师接纳来访者之际，每每异常谨慎。他在会客厅中接待新来的求子者，先询问他们一些情况，如若方丈觉得他们并非虔诚佛徒，或对他们的钱财生疑，换句话说，对他们的地位不信任，那他会断然拒绝他们留下。留下的夫妇，当妻子与丈夫一同在大殿内跪拜祈福后，寺院会要求那当丈夫的请方丈及其他寺内长老用一顿斋饭。这顿斋饭的开销自然不菲，出家人不打诳语，本寺的素斋厨子是极棒的。此后，方丈便带夫妇俩去后院的香阁客房。你未曾见过那些客房，贫僧可告知施主，那处所真的是雅致清静。寺内有六间香

陶干初探晋慈寺（高罗佩　绘）

阁，每间阁内俱有真人般大小的一幅观音菩萨像，即照着你适才在观音大殿内见到的那尊不可思议的檀香木像复制的。如此，那些妇人在冥想观音菩萨的善德中度过长夜，阿弥陀佛！妇人进阁之后，丈夫便将门锁上，由他们保管钥匙。本寺方丈总是坚持在门上贴封条，当丈夫的还得在上面盖上他们的印鉴。这些封印除丈夫本人外，任何人都不许撕开。次日黎明，那当丈夫的再去将门打开。现在施主可明白了？没有任何理由可叫人疑心，施主不必呆想。"

陶干失望地摇了摇头道：

"那真是遗憾，可你是对的！但如果那求子的妇人在此过了一夜还是未能如愿，又该如何是好？"

那和尚得意道：

"只因那些妇人心存异念，且不真信菩萨方会如此。他们之中有些妇人还会再到本寺求子，而其他妇人我等再也未曾见过。"

陶干拂去吹散到脸颊上的长发，问道：

"我想，要是一对未曾生育的夫妇得到了他们日思夜盼的孩子，他们定然不会忘记晋慈寺的恩德吧？"

"那当然，"和尚咧开嘴大笑道，"有时候他们还以一乘专轿运送礼物上来呢！当然，如若本寺的美意被忽略的话，方丈会请人捎信给那妇人，提醒她欠本寺的情分。"

陶干与那和尚又继续海阔天空地聊了会儿，可并未获知更多情况。

过了一阵，陶干告辞离去，取道一曲折的小径，返回县衙。

　　陶干来到狄公的书斋，见狄公正与书吏及文案馆的吏员一同商议案情，此案涉及一块有争议的土地。

　　见陶干进来，狄公便叫其他人离去，又让陶干将洪亮叫来。

　　然后，陶干将他去晋慈寺察看的情况一一禀明，但未曾言及假银锭及铜钱串的把戏。陶干说毕，狄公接着道：

　　"很好，这廓清了我等之疑虑。既然你在香阁内未曾找到秘密入口，那我等就须相信和尚们的话。观音像看来确有神奇之力，能赐子给那些诚心笃信、求子心切的妇人。"

　　洪亮及陶干听了狄公这一番话，不觉大为惊诧。

　　陶干道：

　　"那寺院的诸般尴尬之事，已在本城传得沸沸扬扬！我恳求大人让我再去寺内勘察一回，或请参军与我一同前往，以便更仔细地察看一遍。"

但狄公摇了摇头。

他道："不幸的是，财富和成功通常会遭人嫉妒。我看，对晋慈寺的调查就到此为止吧！"

洪亮本想再说服狄公，但狄公的表情分明在暗示着什么，三思之下，洪亮遂打消了念头。

"此外，"狄公补充道，"要是马荣在寻找半月街凶杀案的凶手时需要帮手的话，陶干你须做好准备，以便同马荣一起公干。"

陶干很失望，本想再说些什么，可就在此时，县衙内的鼓声响起，狄公遂起身换上官袍，准备下午开堂办案。公堂之上业已聚集了一大群百姓，人人皆盼望狄公能继续审理午时中断的王贤东案。

狄公升座后，怒目圆睁，厉声向公堂内聚集的众人道：

"既然本地百姓对本县办案如此感兴趣，那本县欲趁此机会警示本地百姓。本县知晓浦阳县内有些居心不良之辈，正在散播谣言，恶意中伤诋毁晋慈寺。本县须提醒诸位，依大唐律，凡传播流言及无端诽谤者，皆须受到严惩。"

此后，狄公传那些打土地纠纷官司的人上堂。狄公花了些时间处理此案，可他对半月街凶杀案却未置一词。

下午的堂审快结束时，不知何故，公堂门外忽地人声鼎沸。

狄公将视线从文案上移开，抬头见一老妇正竭力拨开人群，欲上公堂。狄公向衙役班头做了个手势，班头遂带着两个衙役将那老妇带上，来到狄公桌案前。

书吏俯身在狄公耳边轻声道：

"大人，那是个疯女人，数月来一直不停地打扰冯大人，所申告之事又都属臆测。大人不妨将其赶出公堂。"

狄公默不作声，只是当那老妇行至桌案前时，方以犀利的眼光望了望她。老妇年过半百，行走不便，拄着根长拐杖。虽说身上的袍子甚为破旧，可缝的补丁甚是齐整，很是干净，脸相也甚为高贵。

正待她要下跪，狄公向衙役示意道：

"年老体弱患病者无须在本县面前下跪。这位老妇人，你还是站着吧，报上你的姓名、籍贯，有何冤情速速道来。"

老妇人深施一礼，以很难辨析的语音说道：

"老身夫家姓梁，娘家复姓欧阳。丈夫名唤梁皑丰，生前乃一广东行商。"

说至此，她哽咽不已，泪水顺着脸颊滚落，虚弱的身子因哀恸而颤抖。

狄公因其说的是拗口难懂的广东方言，又因那老妇身子不佳，三言两语没法道清事实，遂对那老妇人道：

"这位妇人，本县不欲让你在公堂上站立过久，还是在书斋内听你细说原委吧。"狄公转身，对站在他椅后的洪亮道："将这位老妇人带至小客厅，叫人给她沏杯茶。"

老妇人被带走后，狄公又处理了些日常公务，方才结束了下午的堂审。

洪亮在书斋内候着狄公。

"大人，"见狄公入内，洪亮道，"那老妇瞧上去心智有些失常。她饮了一杯茶后，心里稍稍明白了些。她告诉我，她全家长期蒙受深重冤屈，说着说着又哭了起来，且开始语无伦次。在下擅作主张，派人将您的一位老家人叫来劝慰她，令她平静下来。"

"洪亮，你做得很对，"狄公道，"我等须待其完全放松之后，再做主张。一般而言，这类人所称冤情只是心智混沌所致。不过，来县衙申诉之人为的无非是公道，因此，我对案情未加核实之前，决不会赶他们走！"

狄公站起身，双手背在身后，来回踱着方步。洪亮正欲问究竟是何事令他如此不安，狄公忽地止住脚步，说道：

"目下只你我二人，你又是我忠实的随从，我且把对晋慈寺的勘察意见告诉你。过来些，别叫旁人听见。"

狄公悄声道：

"你也该理解继续勘察寺院已毫无意义。一者，几乎无从觅得确凿证据。我对陶干的能力自是放心，可居然连他也未能发现个中秘密。纵令和尚们悄悄干下伤天害理之勾当，你也别指望那些受害者会站出来指控他们。那样的话，妇人们不仅自己抬不起头来，还会让她们的丈夫蔑视她们，并疑心生下的孩子究竟从何而来。二者，还有层更要紧的理由。我告诉你，你千万不可透露半点风声。"

狄公在洪亮耳边低声道：

"最近我从京城听到些令人不安的消息。看来佛教势力已愈来愈强，甚至深入内廷之中，连宫女等也崇奉佛理，圣上也为那些僧人所迷惑，对那些无稽之谈甚为热心。京城白马寺的方丈近日奉旨入宫，被封大国师尊号，其同党正渗透朝廷各个重要部门，其耳目爪牙遍布各地，朝中忠良之臣俱担心不已。"

狄公浓眉紧锁，仍轻声继续道：

"眼前事实既已如此，如若我开堂盘问晋慈寺僧众，其后果会是什么，你该明白。我等面对的绝非是一般的犯人，而是在与一股强大的势力作对。须知，众佛徒顷刻间会站在晋慈寺方丈一边，甚至在朝中引发轩然大波，上下打点贵重礼物，影响所至，遍布京城。纵使我能提供无从辩驳之证据以了断此案，可我也早就被发配至边关的偏僻任所。更有甚者，可能还会遭人诬告，被带上囚车押返京城。"

洪亮悲愤道：

"大人，照您的意思，我等真的无能为力了？"

狄公神情黯然，点了点头。沉思片刻后，他叹息一声，说道：

"如若此案的发生、解决、擒拿罪犯以及断案判决能在同一天便好了！但你知道，大唐律令不会允许我等如此随心所欲。即便允许我这么做，死刑还得由朝廷来定夺，但我的奏折通过州府递至朝廷至少也需数十天，这又给了那伙人充足的时间及机会，他们大可设法扣留我的奏折，令此案不了了之，而我也将受到羞辱，遭逢免职。但如今我倒乐意以仕途，甚至生命冒此风险，以除去人间之毒瘤，纵令机会渺茫，我也决不放弃。当然，很可能永远不会有此机缘！

"洪亮，在此期间，我适才所说之语，你切不可透露半分，我不许你再言及此事。我相信本县衙的衙役中，定有晋慈方丈之耳目，因此每一句涉及晋慈寺的话都不可再提。现在，你且去看看那位老妇是否可接受讯问了。"

洪亮带老妇一同回至书斋，狄公请老妇人坐在自己桌案对面，那是张舒适的椅子。接着，狄公和蔼地说道："老妇人，见你如此伤心，本县也很难过。到目前为止，你只告知你丈夫姓梁，还未告诉我更多详情，你丈夫究竟如何死去，你又受了何等冤屈？"

老妇人颤抖着手，从衣袖内摸出一个光泽全无的织锦包，内中有一卷手稿。她恭敬地双手奉给狄公，时断时续道：

"请大人细读此状子。而今老身头脑已糊涂，没法向您一口气说出我们家遭受的天大冤屈！大人您可以在那份状子中看个究竟。"

她往后靠在椅背上，又哭了起来。

狄公让洪亮给了她一杯浓茶。他打开织锦包裹，里面有很厚的几篇文稿，因时日已久，翻得较多之故，纸已发黄。翻开首页一看，是篇很长的状子，显系一有学问之人所写，文笔优美，字体隽秀。浏览全稿，狄公注意到，其间详尽叙述了广东两个富有商人家庭，即梁家及林家的血海深仇。事情起自姓林的引诱梁家媳妇，那以后姓林的便残害梁家，掠夺了梁家的所有财产。

待狄公阅毕，见到状子上写的日期时，惊讶地抬起头来，说道：

"老妇人，此状子乃二十多年前所写！"

老妇人弱声答道：

"光阴荏苒，可抹不去滔天罪行。"

狄公又浏览了其他一些文稿，俱是补充有关此案后来发生之事，最近的一份是两年前所写。然每篇末尾，无论老的抑或新的，均有县令的批复："言无足据，不予受理。"

狄公说："所有这些事都是发生在广东，那你为何离开老家？"

老妇人道："我来浦阳是因那个大罪人林樊正巧也居于此地。"

狄公未曾听过这名字。他边卷起文稿，边和颜悦色道：

"老妇人，本县须细细研究一下这些状子，一旦有了结果，本县会请你再来，详问你一些事。"

老妇人缓缓站起身，深深施礼道：

"老身多年来一直盼望能有个为我申冤的青天大老爷。上苍保佑，老身终于盼到了这一天！"

洪亮将老妇人带了出去。待他回来，狄公对他道：

"起初，我便知这是件叫人烦心的案子，一个精明且受过良好教育的恶棍掠夺搜刮了他人的财物，可总能逃脱公正的惩处。显然，悲痛及失望已令那老妇心智稍有昏聩。能为那老妇做的，无非研究一下此案，可我没法肯定能从被告的辩词中找到漏洞。我注意到，经手过此案的县令中有不少人以精通大唐律法而闻名，甚至目下已官位显赫。"

接着，狄公将陶干唤来。他见陶干一脸沮丧，便笑着道：

"打起精神来，陶干，当下给你个更美的差事，要比你在和尚中周旋强得多！你且到梁老夫人住的地方去，尽你所能收集有关她及其家中情况。此外，我要你去寻访一个富商，名叫林樊，他定是住在本城某处。你也须向我禀明他的情况。对了，他们都从广东迁来，几年前方在本城定居，这或许对你调查有所帮助。"

　　洪亮和陶干告退后，狄公让书吏将一些本地日常公务的案卷拿来给他过目。

再说马荣，那日下午离开狄公书斋后，回到自己住处，草草
换了身装扮。

他脱下帽子，把头发弄得蓬松杂乱，再以一块肮脏的破布将
头发包起。他穿了条宽松的裤子，用草绳在脚踝处将裤管扎紧，
又在肩上披了件打满补丁的短褂，临了还脱下毡鞋换了双草鞋。

穿着这身破衣烂衫，马荣从边门悄悄离开了县衙，走到街
头，混入人群之中。众路人瞅他一眼后，随即纷纷给他让道，马
荣心下暗自得意。街上的小贩们见他走近，都连忙用双臂紧紧护
住摊子上的货品，马荣虽蹙眉怒视，但心中却在安慰自个儿。

可没多久，马荣发现他的差事并没他想的那般容易。他在流
浪汉常光顾的街边小摊上吃了顿倒足胃口的饭，又在肮脏的酒馆

里喝了些劣酒。那酒馆周围全是垃圾，臭气熏天。他也听了不少穷人颠沛流离的故事，更有许多人要向他借几个铜子花用。可所有那些人都只不过是些街头小贼，并非巨盗恶徒，马荣觉得他还没真正接触到一个本地恶棍。那些恶棍往往在黑帮内有些地位，且都熟知贫民区所发生的事。

临近黄昏时，马荣方得了点琐细的线索。他在街边小摊饮酒，另有两个乞丐在那儿吃饭，马荣刚想吞下一杯烈酒，却听得那两个乞丐在说话。一个家伙正在问另一个"上哪儿能偷些好衣裳"，另一个答道："红庙里的人定知端的！"

马荣暗忖，那些下流之徒常聚在某个废弃的寺庙周围，但大多数的寺庙都有红漆柱子和大门，他不知该如何找到那乞丐所说的"红庙"。他才刚来浦阳，对此城并不熟悉。他决定再碰碰运气，于是便往北城门附近的集市走去。路上，他一把揪住个衣衫褴褛的脏孩子，拽着他的颈子，粗暴地命那孩子带他去"红庙"。那孩子二话不说，便带他穿过好似迷宫般的羊肠小巷，来到个神秘的开阔地。到了那儿，男孩挣脱开马荣的手，飞也似的跑开了去。

夜色下，一扇道观的大红漆门隐隐显露，正对着马荣。左右两旁是斑驳的旧观墙，沿墙的低处有排木屋，木屋四壁俱已塌陷，破烂不堪。马荣明白，当年此观昌盛之际，这些木屋都是小贩们摆摊的地方，供应前来进香者食宿之用，可如今已为城内不法之徒所占据。

整个道观前的空地俱是垃圾秽物，一衣衫褴褛的摊贩在炭火上支起锅子，正用变味的油煎着饼，空气中随即弥漫着令人作呕的臭味。墙缝里插着冒着烟的火把,借着微弱的光线,马荣见到一群男人蹲成一圈,正在专心赌钱。

马荣慢慢走近这伙人。一个腆着大肚子的赤膊胖汉正倚墙坐在一翻倒的酒坛上。他的长发和散乱的胡子上黏着一层油污、尘土,左手搭着肚子,槐杆般粗壮的右臂搭在根多节的木棍上,眼皮厚重的双眼瞧着那些人赌钱。三个瘦小的流浪汉围着骰子蹲在地上,其他人则蹲在稍远的暗处。马荣在那儿站了会儿,眼睛紧跟着骰子转。没一个人注意到他。他正在那儿思量该如何与那些人搭上话时,坐在酒坛上的胖汉突然头也不抬地对他说道:“可以用一下你的褂子吗,兄弟?”

马荣发现自己已被那伙人所注目。一个蹲着的赌徒收起了骰子,站起身来。他虽没马荣高,但从裸露在外的双臂便知,此人有把蛮力。只见他自腰带内抽出一把短剑,面露狰狞之色,奸笑着踱到马荣右首,手抚短剑。那胖汉从酒坛上站起,卷起裤管,往地上猛唾一口,随即紧握那根木棍,笔直地站在马荣跟前。

他睨着马荣道:“老弟,欢迎到圣明观来!要是我没说错,你算是个识时务的俊杰,既然来此,自然要献上你的礼物。我向你保证,老弟,咱爷们乐意收下你的褂子!”

说罢,他便欲动手攻击。

与此同时,马荣瞟了他一眼,便欲接招。马荣心想,那胖汉右手持一难看的短棍,另一赌徒腰间佩把出鞘的短剑,二人来者不善,须先下手为强。

那胖汉话音未落,马荣挥左臂便是一击。他顺势抓住胖汉的右肩,以大拇指按其穴位,令那胖汉持木棍的右手顿时没法动弹。胖汉身手着实敏捷，他伸出左手抓住马荣的左腕，欲将马荣往前一带，以便用膝盖击其下身。可说时迟那时快，马荣早已抬起右臂，用尽全力往后一扫，右肘击到那拿短剑汉子的脸上，那汉子嘶哑地喊了一声便扑倒在地。接着，马荣右臂顺势往前用力一挥，在胖汉一愣神的当口，在其胸口上来了那么一拳。胖汉随即放开马荣的左手腕，倒在地上直喘粗气。

马荣正欲回头察看是否还须对付那佩剑汉子时，但觉背上为人重重敲了一下。一条肌肉突起的臂膀从他背后勒紧了他的脖子，整个人好似上了绞刑一般。

马荣拱起他有力的脖颈，以下巴抵住那家伙的前臂，同时在那厮背后摸索。马荣左手只从他身上扯下一片布，可右手却抱住了他的一条腿。马荣使出全身的劲紧拽那腿，同时忽地往右一倒，两人同时着地，马荣压在那人身上，几乎将对手的骨架子都给压碎了，因此勒着马荣脖子的手臂也松开了。那佩剑汉子趁马荣不备连忙爬起，马荣一见也随即跳起，及时躲开了那厮刺来的短剑。

躲闪之际，马荣顺势抓住那挥动短剑的手，将其手臂反扭，扣在他的肩上。随后，马荣迅疾弯下身，把对手往上一甩，那厮撞到墙上，又摔在空酒坛上，将酒坛砸了个稀巴烂，随即便安安静静躺倒在地。

马荣拾起短剑，将剑扔出墙外，转身对站在暗处的那些人道："诸位弟兄，在下也许瞧上去有点失礼，可我对那些个使刀弄剑的从没啥鸟耐性！"

众人只是哼哼唧唧，亦不知何意。

马荣与申八（高罗佩　绘）

胖汉子仍躺在地上，不停地呻吟诅咒着，时不时打口中喷出些东西来。

马荣抓住他的胡子将其拉起，又随即把他狠狠地扔出去，胖汉的背撞到了墙上，砰的一声落地，遂蹲坐在墙边。他睁大眼睛望着马荣，气喘连连。

过了许久，胖汉方才稍稍恢复了些元气，以嘶哑的嗓音道：

"不打不相识，在下请教老兄尊姓大名，不知老兄来自何处？"

马荣当即编了个名儿道：

"在下名唤荣宝，是个老实的买卖人，在大街上贩卖货物。今儿清早，太阳才刚升起，便遇到了个富有的商人。他挺喜欢我的货，付给我三十锭银子买下我全部货物，所以我就赶到此处，特地到观内烧香敬神。"

一席黑话令众人哄笑不止，那胖汉忙讨好地问马荣是否用过晚饭。听马荣说还没吃过，胖汉向煎饼的小贩喝了一声，众人便齐聚炭火旁，一边吃着大蒜煎饼，一边说着话。

原来那胖汉名唤申八。他自鸣得意道，他是全城流浪汉推举出的头儿，现为丐帮帮主。他和他的手下两年前便在此道观内落脚。此地曾是个香火很盛的道观，百姓俗称其为"红庙"。可是似乎发生了什么不幸的事，道士们纷纷离开了道观，县衙也封了道观的大门。申八说，此处还算漂亮清静，且离城内热闹的市廛不远。

马荣告诉申八，他发现自个儿处境甚为不妙。他虽已把那三十锭银子藏妥，但还是想迫不及待地离开此城，因那遭劫的商人很有可能报官。他可不想在袖中藏着包沉甸甸的银子招摇过市，所以想将银子换些小饰品，如此一来，便于随身携带。他再三声称并不在乎因此而吃点亏。

申八肃然点头，表示赞同：

"兄弟，这是个聪明的法子。可银子是贵重之物，通常我等只用铜钱做生意。现在如若有谁欲将银子换成小而等值的物件儿，那就唯有金子了！但兄弟，实话对你说，咱这群兄弟中，撞见吉祥的金色物件儿，要说有，也不超过一回。"

马荣附和道，金子确是值钱的玩意儿，但他又道，"没准哪个乞丐会在路上找到件小的金饰品，而那饰品可能是坐在轿中的贵妇所掉。这消息肯定会不胫而走，你是丐帮帮主，自会很快听说吧？"马荣试探道。

申八慢慢搔着他的肚子，热情已明显减退，不置可否地说是有这种可能性。

马荣在袖子内摸索，取出一锭银子。他在手中掂了掂银子的分量，并让火把的光照在银子上。

"在我藏匿那三十锭银子时，"他说道，"随手拿了一锭带在身边以求好运。不知老兄是否愿意收下此银锭，作为在下预支给你的回扣，以谢老兄促成这桩生意。"

眨眼间，申八已打马荣手中抓过银锭。他眉开眼笑道：

"兄弟，让我想想能为你做些什么。这么着，你明晚再过来听信吧！"

马荣谢过，又与新结交的几位说了些中听的话后，便告辞离去了。

马荣返回县衙，随即改换装束回到衙门大院。狄公书斋内仍点着灯，此时狄公与洪亮正在商议公务。

狄公见马荣来到，遂止住话头，问马荣道：

"可有什么消息？"

马荣简要地禀明了他与申八相遇的经过，并提及申八的承诺。

狄公心下十分满意。他道：

"要是你真能在头一天便找到罪犯，那可是交了天大的好运。你头起得不错，这消息定会在黑帮内迅速传播。目下你已摸准了门道，毫无疑问，时间一到，你那位申八帮主便会提供失踪发簪的线索，你便可循迹发现罪犯。

"你回来之前，我与洪亮正商议是否该对邻县同僚做一次礼节性的拜访。依惯例，我迟早都必须去一次，目下时机也颇为适宜。我打算离开浦阳两三天。在此期间，你继续追查半月街案的凶手。如若需要，你可同乔泰一起调查。"

马荣认为他最好单独行动，如若两人调查同一案件，可能会引起旁人的怀疑。狄公表示赞同，马荣随后告退。

洪亮若有所思道：

"如若大人离开此地两三日，衙门也将停止审案，这倒是暂停审理王贤东一案的最好理由。县城内目下谣言纷扬，说那王贤东因系书生出身，受害者只是穷店主的女儿，大人欲包庇王贤东。"

狄公耸耸肩道：

"纵令如此，我明早也照样起程去武义，后日便可到金华，第三日返回浦阳。洪亮，你无须随我一同前往，我离开期间，马荣或陶干尚需你指点一二，你且留在此地保管县衙官印。目下你帮我置办些适合赠送武义潘县令和金华罗县令的礼物，然后吩咐轿夫，明日一早，让他们将我的行囊装上官轿，在衙门大院内等候！"

洪亮点头答应，让狄公放心。狄公遂俯身桌案，开始审阅案上的公文。

洪亮站在狄公桌前，犹豫再三却不离去。

过了一阵，狄公抬头见洪亮仍站着，遂问道：

"洪亮，你还有何事？"

"大人，恕在下唐突，我已细细思量那奸杀案，反复查阅案卷，几经努力，但对大人的推断仍无从理解。虽说现下已很晚了，但大人若能在明日离开前给在下更多提示，那我至少在大人离开的这几日能睡得安稳些！"

狄公笑着将镇纸压在文案上，随后靠于扶手椅背，道：

"洪亮，你让人去泡壶新茶来。你坐到这张凳子上，我解释给你听，我是如何推断那晚的命案。"

狄公喝了一口浓茶，开言道：

"当我闻及此案的主要证据时，便排除了王贤东为奸杀肖洁玉的凶手。确实，有时女人确能勾起男人的恶欲邪想，孔子在《论语》中所言'唯女子与小人之难养也'，确有道理。

"但仅有两类人会将邪欲付诸行动，一类为粗俗之人，他们皆为作恶之惯犯；二为富裕好色之徒，此等人生活放荡，心性已屈从邪恶。我可想象如王贤东这般有才学的年轻人，若身处恐怖之境，一时狂乱也会扼死一名女子。但要说他会奸杀已与他有了超过六个月肌肤之亲的女子，我以为绝无可能。故我等须在上面所提的两类人中寻得真正的罪犯。

"我随即排除了纨绔子弟犯案的可能性。此类人常出没于花钱如流水的纵欲场所。须知，富人根本不会留意穷店主所居半月街这样的区域，也无甚机会得知王贤东的秘密幽会，更别提借助布条攀上窗户那档子事。这定然是惯犯所为。"

说到此处，狄公停了一阵，随后继续道：

"这些卑鄙之徒，恰似饿狗般在城中闲荡。如若他们在黑暗小巷中碰巧遇到个无防卫能力的老者，他们便会击倒他，抢走他随身携带的几串可怜巴巴的铜钱。如若遇上个单身行走的妇女，他们便会击昏并奸淫她，从其耳上扯去耳环，将其丢弃在街沟。他们在穷人居住地偷偷摸摸地游荡，要是发现没上锁的门或打开的窗子，便会潜入偷走主人家仅有的那点财物。

"我等是否可以假设，有这么个家伙，碰巧途经半月街而发现了王贤东与洁玉的隐情呢？这恶棍明白，在那姑娘的幽会处抢劫，姑娘懵懵懂懂，自会束手就擒，无从抵抗，待明白究竟后，至多也只哭爹喊娘或逃至门旁，那恶棍遂上前奸杀了她，接着不慌不忙地洗劫值钱物品？直至拿走女孩身上仅有的饰物。"

狄公止住话，又喝了杯茶。

洪亮缓缓点头，随后道：

"大人虽明白论断王贤东并未犯下双重大罪，可在下尚未见任何可用于公堂之上的确凿证据。"

狄公答道："你要确凿证据，这个不难！第一，你已知仵作所禀告之内容，如若王贤东扼死洁玉，其长指甲会在姑娘的颈脖上留下重创。虽然姑娘身上各处俱有伤痕，可仵作仅发现了浅浅的指甲印。这表明恶棍的指甲是短而不齐的。

"其次，当洁玉遭受强暴时，虽竭尽全力反抗，可她那些磨损的指甲绝不会在王贤东的胸口和手臂上留下深痕。顺便一提，此类刮痕并非如王贤东所说的由荆棘擦伤而成。在恰当之机，我会弄清这个小问题的。至于王贤东是否有可能掐死肖洁玉，我可补充说一下，我已观察了王贤东的身材，并已听过了仵作对姑娘的描述。我相信，如若王贤东欲扼死姑娘，那他定会被推出窗外！但此情形并未出现。

"第三，当十七日晨凶案为人发现时，王贤东用来攀入洁玉房间的布条已被拉起，丢在洁玉房间的地上。如若此案系王贤东所为，或当时他在房内，没这临时当成绳索的布条，他如何能抽身离去？王贤东并非体魄强壮之人，他需洁玉之助方能攀上窗户。以此看来，唯有强悍之徒才有翻墙入室的经验，于紧急关头无须诸如布条之类相助，而能任意逃脱。他会像乔泰那般，正如你所见到的，从窗户上双手荡出，随后跳下。以上便是我对那罪犯的印象。"

洪亮微笑着点了点头，说道：

"目下我已全明白了。大人推断如有神助，桩桩件件皆有所本，罪犯擒获后，证据自然充分，可与之对质而令其招供，如有必要，刑讯并施，不愁那厮不招。毫无疑问，此犯仍在城中，他没来由自惊自扰远遁他乡。城中人人尽知，冯大人已判王贤东有罪，且大人您也赞同他的判决。"

狄公将着他的胡须，缓缓点头道：

"那恶棍若将金簪卖掉，便会暴露自己的身份。马荣已搭上了知晓销赃内情的人。须知，罪犯绝不敢同金匠或当铺掌柜联系，那样便会露了马脚，叫官府发现被盗物品之踪迹，因此必定会试着在其同伙中觅得销赃者，如此一来，申八不久便可风闻，马荣随后也就能抓到罪犯。"

狄公啜了一口茶，随后提起朱笔埋首于文案之中。

洪亮站起身，拨弄着他的胡须，发了一阵呆，过了半晌，又道：

"仍有两点大人您未曾解释。大人是如何知晓罪犯是行脚僧打扮？更夫与此又有何干系？"

狄公沉默了一阵，专注于正在处理的文案上。他在文案页边做了一个记号，放下朱笔，卷起文案，随后抬起头，双眼熠熠有神地望着洪亮，道：

　　"王贤东那日所见更夫之事，确有奇怪之处，不过此事倒令我深思，那罪犯到底是何等样人。须知，下三烂的罪犯常将自己扮成游方道士或行脚托钵僧人，如此一来多少可以掩人耳目，令他们安全地游荡城中。故而王贤东第二次听到的并非更夫的梆子声，而是……"

　　洪亮大悟道："云游僧的木鱼声！"

次日清晨，狄公正穿戴官服官帽之际，仆役通报，有两名晋慈寺的僧人来衙求见，说是捎来晋慈寺方丈的口信。

狄公换上正式官服，于案前坐下，一年长的和尚与一小沙弥结伴入内。他们跪下磕头时，狄公瞥见他们的黄袍乃由细纹锦缎缝制，且纾以紫色丝线，两人还佩着琥珀佛珠。

年长的和尚不露声色道：

"贫僧奉我晋慈寺灵善方丈之命，向大人您转达他的敬意及问候。方丈知晓大人上任伊始，公务繁杂，故目下不敢冒昧前来拜访大人，但在适当之际，方丈便会亲自登门聆听大人教诲。因而方丈希望大人千万别误会，以为出家人倨傲无理，因此恳请大人哂纳此薄礼，聊表方丈一片心意。"

说到此处，年长的和尚向那小沙弥做了个手势，小沙弥起身将一只用昂贵锦缎做成的小包袱放于狄公的桌案上。

洪亮原以为狄公会断然拒绝此礼，未曾想，狄公只低声说了几句"无功受禄"的客套话，在和尚的坚持下，却未再推拒，反倒从椅上站起身，作揖谢道：

"请告诉贵寺方丈，狄某深感方丈关怀之意，也请转达本县对他的谢意，适当之时本县自会前去拜访。请带信叫方丈宽心，虽说本县不是佛教徒，但对佛理甚感兴趣，非常渴望能有幸聆听远近闻名的灵善法师之教诲。"

"大人之嘱贫僧定会回禀方丈。对了，方丈让贫僧向大人禀报一事，虽说是些许小事，但本寺以为甚有必要禀明大人。昨日下午升堂之际，大人明示佛家寺庙同县内良民一般，俱受官府保护。可近来本寺却有骗子光顾，他们欲掠夺僧众之香火钱，那可是本寺的正当财源。此外，该骗子在寺内到处窥探，深扰僧众，因此方丈恳望大人能晓谕县民，不可再去骚扰寺院，并严惩此等无赖行径。"

狄公点头应允，二僧随后离去。

狄公心下恼怒异常，他知道定是陶干再作冯妇，又行起老勾当，且为人追踪至县衙，真是糟糕之至。狄公叹了一口气，命洪亮打开包裹。

洪亮打开精美的包裹，见内中有三枚闪闪发亮的金元宝及三大锭银元宝。

狄公将其重新包起，纳入袖中。这是洪亮首度见着狄公收受贿赂，心下自是悲伤不已。他记得狄公先前的指示，不敢妄论二僧的造访，只默默帮狄公换上出行的服饰。

狄公缓缓步出客厅来到县衙大院，见仆役等已准备就绪。出行的官轿停于台阶前，官轿前站着六名衙役，手举镌有"浦阳县令"四字的大木牌，官轿后也站着六名衙役。另外，六名强壮的轿夫业已备好了官轿，其余十二名替补轿夫也备好了县令的大批行囊。

见一切就绪，狄公遂登上官轿。轿夫将轿杆一抬，轿子便压在他们壮实的肩膀上。出行队伍缓缓穿过了大院和县衙大门。

一队护卫随从也到达县衙前，但见乔泰携弓带刀，骑马行至狄公官轿右侧，衙役班头也骑着马，行在官轿左侧。

随后，队伍开始穿行于浦阳县城的街道。两名开道的衙役迅疾走到队伍前列，鸣锣大喝：

"让道！让道！县令大人驾到！"

狄公留意到四周并无常有的颂赞欢呼之声。他透过轿子格窗向外张望，见不少路人对出行队伍怒目而视。狄公叹息一声，靠着坐垫，从袖子中拿出梁老夫人的案卷开始读了起来。

离开浦阳城后，队伍走上了穿过平坦稻田的乡间大道。蓦地，狄公将案卷放于膝头，呆望着轿子外单调的风景。他试图理出头绪，却一无所获。轿子晃晃悠悠，令其昏昏然，最终还是睡着了。直至薄暮降临，一行人进入武义县时，狄公方才醒来。

武义潘县令将狄公迎入县衙大客厅，摆酒为狄公洗尘，同时邀请了些本县缙绅前来作陪。几年前潘县令曾为狄公上司，但因两次吏部考核，未得京官赏识，没能升迁。

狄公知道潘县令乃严谨博学之士，刚正不阿，因对朝廷吏部考核颇有微词而遭贬斥。

晚宴虽不丰盛，但与才华横溢的主人畅谈，很令狄公舒心快意。潘县令一席话也让狄公茅塞顿开，知晓了不少县衙管理之门道。晚宴结束时，天色已晚，狄公遂在主人为其准备的客房内就寝。

次日黎明，狄公离开武义，与随从一道起程前往金华。

沿道而行，众人穿过高高低低的田野和起伏摇曳的竹林，越过覆着稀疏松树的山丘。这是个晴朗的秋日。狄公将轿帘卷起，一路欣赏美景。但风景虽美，却无法令其忘记疑案。他思忖着梁老夫人所说之事，可没过多久，便觉疲惫不堪，遂将案卷重又纳入袖中。

狄公心中烦乱不已，刚摆脱此事，却又担心起马荣，不知其能否尽快找到半月街案的凶手。狄公很后悔未将乔泰留在浦阳，让马荣独自去搜寻凶手。

一行人接近金华时，狄公心下更为焦虑不安。很不幸，他们错过了渡口，那条河流经县城，这叫他们迟了近半个时辰方得入城。此时天已大暗。

衙役们张灯迎接众人。在县衙大厅前，他们扶狄公下了轿。

罗县令热情相迎，他领着狄公进入宽敞豪华的客厅。狄公暗道，罗县令与潘县令的性格截然不同。罗县令是个矮小肥胖且快活的年轻人，没留髭须，仅有稀疏削尖的短须，此短须乃时下京城流行样式。

双方行礼如仪，狄公只听得邻院传来微弱的丝竹乐曲声。罗县令抱歉不已，称他未蒙狄公应允，已邀了些朋友与狄公会面。

因见狄公迟迟未至，遂以为狄公已留宿武义，故命晚宴开席。目下他已安排了狄公与自己在客厅边的房内用膳，以图个清静，也可讨论相互关心的县衙事务。

尽管说的是客气话，可不难看出，于此良辰，罗县令原本便不图静静说话。狄公也无意行此官样文章，遂接口道：

"罗大人，实话说，我有些疲倦，若不嫌相扰，在下仍盼入席，与罗大人诸友结交相识。"

罗县令喜出望外，随即领狄公至第二进院内的宴客厅。三位看来颇有身份的缙绅正围坐桌旁，乐呵呵地饮着酒。

罗县令介绍狄公，众人起身作揖。最年长的客人名唤骆宾王，为著名诗人，也是主人之远亲。第二位是个画师，其画作流行于京师。第三位是个秀才，游学各处以增广见识。三人显系罗县令之好友。

狄公入席后，三人俱有些拘谨，在一番互道久仰后，交谈热情渐减。狄公向众人致意，随即连饮三杯酒。

酒一下肚，狄公激情顿起。他吟唱起一曲旧谣，博得满堂喝彩，引得骆宾王也吟唱了几首他写的感遇抒情之作。一巡酒后，狄公又吟诵了些情诗，这让罗县令乐不可支，高兴地击了击掌。当下，四名衣着华美的歌女从宴客厅后侧的大屏风后款款步出。适才狄公与罗县令进屋时，她们才从那儿悄然退出。两名女子替他们斟酒，一名弹琵琶，第四个长袖凌空，款摆腰肢，跳起柔美的舞蹈。

罗县令兴致勃勃，微笑着对他的朋友们说道："瞧，诸位，道听途说终归不真。在京城，狄大人一直有严肃板正之誉，可目下尔等亲眼所见，他其实是个极善交际之人！"

罗县令随即介绍了四个姑娘的姓氏。她们既迷人，教养又佳，狄公惊讶于她们为诗词配唱合韵、即兴给名曲填词的本领。

时间过得飞快，客人们离席时，夜已深沉。两名斟酒的姑娘看来是骆宾王和画师的相好，而那游学秀才答应将其余两名歌女舞姬带至另一聚会上，大伙便就此分手。最后，狄公发现只有他与罗县令还在宴席桌旁。

罗县令声言，狄公乃其同窗知己之好友。他以老成的语调说道，两人之间无须繁文缛节，以兄弟相称为宜。离了饭桌，二人在回廊上漫步，但见微风送爽，秋月高悬。两位县令心下甚喜，便在大理石雕栏旁的小凳上坐下。此处可欣赏廊下雅致优美的花园。

二人兴致未减，评说着适才离去的那些女子，狄公道：

"罗兄，虽说今日乃你我初会，但我似觉许久之前便认识了罗兄，故冒昧求教一事，罗兄请勿推辞。"

罗县令肃然答道：

"哪儿的话，狄兄乃敏捷善思之人，愚弟哪敢望其项背，但既蒙狄兄如此错爱，小弟甚觉荣幸。"

狄公嗓音低沉且诡异道：

"实话告诉罗兄，弟对酒与女人甚为钟爱，且喜常换花样。"

"妙极，妙极！"罗县令叫道，"小弟完全赞同此说！再好的东西每日吃也定会索然无味！"

狄公接着道：

"不幸的是，以弟现在之职，不便经常光顾县内之柳巷，也无法于闲暇之时觅个妙龄女子来快活逍遥一番。罗兄定当知晓，这事会在城中传得沸沸扬扬，弟可不愿损及县衙威名。"

罗县令长叹一声，道：

"狄兄所言甚是。而且衙门内尚有开堂问案之类的苦差，对我等地方官员而言真是大为不便！"

狄公身子前倾，低声道：

"若弟能在罗兄管理得井井有条的辖县内挑中妙龄少女，以我二人之谊，罗兄可否安排替我购得这些如花美人，送至弟之陋宅荒园，以破官邸寂寞之苦，增红袖添香之趣。"

罗县令迅疾热情高涨。他起身离座，在狄公面前深施一礼，小心说道：

"此事狄兄尽管放宽心，狄兄如此看重小弟及弟之辖县，小弟甚觉荣幸！狄兄不妨在鄙舍屈尊几日，以让小弟从容选定。"

狄公答道：

"事不凑巧，因弟有几件重要县务，明日须回浦阳处理。只是目下未至深更，可否烦劳罗兄替小弟张罗一番，以度良宵。"

罗县令激动地拍着手，叫道：

"如此激情足以证明狄兄生性豪迈放浪！不过欲在如此短的时间内征服她们，还得靠老兄的果敢、殷勤。须知，此地姑娘惯于养尊处优，甚是依恋此地，故不易将其带离。恕小弟直言，去岁京城长髻已不再流行，好在老兄风流倜傥，翩翩风采，故只需尽尔所能，自然马到成功。至于小弟，自会将最好的亲自送于老兄面前。"

罗县令转身对着大厅，对仆人大声喊道："叫管家！"

没多久，一个脸带狡色的中年男子来到他们跟前。他在狄公和他主人面前躬身深施一礼。

罗县令命道：

"我要你马上带些轿子出去，接四五个姑娘来陪我等月下吟诗。"

管家显然已习惯了此类命令，他又一次躬身深深施礼。

罗县令对狄公道：

"狄兄不妨将特别之喜好告诉小弟，以便小弟安排。狄兄喜好哪类姑娘？是外貌漂亮的，还是多愁善感，抑或精通歌舞技艺的？没准，你喜好机敏有学识的？天色已晚，大部分姑娘现已回家，故我等有足够挑选之余地。狄兄，快说说你的喜好，如此，我的管家方可据兄的偏好精挑细选。"

狄公道：

"罗兄，你是明眼之人，弟也就直言相告。在京城时，弟已厌倦了那些世故的色艺俱佳的姑娘。目下弟之喜好已变。不瞒罗兄说，弟更喜好普通的姑娘。坦诚地说，弟对那些官宦通常不会垂青的姑娘较有兴趣。"

"哈哈，"罗县令叫道，"狄兄法眼高深，着实叫小弟佩服！兄已达及超凡之境，见凡人所未见，于粗俗中反见奇珍。小弟就依狄兄所言！"

罗县令遂向管家招手，示意他靠近，并在其耳旁低声耳语几句。但见管家的双眉一扬，面露惊讶之色，随即再次深施一礼，转身离去。

狄公留下杏儿与蓝玉两位姑娘（高罗佩 绘）

罗县令偕狄公返回大厅，命仆人重上酒菜，向狄公敬酒一杯。

"狄兄，"罗县令道，"兄标新立异之举令小弟甚为兴奋，小弟现已急不可耐！"

不多时，水晶珠串门帘叮当响起，随即进来四个姑娘。她们服饰鲜艳，浓妆重彩，其中有两个姑娘年轻甚轻，虽说她们打扮粗俗，但还不算难看，但另两个年纪大些的姑娘则脸色不佳，显系职业使然。

狄公看着她们却甚为高兴。见这些姑娘在此雅室中颇为不安，狄公稍一犹豫，随即起身离座，上前和蔼地询问姑娘们的芳名。两个年轻的姑娘分别叫杏儿与蓝玉，年长的两个名唤凤凰和牡丹。狄公将她们引至桌旁，但她们仍低眉垂眼地站着，不知所措。

狄公替她们布着不同的美味佳肴，罗县令则教她们如何斟酒。不久，姑娘们安心了许多，开始羡慕地瞧着这陌生的宅邸，四处打量。

她们自然都不识字，更不善歌舞。罗县令将他的筷子蘸了肉汁，在桌上写着姑娘的名字逗弄她们。

每位姑娘都喝了一杯酒，尝了一些精心挑选的菜肴，随后狄公在罗县令的耳旁低语了几句。罗县令点头示意管家过来，吩咐了几句，管家随即告知凤凰与牡丹可以回家了。狄公给她们每人一锭银，两个姑娘便告辞离去。

狄公让杏儿和蓝玉坐在他身旁的圆凳上，教她们诸般敬酒之礼，同时与姑娘们随意地聊着天。罗县令则自娱自乐地一杯接一杯灌着酒，还冲着狄公挤眉弄眼。

在狄公巧妙的询问下，杏儿的话匣渐渐打开，她自述与妹妹蓝玉祖籍湖南，出身农家。十年前一场水灾令她们家乡陷入饥荒，父母遂将她们卖与京城来的人贩子。那家伙先把她们当丫鬟使，待她们长成后，又将两人卖给了金华的亲戚。狄公心中暗道，尽管两人操此贱业，但仍未失其纯朴天性，只需悉心指导，成为伴侣亦未尝不可。

此时更深夜静，罗县令已不胜酒力，已无法在椅上坐直，说话也不知所云。见此情形，狄公遂表示时辰不早，该歇息了。

罗县令在两个仆役的搀护下离座而去。他向狄公道了晚安，又对管家命令道："狄大人的吩咐就是我的吩咐！"

逍遥自在的罗县令离去后，狄公招呼管家到他跟前。狄公低声道：

"我欲买下杏儿与蓝玉两位姑娘，有劳你同其主人商谈赎身事宜。望你谨慎从事，我在此事中的干系，切不可透露一星半点！"

管家会心地笑着点了点头。

狄公从袖中取出两枚金元宝交与管家。

"这些金子当足以赎出两个姑娘，剩下的则用于将她们护送至我浦阳府邸的开销。"

随后，狄公又另加一锭银元宝给管家，说道："些许薄酬，聊表心意，幸勿推却。"

管家自是口称不敢，再三推却，最后方收下银元宝。他向狄公保证，将按他的吩咐办理此事，他的夫人会亲自送两位姑娘到浦阳。管家最后道：

"在下现在便可安排两位姑娘在大人的卧室住下。"

但狄公说他现已疲倦，明日启程回浦阳前，需要好好休息一宿。

杏儿与蓝玉姑娘告辞离去，狄公由仆役引着回到卧室。

寻旧事陶干问里正
探林府荒宅遭凶险

却说陶干此刻正照着狄公的吩咐，对梁老夫人详加调查。

梁老夫人的住所离半月街不远，故陶干决意先拜访高里正。他打好如意算盘，想在午膳时前去拜访高里正。

一寻到里正住处，陶干便语带诚恳，问候里正并说明来意。姓高的本就欲同新县令的随从们攀好关系，再说新近又刚受过狄公的责骂，故急忙邀请陶干与他共进午膳。陶干随即爽快地答应了。

大吃一顿后，高里正拿出他的登记簿让陶干看，内中记录了梁老夫人和她的孙子梁寇发在两年前才定居浦阳。

梁老夫人登记时的年龄为六十八岁，孙子三十岁。高里正又道，梁寇发似年轻得多，他以为梁寇发看上去更像个二十岁左右的后生。可此人定已超过了三十岁，因梁老夫人说过，梁寇发而立之年便已是秀才。他是个不错的小伙子，大部分时间都在城内四处闲逛。他似乎对城西北居民住处颇感兴趣，有人常见他沿着运河在水闸附近漫步。

在他们迁居此处数十天后，梁老夫人向里正报告道，其孙子失踪已两日，她怕梁寇发已遭不测。高里正例行做了一番调查，可未能找到梁寇发的半丝踪迹。

此后梁老夫人便赶到县衙喊冤，她向冯大人控告林樊，此人祖籍广东，现居浦阳，富甲一方。梁老夫人以为是此人诱拐了她的孙子。同时她也提交了许多久经岁月的状子。从这些状子里可发现，林、梁两家长期不和。但林樊究竟对那失踪的年轻人做了何事，梁老夫人又无实据指控，故而冯县令拒绝受理此案。

梁老夫人一直住在她的小屋里，仅有一年老的女侍陪伴。她年事已高，对家仇念念不忘，加之诉讼不成，且每每见斥于地方官吏，种种折腾终令其头脑昏聩。至于梁寇发因何而失踪，高里正倒也说不出个所以然，就他猜测，梁寇发准是掉入运河而死。

知道了这些后，陶干谢过里正盛情款待，随即动身去察看梁老夫人的屋子，地点在离南闸不远的荒凉狭窄的后街上。那是排矮小的单层院房，陶干估计院内只有三间屋子。

陶干敲了敲未加装饰的黑色院门。等了许久，方听到慢吞吞的脚步声，随即门上的窥视窗打了开来，露出一张满是皱纹的脸。那妇人声音颇轻，不耐烦道：

"你想干吗？"

"梁老夫人可在家中？"陶干客气地问道。

老妇人狐疑地看了看陶干。

"她病了，不能见人！"妇人嗓音嘶哑道。接着，窥视窗矸的一声便被关上了。

陶干耸了耸肩，转身审视四周，但见周围异常寂静，乞丐流民一个不见，真个是人迹罕至之处。陶干不禁对狄公贸然接受梁老夫人的诉请甚为疑惑，没准老夫人与其孙子精于作伪，想以此灾难故事来掩盖某项凶险图谋，或许此阴谋还与林樊有所干系。看来此等荒凉处确为密谋的好去处。

陶干注意到，梁老夫人家对过的另一宅院规模甚大，四围由方砖砌成，房舍为双层，门楣上那块破烂招牌因长年曝晒而黯然失色。那招牌表明此处曾是家绸布庄，但如今人去楼空，所有窗户俱已封闭。

"倒霉，"陶干咕哝道，"但愿老天开眼，叫我能多了解些林樊和他家人的情形。"说着，他转身往城西北角而去。

据林樊在县衙登记的居所地址，陶干一路找来，但未曾想到，那住处还异常难寻。林宅位于县城的老城区。许多年前，此地本为地方缙绅居住的上流处所，可现今他们业已迁居至更时兴、更漂亮的城东。这些昔日的豪宅附近，有不少杂乱狭窄而弯曲的小巷。

七绕八弯，多处碰壁后，陶干终于见得林宅。那是座高门广厦的大宅，厚实的双扇朱漆大门镶以大量铜饰。大门两侧厚墙高筑，两只大石狮守在大门两侧，颇为狰狞恐怖。

陶干本欲沿外墙走走，以便知晓后院厨房的位置，同时也可对林宅大小院落有个了解。可末了他发现，这无从办到，因林宅右侧有毗邻的大宅相阻，左侧那头乃一堆荒宅废墟。

陶干转过拐角，又折回至一间小菜市。他买了少许腌菜，在付钱时不经意地问着摊主的生意。

那摊主在围裙上擦着手，说道：

"此处可没啥大生意。但我还能怨啥？我和我婆娘身子骨还算壮实，所以能从早忙到晚，每天挣碗粥喝，买些菜吃，十天半月的吃上回肉，我们还能指望什么？"

"瞧，你的摊子离拐角的大宅这么近，"陶干道，"别人总以为你有个大主顾。"

店主耸耸肩。

"在这地方我可是行倒运。附近这两座大宅子，一个已有多年无人居住，另一个住的是群外埠人。他们打广东来，谁都听不懂他们的话！林员外在西北向有个田庄，每过个七八天总有农夫载一车自己种的菜来，林府在我小摊上可从未花过一个铜子！"

"哦……"陶干道，"我曾在广东待过一段时间，据我所知，广东人很爱交际，料想林员外的仆役偶尔路过此处，总会与你聊上几句吧？"

"我可不认识他们！"摊主厌烦地答道，"这伙人自行其是，他们自以为比咱北方人高出一等。可这关你什么事？"

"实话告诉你，"陶干道，"在下乃一熟练的裱画工。适才我在想，此地既然离裱画店那么远，此大宅中没准有卷轴字画需要修理的。"

"老弟，没门儿！"店主道，"从没听说过叫卖的小贩能跨进他们家的门槛。"

陶干可不是个轻易泄气的家伙。他转过拐角，迅速从袖中取出其小小的戏法包儿，对包内的竹片稍加调整，如此一来，此物看上去倒像是装着裱字画的诸如刷子胶水罐之类工具的包裹。陶干随即跨上大门台阶，重重地敲着门。不多会儿，门上的小窥视窗打了开来，但见一张愠怒的脸透过格窗对着他。

陶干年少时游遍各地，通晓多种方言，他遂以流利的广东话招呼着看门的仆役。他道：

"在下乃裱字画的手艺人，在广州干这行的都知道我，不知贵府是否有需要修缮装裱的字画？"

听得陶干字正腔圆的广东话，看门的脸色顿时缓和下来。他打开那两扇厚实的大门。

"老哥，容我进去通报一声！亲不亲，故乡人，听得老哥说乡音很是快意。再者老哥远道由繁华的广州而来，要不嫌弃请来我小屋内歇息片刻。"

陶干暗暗观察院内，只见一圈矮房围着个没怎么整理修护的前院。在看门人的小屋中等待之际，这宅院一派死寂，全无仆役的叫喊声或人们走动的声响，他不禁心中一凛。

看门人返回时，瞧上去比适才更恼怒。他的身旁站着个矮胖宽肩的家伙，身着广东人偏爱的黑纱罩衣。此人有张丑陋的宽脸，胡子稀稀疏疏，傲慢的神色似乎表明他是这宅子的管家。

"好个无赖，找死啊！"他对着陶干咆哮道，"竟敢在此捣乱？我们老爷若是需要裱画，我们自会叫一个，你给我打这儿滚出去！"

陶干期期艾艾道着歉，转身离开此处，只听得大门在其身后重重地关上。

陶干缓步离去，心中暗道，这大白天的再做一回尝试也不见得有啥用处。眼下正是秋高气爽时节，遂决意步行至城西北郊外，对林樊的田庄察看一番。

他从北门出了城，走了近一个时辰，方见到那条运河。在浦阳，广东人很少，他只问了几个农夫便找到了林樊的田庄。

田庄甚大，土地也很肥沃，沿运河延伸去足足有半里地。田庄中央矗立着一幢整洁的泥灰农舍，后侧为两幢大仓库。有一小道通往河畔，在那儿，他见到一个小码头，泊着艘平底帆船，有三个人正忙着把草袋装着的货物搬上船去。除了这些人，此地似乎异常荒凉。

陶干明白，在荒僻平静的乡村，任何线索皆无从觅得，遂又从北门返回城中。他找了家小饭铺，叫了些便宜饭菜，一碗肉汤，说服了店小二白送了碟新鲜的葱蒜。适才的劳顿令其胃口大开。他仔细舔尽最后一粒米饭，喝干了最后一滴汤，随即头枕双臂，伏于桌上，不多会儿便鼾声大作。

陶干醒来时，天色已晚。他连连冲着店小二不吝称谢，留下些许小钱，便起身离去，那店家小二气得直想把他抓回来理论。

陶干直奔林宅而去。幸好明月高悬，陶干未曾费什么周折便找到了林宅。夜晚菜市已歇，四周邻舍也全寂然无声。

陶干从左大门走向荒宅，小心翼翼地穿过厚草地及砖块散布的小道，不一会就找到了通往后院的门。他攀上垃圾堆，见此门洞开，且大院的部分墙壁森然耸立。陶干心想，若能攀上墙壁，他便可一窥林宅究竟。

经过数次努力，陶干终于在碎砖堆上站稳，随即又攀上墙顶。他抻直了身子，尽管脚下极不稳便，但此处终可将整座府邸一览无余。此府宅分前中后三个大院，每院由成排的房子围绕，且由廊门连通。整个宅院寂静无声，未见有人走动，但见看门人的门房边有两扇窗户，在黑暗的大院里透出些许亮光。陶干心下甚觉怪异，此刻才掌灯时分，偌大院子本该是人来人往之际。

陶干伏身于墙顶约莫有半个多时辰，可底下的院里就是没人走动。有一阵子，他以为他看见了有人在前院夜影中悄悄移动，终了他怀疑是自个儿瞧花了眼，因他未曾听到任何轻微之声。

末了，他决意离开此处。当他跳下墙时，脚下的碎砖滑动了，他倒在草丛里一大堆颓墙残砖上。陶干心里咒骂着，他的膝盖已撞伤，衣服也已撕破。他爬起身来，欲寻找离开的路径，可不巧的是，此时一块乌云遮住了月亮，光线蓦地暗了下来。

陶干明白，此时要是错走一步，便可能断胳膊断腿，故而只能蹲伏原地，盼着月亮再现。

蓦地，他发觉自己并非孤身一人，他可不能再这么等下去了。过去的历险生涯培养了他一种察觉危险的本能，当下他已确定在废墟中的某处有人正盯着他。陶干稳身不动，竖起耳朵细听，可除了偶尔有小动物在草丛中发出沙沙声外，并没其他声响。

月亮重现时，他异常警惕，有一阵子屏气凝神，纹丝不动，小心地观察四周。但他未见任何异常动静。

他缓缓由蹲伏处直起身子，艰难地寻找离开荒宅废墟的路径，小心移步，尽可能走在暗影里。

当陶干回到巷子时，他大大地松了口气。他加快步伐，穿过菜市，四周的寂静荒凉令其悚然。

猛然间，他惊觉自己转错了方向，现在正走在一条完全不熟悉的小巷子里。

当他环顾四周，欲辨清方位时，只见两个蒙着面纱的人，一前一后打其身后向他直奔而来。陶干拔腿便跑，拐了好几道弯，心中暗祷能逃过此劫，摆脱追踪者或进入那伙人不敢造次的通衢大道。

可他发现，自个儿眼下身处一狭窄的死胡同里，要命的是还远离大道。转身之际，追踪他的人已奔入胡同，将陶干堵在胡同里。

"站住，兄弟！"陶干喊道，"有话好商量！"

这两个蒙面纱的人毫不理会陶干，他们挨身接近时，其中一个家伙对准陶干的脑袋就是一击。

情急之时，陶干通常都靠其三寸不烂之舌渡过难关，而非耍腿舞拳。在平时他也只勉强能同马荣、乔泰比画两下子。可他绝非胆小之人，要是有机可乘，他可不会耍无赖，相反的倒能脸不变色、心不跳地连哄带骗。

陶干蹲身避过那汉子的猛击，闪过头一个袭击者后，他试着绊倒另一个。可他身子不稳，等他试图站直时，那汉子已在其后夹住了他的双臂。眼见那人凶光毕露，陶干方才悟出他们要的不是钱，而是他的命。

顿时，他扯起嗓子高喊救命。在他后面的汉子令其蹲下身去，手臂似虎钳般夹住他后背，另一人拔出了刀。一瞬间，陶干心下明白这可能是他为狄公办的最后一件差事。

他使尽全力朝后猛踢，试图挣出手臂，可一切皆是徒劳。

就在此危急关头，一个身材高大、头发凌乱的汉子闯进了巷子。

十一

突然，陶干觉得他的手臂已被松开。只见他身后的歹人避开了新来的大汉，往巷口飞也似的逃去，新来的大汉迅疾以刀猛戳那恶棍的头，可那家伙闪身躲开，刀落了个空。两个歹人都在撒腿猛逃，新来的大汉则紧追不舍。

陶干深深地吁了口气，抹了抹额头上的汗，理了理身上的袍子。没过多久，那大汉返身而回，语带嘲讽道："看来你又在玩老把戏了！"

"马兄拔刀相助，在下感佩莫名，"陶干道，"适才救命之举更让小弟铭记在心。不过，你打扮得怪模怪样的，可有何公干？"

马荣嗓音沙哑地答道：

"我正在回衙的路上。要知道，这之前我同老伙计申八在道观内谈买卖。可那些个巷子像迷宫般叫人昏头昏脑，经过这巷子时我听见有人喊救命，听来情形着实危急，故我急忙跑来看看，看还能不能帮上忙。早知道是你，我定当缓一缓，叫你故伎重演而遭现世报，那顿拳脚可全是你自找的。"

陶干愤愤地喊道：

"如若你适才再缓一阵的话，恐怕你我弟兄再无相聚之时了！"

他弯下腰捡起那凶徒扔下的刀递与马荣。马荣手握那刀，在掌上掂了掂分量，详细查验那把有点邪气的长刀。

"兄弟，"他赞道，"这刀没准能像镰刀割草般切开你的肚子！很遗憾，我没能抓到那些个王八蛋。俩贼人对这一带叫人作呕的街巷，定是了如指掌。狗崽子们是从一条昏暗的侧巷溜走的。恍惚之间，他们早已跑得无影无踪。我说，你倒是为何挑这么个暗处与人争斗呢？"

"我可没招惹事端，"陶干怏怏道，"我是遵狄大人的吩咐，调查那广东狗贼林樊的住宅。正往回走之际，突然遭那两个歹人的袭击。"

马荣又看了一眼他手中的刀，"我说兄弟，从今往后，你最好把调查危险人物那档子事留给我和乔泰。明摆着嘛，你窥探那宅院时已被人发现，那姓林的定已对你怀恨在心。照我看啊，那两个跟随你的家伙便是姓林的所差遣，为的是叫你滚一边去，别多管闲事。巧了，这正是一把广东歹徒通常携带的刀。"

陶干高声道：

"既然你提到此事，我倒想起来了，那些狗贼中的一个，看上去似乎对我挺熟的！他们用巾子蒙住下半个脸，其中一人的身材和携带的东西，倒叫我想起了在林家大院里看到的那个恶声恶气的管家。"

"这就是了，"马荣道，"那些家伙定是参与了某些个阴谋。要不是有人想查清他们那些个勾当，他们是不会这么气急败坏的。走吧，我们一同回衙！"

他们再次穿过迷宫般的弯曲小巷，最后回到了大街，一起走回县衙。

在衙内，他们见洪亮正独自坐在平日不常使用的书吏房内，对着棋盘仔细琢磨。

洪亮让他们坐下来喝杯茶，陶干一五一十讲述了他刺探林宅的经过以及马荣的及时相助。他说道：

"在下还是对狄大人下令终止调查晋慈寺颇感遗憾。与其对付那些广东恶棍，倒不如去对付那些昏了头的秃子们。至少在寺内我还能弄到些钱！"

洪亮道："如若大人因梁老夫人之讼词而开审此案，那可得速速结案才行。"

"为何须如此匆忙？"陶干问道。

洪亮答道：

"看来你被今晚的事弄得心烦意乱，要不你岂能窥不破其中的紧要处？如你所见，林府宅院宽敞，保存完好，可奇怪的是一眼望去几已废弃。这证明，他和他的手下正准备尽快撤离本县。其府中女眷及大多数仆役定已提前遣散。那几扇透出些微灯光的窗子表明，除看门人之外，唯有林樊和他的几个亲信留在此地。你所见的林家田庄附近的那条船正欲南驶，这点也并不出我所料。"

陶干以拳击案，大声道：

"参军，毫无疑问，您是对的！那便解释了所有的事情！料想大人不久便可了结此案，衙门也可发布告示，明示林樊涉及一件悬案，必须留在此地。在下倒是很乐意去发这告示，给那无赖一点颜色瞧瞧！可说老实话，我心下很是疑惑，那家伙举措神神鬼鬼，可究竟与梁老夫人有何干系？"

洪亮道：

"狄大人已将梁老夫人的讼状随身带走。从大人对此案偶尔说起的只言片语中，洪某得知，这姓林的倒也确无把柄可抓。不过，依我之见，眼下大人定已成竹于胸，胜券在握。"

"那我明日是否还要去一回林宅呢？"陶干问道。

洪亮答道：

"我以为此时你最好别再管林樊和他的宅子了，随他们去吧，还是等大人听过你的禀报后再做主张为妥！"

陶干唯唯称是，洪亮转身又问马荣圣明观的情形。

马荣道：

"今晚我得到了些个好信儿。那个自以为是的蠢申八问我，是否对一只金簪感兴趣。起先我装得不怎么热衷，且糊弄他说，发簪理应成对，自个儿宁愿要只金手镯，或是可塞在衣袖下的细软。申八赌咒发誓道，金簪随心捏拿摆弄还不容易。末了，我才假装被说服。申八明晚安排我会会那道上的弟兄。眼下，咱有了一对发簪中的一只，定能找到另一只，如若明晚我见到的不是凶手本人，至少那人也知凶手是谁，我等也可顺藤摸瓜擒住那厮。"

洪亮一乐。

"干得不赖啊，马荣！接着又如何呢？"

"那会儿我并没马上离开，"马荣答道，"我又在那儿待了一阵儿，客气地同他们赌了一把，叫他们赢了约莫五十个铜子儿。我暗自窥得申八和他那些家伙玩了不少小把戏，正如陶兄玩的把戏一般，我对此道也是轻车熟路！我刻意弄得一团和气，所以也就装疯卖傻，让他们得个便宜。之后大伙又天南地北聊开了去，他们告诉我圣明观各类恐怖之事。须知，我碰巧问过申八，为何他和他那拨兄弟要住在观前那些陋屋里，其实只需偷偷打开道观边门，他们便可觅得一处舒适的住所挡风避雨，弟兄们也大可住在道士腾出的空屋内。"

"我心下对此也一直疑惑不解！"陶干道。

"咳，"马荣继续道，"申八告诉我说，要不是那观里闹鬼，他们早就这么办了。深更半夜的，他们常听到从紧闭的大门后传出种种呻吟声及镣铐的银铛声。其中一个家伙还曾亲眼看见一扇窗被打开，一个绿发红眼的鬼满面怒容地瞪着他。要知道，申八他们一伙都是些惹是生非的主儿，可真要遇上了神灵鬼怪，他们也会给吓得不轻！"

"你说得叫人毛骨悚然！"陶干道，"那道士们为何要离开道观？一般来说，要让那群懒虫离开这么个安乐窝可绝非易事。你心下是否以为他们是受恶魔或妖狐的蛊惑而出逃的？"

"这个嘛，本人一无所知，"马荣道，"我只知道道士们离开的时间不长，天知道他们现在都到哪儿去了。"

洪亮随后讲了一个骇人的故事，一汉子娶了个美妞，没料想那女的后来成了个狐狸精，咬断了丈夫的喉咙。

洪亮说完故事后，马荣却道："所有那些个神神鬼鬼的故事都勾起我的欲望，现在没有比喝点比茶更叫人解馋的了！"

"哎呀，"陶干叫道，"这话倒提醒了我！在林宅附近，为了和杂货铺的掌柜搭上话，我买了些腌菜。我敢说那是挺不错的下酒菜！"

"这可是天赐良机，叫你花光从晋慈寺骗来的钱！"马荣乐道，"须知你若把从寺庙里偷来的钱放在身边，定会步步生险，厄运当头！"

此时，陶干倒无二话。他派了个昏昏欲睡的仆役去买了些本地的佳酿。三人将酒置于茶炉之上，温过之后，一盅又一盅，直喝到午夜。

次日黎明，三人又在衙门公堂上碰了面。之后，洪亮去探视牢房，陶干则避开他人，悄悄闪入文案馆，搜寻有关林樊及其与浦阳相关的文案记录。

马荣迈腿直奔衙役值房，只见当差的都闲在那儿，一些公差和衙役们正在赌钱。他喝令大伙都到衙门口的大院里集合。马荣训练编派这些家伙足足有一个多时辰，令众人哭爹喊娘，心颤不已。

随后，马荣同洪亮、陶干一起用了午膳，然后回到自己住处，准备好好地打个盹儿。他心下明白，这一夜须得精力充沛方可成功。

十二

▼

暮云四合，万籁俱寂，马荣再次换上出行的装扮。洪亮吩咐账房从衙门库房内取三十锭银交与马荣。马荣以布条将它们包好，纳入衣袖，随即大步流星直奔圣明观而去。

只见申八还是歪在老地方，背靠墙枯坐，搔着光溜溜的身子。一眼望去，他已身心俱入赌戏之中。

可他一见马荣，便谄媚地招呼他，热情地邀马荣坐在自己身边。马荣坐下后开口即言：

"兄弟，我想你该用那晚从我这儿赢去的铜板，为自个儿置件漂亮衣裳。寒冬腊月的，怎可没几件冬衣？"

申八嗔怪地瞥了他一眼。

"我说老弟，"他说道，"你的话真是不中听。我没告诉过你在下是丐帮帮主吗？我决不会讨价还价去弄块他妈的布，我对买卖这档子事讨厌极了。行了，咱们还是来谈谈手头的这笔买卖吧。"

他将头凑近马荣的耳朵，低声道：

"所有的事都安排停当了！今晚你便可脱身离开本城。那个想以三十锭银将金发簪出手的家伙，是个到处游荡化缘的道士。今晚他会在鼓楼后的王六茶馆内等你。你很容易便可认出他，他说他独自一人坐在角落的桌子旁，面前有一把茶壶，壶嘴下有两个空茶盅。你只需对那茶盅胡诌一气，以此表明你的身份，接下来的事就得你们自个操心了。"

马荣再三谢过申八，大声发誓有朝一日再回浦阳时定会来拜谢他，说完便匆匆离去。

他迈着轻快的步子向关帝庙走去，只见不远处的夜空中映出鼓楼的轮廓。他由街上一个穷孩子领路，来到鼓楼背面一个规模不大但却甚为兴旺的市廛。马荣毫不费力地便在此繁肆街巷内瞧见了王六的小茶馆招牌。

马荣撩起肮脏的门帘，屋内到处弥漫着令人反胃的气味。但见十来个茶客正围坐在摇摇晃晃的茶桌旁，他们之中的大多数人都穿着破旧的衣服。马荣见到一个道士模样的汉子独自坐在离门最远的角落里。

马荣向那人走去时，心中不禁起疑。此人确是身着破旧道袍，头戴满是油污的道士黑帽，腰带上悬着一只木鱼。这家伙并不高，身子更不壮实，相反的倒是又矮又胖。尽管他那张肮脏的扁平脸十分不善，瞧去便知是个歹人，可他绝不会是狄公所描述的那个凶戾恶棍。

马荣心下疑惑，走到那张桌旁，漫不经心道：

"道长，既然此处有两只空茶盅，不知在下是否可与你同坐一处，润润嗓子！"

"哈，"胖道士莞尔一笑，小声道，"无量天尊，请吧！坐下喝杯茶。敢问施主可曾将经书带来？"

马荣落座前，伸出左臂让此人摸了摸袖里的包裹。此人敏捷的手指很快便认出那是银锭的形状。他点头给马荣斟了杯茶。

啜了几口茶后，胖道士开口说道：

"现在贫道要让施主开开眼，见着那篇开讲'无为本根'的真经。"

说着，他打道服内取出一册脏兮兮的书。马荣接过这本厚厚的卷了角的书，见书名刻的是《玉皇真言》，一部道教经解。

马荣翻遍全书都未见有何特别。

"贫道请施主读读第十章。"道士狡黠地笑道。

马荣翻到第十章，且将书凑近双眼，以便细细端详。只见一枚细长扁平的金簪夹在书内，紧靠书背。发簪的一头打造的是只飞燕，这与狄公给他看的草图几乎一模一样。打造此物的艺人着实了得，马荣不禁暗暗叫好。

他迅疾合上书卷，将其纳入衣袖，随即向那道士道：

"毫无疑问，此书对在下大有裨益！当初承蒙道长赐阅经书，如今完璧归赵。"

说罢，马荣拿出那包银子，交与胖道士。胖道士很快便接过包裹，放于贴身衣内。

"恕在下失陪，"马荣道，"不过明晚希望道长依旧能在此处讲经论道，在下洗耳恭听。"

胖道士低声说了些客套话，马荣便起身离了茶馆。

来到街上，马荣四处张望了一下，只见一伙看热闹的闲汉围在一位云游的算命先生边。他也混入其中，只是选了个能望见王六茶馆大门的位置。没过多久，那个矮胖道士便出现在门口，步履轻快地往毗邻的小巷走去。马荣远远地跟着他，一路避开巷子边小摊贩油灯发出的亮光。

胖道士迈开两条短腿，尽力大步沿街衢往北门方向赶去。蓦地，他拐进一条狭窄的侧巷。马荣往拐角四处察看，周围空无一人。那矮胖道士在一幢小房跟前停住脚步，正打算敲门的当口，马荣蹑手蹑脚地闪到他身后。

马荣举手拍了拍那胖道士的肩，猛地将其推向一旁，一手掐住他的脖子，低声喝道：

"敢出声大爷我就杀了你！"

随后，他把道士拖至巷子深处的旮旯里，将那道士按在墙上。

胖道士浑身乱颤，讨饶不已。

"银子给你就是，可千万别杀我！"

马荣打他身上夺过银子，放回自己袖中，接着猛地摇晃那人的身子。

"告诉我，你从何处得到那只发簪！"他问道。

那家伙声音颤抖，结巴道：

"我……我是在地沟内拾得，定，定是哪位姑娘……"

马荣一把掐住他的脖子，将他的头往墙上猛撞。此人头敲于墙，发出闷闷的咚咚声。马荣压低声音喝道：

"你这狗贼，实话道来，要不爷爷取你狗命！"

那人气喘吁吁，哀求道：

"我说，我说……"

马荣松开了那人脖子，往边上一靠，双目圆睁，瞪着那道士。

胖道士沮丧道：

"在下是一伙流浪汉中的一个，我等共有六人，都扮成云游四方的道士，住在东城墙下的一处废弃小屋内。领头的是个叫黄三的莽汉。六七天前，大伙都在午睡，我碰巧睁眼，见那黄三从他袍子的夹缝里取出一对金簪，直愣愣地瞅着那玩意儿。我赶紧闭眼假睡，可心里琢磨着，同这帮猪凑在一块儿的时间也够长的。在我看来，他们忒残暴了。天赐良机，送上门的盘缠哪能不要。所以两天前，趁黄三从外头喝得七歪八扭回来，我守在一旁，待他睡熟，便在其袍子夹缝内掏出了一枚发簪。正在那时，他翻了个身，吓得我拔腿就逃，没敢继续找另外那枚。"

马荣喜不自禁，心说总算如愿以偿，知晓了究竟。可他脸上那副凶神恶煞的形容一点也没变。

"带大爷我去见他！"马荣大声喝道。

假道士一听，浑身上下一阵哆嗦，害怕道：

"别……请别把我送到黄三那儿去，要不他非把我打死不可！"

"你唯一要怕的人是大爷我！"马荣粗声粗气地向他喊道，

"假若你想玩什么花招耍我，只要你一出声，我就会拽你到个安静的角落，把你那狗屁脖子切断。给我他妈的快走！"

胖男人把马荣带回到大街上。走了一阵，他们来到了迷宫一般的小巷子，最后到了城墙脚下的一处废弃小巷。马荣可依稀辨出那幢依墙而建、摇摇欲坠的危房。

"就是这儿，"胖男人带着哭腔说道。他扭头欲跑，可马荣一把抓住他衣领，拽着他一路走到那房子跟前。马荣一边用脚踢门，一边大声叫道：

"黄三，我给你带来了一枚金簪！"

屋里传出一阵磕磕碰碰的声音，接着灯亮了，不多会儿，一个高大但骨瘦如柴的家伙出现在马荣眼前。此人同马荣一般高，可远没有马荣壮实。

他举起油灯，那双小小的贼眼滴溜乱转，上下打量着来访之人，随即便破口大骂，对着马荣吼道：

"哪个卑鄙的蟊贼，竟敢偷了我的发簪！我说汉子，你究竟想怎的？"

"在下欲将那对发簪都买下，但这个可怜蛋却只拿得出一枚，看来他是不想同我做这档子买卖。在下也就心平气和地说服他，叫他告知在下何处可觅得另一枚发簪。"

那人大笑起来，露出满口参差的大黄牙。

"咱俩得谈谈这笔买卖，老兄！"他说，"不过先让我在这龟孙子的肋骨上踢上一脚，叫他明些事理，知道什么是长幼尊卑！"

他放下油灯正欲动手，可那胖男人的身手也着实不差，只见他突然踢翻了油灯，马荣则顺势放开其衣领。那小子确实被吓坏了，一转身便似离弦之箭，跑得踪影全无。

黄三不停地咒骂着，欲行追赶。马荣忙抓住他手臂劝道：

"得了，眼下就放那狗小子走吧！你大可往后再收拾他。我同你还有件大买卖要谈呢。"

"也罢，"黄三大声道，"老兄，要是你身上带着银子，那咱俩倒可以谈谈。我这辈子都他妈走背运，不知怎的，我心里老犯嘀咕，要是我不尽快把那对不吉利的发簪脱手，那迟早会给我带来厄运。你已经瞧见了其中的一枚，另外一枚跟它一模一样。你愿出什么价？"

马荣向四周细细察看了一番。目下已是夜半更深，但见朗月高悬，看来左近不会有人出现。

"其他人呢？"他问道。"我可不想让别人看到咱们做这笔买卖！"

"你大可不必担心，"黄三再三向他保证，"我手下的伙计都出门去了，在城里的戏场夜铺干他们的勾当呢。"

"既然这样，"马荣冷冷道，"留着你那发簪吧，你这个不知羞耻的凶手！"

黄三猛地向后一闪，又急又气，不禁骂道：

"狗娘养的，你他妈的到底是谁？"

"在下乃县衙狄大人手下的亲随马荣是也，"马荣答道，"你伤天害理，杀害洁玉姑娘，本人现将你缉拿归案。你是乖乖地跟我回县衙呢，还是要我先把你打个稀巴烂？"

"我从没听说过这女人，"黄三大叫，"可我知道你们这种狗公差，全是那赃官县太爷的爪牙走狗！一旦你把我带进衙门，便会把某桩悬案硬往我头上扣，然后再将我屈打成招。我他妈的跟你拼了！"

说罢，他对准马荣的腰部就是狠狠一拳。

马荣身手敏捷，闪身躲开此拳，就势来了个泰山压顶，取上三路拳猛击黄三。黄三也不示弱，双手一搭化开此拳，迅疾出掌直劈马荣胸口。

两人你来我往，一时不分高下。

马荣心里明白，这会儿他遇上了功夫同自己差不多的对手。

黄三很瘦，可骨骼粗壮，故而他们体重相当。至于黄三那路拳脚，也确实练得不差。马荣以为，此人功夫了得，十分火候业已练得八九分，几近圆熟境界。马荣自知他武功虽较此人为高，但对手熟知本处地形，不住进逼，几度诱使马荣站在高低不平、滑得站不住脚的地面，因此两厢扯平。

两人缠在一处，真的是一番恶斗。只见马荣猛然一击，顺势以肘压在黄三左眼之上。黄三死命反抗，一脚踢出，不想却踢在马荣大腿骨上，却是不济。

猛然间，黄三对着马荣的下身飞起一脚。说时迟，那时快，只见马荣身子往后一闪，一个鲤鱼打挺，趁势以右手抓住黄三脚脖。马荣使左肘抵住黄三，令其单膝跪地，脚一甩，又将黄三另一条腿勾出，以防其突袭。可不巧的是，马荣脚底一滑，失了手，黄三双膝迅疾一拢，身子蹿起，挥拳直奔马荣的颈部。

此拳煞是阴毒，堪称下三烂拳脚中致命的一招。若非马荣凑巧将头一偏，下巴挨了那拳的话，他早就一命呜呼了。马荣放开

黄三对着马荣飞起一脚（高罗佩　绘）

黄三，晃荡着身子直往后退。此时，他内气郁结，眼冒金星，整个人俱在对手掌控之下。

古人常言："斗，取诸勇，决诸智。"尽管黄三眼下体力占了优势，可他心智却仍如禽兽般野蛮愚蠢。马荣此时已无反击之力，只能坐以待毙，黄三本可使些致命的招数，干净利落地了结马荣，可此人生性低劣，他本能地又朝马荣的下身踢去。

重复同样的招数在武术格斗中可谓大忌。虽说马荣内气瘀塞，无法使出各类复杂招数，可在此时，他选了他唯一可使的一招：双臂一抱，死拽住黄三的小腿，用尽全身力气将其一扭。

顿时，黄三发出凄惨的叫声，原来他膝关节业已脱臼。随即，马荣向前一倾，与黄三一同倒地。此时此刻，马荣只觉浑身乏力。他就势滚了两滚，将身子带出，直到黄三那双木枷般的手臂够不着为止。马荣躺在地上，意守丹田，将自个的内气、穴脉调理一番，直至那股真气在全身运透。

顿时，马荣神清气爽，起身向黄三走去。此刻，那家伙正欲拼命地爬起身来。马荣掀起一脚，踢在黄三下颚，黄三往后一仰，一头栽在地上。马荣打腰间抽出专用来捆绑罪犯的细长链条，将黄三双手扭至背后绑住，旋又以链将其双手提起，直至无法再提为止，又把链子的另一头圈在黄三的脖子上。此刻，黄三如想挣脱双手，即便是个很小的动作，细细的链条也会要了他的命。

马荣蹲下身子，挨近黄三。

"大爷差点栽在你小子手里，你这个无赖之徒！"他说道，"我劝你识时务，别再给狄大人和我添麻烦了，快快从实招来！"

黄三喘着气道：

"要不是今日老子厄运再次当头，你这狗当差的早就没命了！唤你那贪官主子来叫我认罪吧。"

马荣冷冷道：

"悉听尊便！"

他迈步走入最近的一条巷子，不停地敲着一户人家的门，直至一个睡眼惺忪的汉子将门打开。马荣说明了自个儿的身份，叫那汉子去唤此地的里正，令其马上带四个人和两根竹竿到此处来。随后，他返身去看他的犯人，只听得那厮不停地吐着一连串的污言秽语。

里正和他的手下一到，便以竹竿做了一副舁床来抬黄三。马荣把从破屋内找到的一件旧袍子扔在黄三身上，随即一行人返回县衙。

黄三被交与狱卒看管。马荣下令找来郎中，将黄三脱臼的膝盖复位。

洪亮和陶干此时正坐在厅堂内等着马荣，一听说罪犯落网的消息，两人皆兴奋不已。

洪亮爽快地笑道："我等确实该吃喝庆祝一下！"

于是，三人来到大街上，拐进一家通宵的饭铺。

次日傍晚，狄公回到浦阳。

他与洪亮在书斋内用晚膳，席间洪亮略述了近日的调查情形。匆匆用罢晚膳后，狄公唤来马荣、陶干，令其逐一详禀。

"干得好，我的马壮士！"狄公对马荣道，"听说你擒了凶手，将整个情形告诉我！"

马荣将他前两日夜间的冒险经历概述了一番，随即又道：

"那个名唤黄三的小子同大人您向我描述的每一细节都吻合。此外，这两枚发簪也跟那张纸上所画的完全相同。"

狄公满意地点点头。

"如果未曾搞错的话，我等明日便可了结此案。洪亮，明日一早请你负责将所有与半月街案有牵连的人都叫到衙门来。轮到你了，陶干，让我等听听你对梁老夫人和林樊都查了些什么。"

陶干细细详述了他的调查情形，包括有人欲置他于死地以及马荣的及时相助。

狄公对陶干暂停对林宅的调查、等候他回来的决定深表赞许。狄公最后道："明日诸位须在此处再对梁、林疑案商议一番。在研究了案情记录之后，随后我要告诉诸位我的结论，还准备对应采取的行动措施做番说明。"

接着，他让诸亲随皆退下，并吩咐书吏将他不在衙门期间所收到的官府公文、书信取来。

半月街案的罪犯业已被捉拿归案，这消息如野火般一时传遍浦阳全城。次日黎明，尚未开堂之际，便有一大群人聚集在县衙门口。

狄公升堂入座后，提起朱笔点下签条，命牢头提上人犯。两个衙役拽住黄三，迫使他跪倒在公堂案前。膝盖弯曲时，他疼得大叫，但衙役班头呵斥道："给我闭嘴！听大人吩咐！"

"下跪之人报上名来，"狄公喝道，"你因犯何罪被带至公堂？"

"贫道名叫……"黄三刚一答话，衙役便用棍子直敲他的脑袋，并大声呵斥道："狗贼，在县令大人跟前说话放尊重点！"

黄三没好气地答道：

"回大人话，贫道本姓黄名三，是个诚实的云游四方的出家人，久入道门，不谙尘世。可前晚贫道突遭衙门里一个跑腿的袭击，莫名其妙被带至县衙牢内。"

"大胆！"狄公大叫道，"尔这狗贼杀害了洁玉姑娘，还不从实招来？"

"贫道不知什么洁姑娘脏姑娘，"黄三粗鲁道，"不过贫道正告大人，别把宝春园内那个妓女的死归在贫道身上！她可是上吊自尽的，何况那时贫道根本不在那儿。很多人可为贫道作证。"

"放肆，简直一派胡言！"狄公大怒道，"让本县告诉你，你在十六日晚残杀了屠夫肖富含唯一的女儿洁玉！"

"大人，"黄三答道，"在下没日历，根本记不得某日自己究竟干过什么、没干过什么。大人所说的名字，我毫无印象。"

狄公身子往后靠了靠。他捋了捋胡子，沉思片刻。看来黄三对狄公所设想的奸杀案的每一个细节都不予承认，他会说发簪是自己在化缘时捡到的。更何况，此番辩词无任何破绽。猛然间，狄公心生一计。他身子前倾，对黄三道："抬头望着本县，你仔细听着，本县来帮你回忆。河对岸，亦即本城的西南角，有条充斥小贩的街巷，那街唤作半月街。此街同一窄巷交会的拐角处有家肉铺，店主的女儿就住在肉铺后一间仓房上的阁楼内。现在你给本县细细回想，你可曾借助一条由窗口悬出的布条进入姑娘的房内？你是否奸淫并勒死那姑娘，且取走了她的金簪而逃之夭夭？"

狄公从黄三那只尚能睁着的诡诈眼中看出，他已想了起来。

此时，狄公确认无疑，眼前这人就是那案犯。

"快快从实招来！"狄公高声喝道，"还是要本县给你动刑，你方肯招供？"

黄三低声咕哝了几句，随即声音洪亮清晰地说道：

"随你给我安上啥罪名，你这狗官。要本人招认并未做过的罪行，恐怕大人你得多等些时候！"

狄公大怒，下令道："重责五十大板！"

衙役们如狼似虎，夹住黄三壮实的身子，扒去其外袍。沉重的板子在空中发出飕飕声响，啪啪直往黄三脊背上狠狠抽去。不一会儿，黄三背上便已血肉模糊，鲜血弄脏了石板地，可他倒未曾大喊大叫，只发出低沉的呻吟。挨完五十大板后，他一头撞倒在石板地上，昏死过去。衙役班头把热醋放在黄三鼻下，将其熏醒，又递了一杯浓茶给他，可黄三轻蔑地拒绝了。

狄公道：

"须知眼下方是开端。如若你还执迷不悟，拒不认罪，本县可要叫你尝尝真正大刑的滋味。反正你身强力壮，而我等还有整天的时间奉陪。"

"如果我招了，"黄三嗓音嘶哑道，"你会砍下我的脑袋；我若不招，也会死于严刑折磨。我倒宁愿选择后一样！宁愿眼下承受点小小的苦痛，待到日久天长，你这狗官因此遇到麻烦，那时我便舒心畅快了。"

听到此处，衙役班头举起鞭柄，对着黄三的嘴巴就是一下。

正当班头欲再次出手时，狄公示意住手。黄三往地上吐了几颗碎牙，恶声恶气地诅咒着。

"本县倒要细细瞧瞧你这个蛮横的狗贼。"狄公说。

衙役们将黄三推倒在地，狄公双目直视黄三那只邪气的眼睛。他另外一眼因那晚与马荣交手而挨了一肘，肿得像个肉包。

狄公暗忖，这厮自甘下流已久，此类人大多心存侥幸，宁死于酷刑也不愿招供。蓦地，狄公脑中一闪，想起马荣告诉他的有关前晚与黄三交手时的对话。

"再让此人犯跪好！"狄公令道。

随后，他拿起放在桌上的那对金发簪。

他将发簪往桌边一扔，哗啦一声，发簪掉在黄三面前的地上。他闷闷不乐地盯着眼前亮闪闪的金饰。

狄公命衙役班头将肖富含带到公堂。肖富含在黄三身边跪下后，狄公道：

"这对发簪常与种种厄运相连，本县对此已有耳闻。但本县尚未听你细细说过，你且不妨与本县一说。"

"大人，"肖富含开言道，"从前，在咱家日子过得还红火那阵，小人的祖母打当铺里买来了这对发簪。她老人家哪里知晓，这一来全家可行了霉运喽。因厄运总与这对冤家相连，那是由一个通晓过去的算命先生告诉我的。祖母买得发簪后不久，一伙强人便闯入她的屋子，杀了小人的祖母又偷了发簪。正当那伙人欲将发簪脱手时却被公差擒住，在法场掉了脑袋。要是当时小人的父亲将这祸根毁掉不知该有多好！可是他是个重孝道的老好人，虽隐隐觉得这物件有些不稳便，也未忍心将祖母之物丢弃。"

"次年，小人母亲又病倒了，得了奇怪的头痛病症，终日长吁短叹，久经病痛，缠绵病榻多时而去。小人的父亲因此也把家产尽数花完，不久也去了。小人本想将那对发簪卖了，可小人的婆娘，一头十足的蠢驴，却执意要把它们留着，欲等日后派什么大用场。可她非但没把这祸根藏妥，反倒还让咱唯一的宝贝女儿戴着。这下可好，那可怜的孩子遭了多大的罪啊！"

这番话用的都是黄三平日里熟悉的市井话语，黄三专心听着，不觉呆了。

"天杀的！"黄三大声道，"我却偷了那对发簪！"

旁观的人群发出一阵低语。

"肃静！"狄公叫道。他让肖富含退下，对黄三和颜道：

"没人能逃脱命里的定数。黄三，你认不认罪并不重要。常言道，天网恢恢，疏而不漏。又道是天理昭彰，勿论阳间阴间，你无处可逃！"

"既然如此，我也就破罐子破摔吧，现在就解决了此事。"黄三道。接着，他对衙役班头说："让我喝杯那种脏茶吧，你这狗娘养的！"

衙役班头大怒，但看到狄公不容置喙的手势，也只能怏怏地倒了杯茶给黄三。

黄三将茶一饮而尽，往地上吐了口唾沫后说道：

"不管你信不信，要说真有人会一辈子都陷在厄运里的话，那家伙就是我。像我这样一个身强力壮的好汉，混到死起码也该混个绿林豪杰吧，可他妈结果呢？四海之内我也算得上是个武林的高手了，我师父精通武艺。不幸的是，他有个漂亮闺女，我喜欢她，可她却不喜欢我。我可不能容忍一个娘们的蠢行，因此我强奸了那个傻丫头。自然，为了活命，我不得不从此出逃。

"此后，我在路上遇见了个商贩，他看来简直就像个财神爷。我只不过打了他这么一下，本想叫他乖顺点，可那个可怜的软蛋就这么死了！你猜我在他的腰褡里发现了什么？除了一捆毫无价值的契约收据外，啥都没有。我可常常碰到这样的倒霉事。"

黄三抹了抹从嘴角渗出的血丝后，又继续道：

"大约七八天前，我在城内西南角几条小街巷间闲逛，想寻个在夜间行走的过路人，好敲他们一笔。忽然间，我发现有个人过街后，消失在一个狭窄的巷子里。我认定此人是个夜贼，于是跟上前去想捞上一把。但等我走入巷子后，发现哪都找不到那人，四周一切都是静悄悄的。

"几天之后——要是你说那是十六号，就算是吧——我发现自个儿又到了那个街口。我心说，最好还是再到那巷子里去瞧瞧。可那儿连个人影都没有。但我抬头一望，只见有扇高高的窗户外挂着块很长的布，质地不差。我想兴许是哪家人洗的东西忘了收了。故而我走过去想来个顺手牵羊，那玩意至少在我身无分文时可派上用场。

"我靠墙站着，轻轻一拉，想叫那布条滑落，哪想上面的窗子突然打开，我听见一个姑娘柔声说了些什么，同时见那块布被慢慢拉了上去。我立刻明白，这姑娘定是和她的相好有那么一腿。我瞅准这是个好机会，可以偷些我要的东西了：因为她绝不敢大喊抓贼的。就这么着，我抓住布条，攀到了窗台上，就在那姑娘还忙着拉布条之际，我已经站在屋里了。"

黄三瞟了瞟四周，又继续道：

"她几乎精着身子，啥都没穿，因此不难看出她是个既年轻又漂亮的姑娘。我可不是个能让这种机会白白溜掉的正人君子。我捂住那姑娘的嘴，轻声说道：'别出声！闭上眼，就当我就是你等的那个小白脸。'可那姑娘倒有点蛮力，竟像头母虎一样地反抗，我花了好一阵才制伏她，甚至我同她干完之后，她还是不依不饶地跑到窗口大叫。情急之下，我便勒死了她。

"我把布条全收了进来，叫她的相好上不来，随后便翻箱倒柜，想觅些银钱。我早该知道自己行了背运。我连个铜子儿都没找到，除了那对倒霉的发簪。罢了，就让我在录口供的那张纸上画押吧。我不想再听人把这档子事重读一遍了！看在那姑娘分上，你爱加什么罪名就加什么吧。让我回牢房，我的背受伤了。"

狄公冷冷道：

"依律，罪犯于画押之前，必须听一下他的口供笔录。"

狄公令书吏将适才所记的黄三供词大声念出。黄三闷闷不乐地表示一切属实，之后便在供词上画了押。狄公肃然道：

"黄三，本县判你强奸、凶杀二罪并处。这是桩极其残忍的凶杀案，无从宽宥。本县实言相告，州府衙门很有可能判你极刑，且会以极其严厉的手法执行。"

狄公对衙役打了个手势，黄三遂被下到死牢。

狄公再次将肖富含唤到公堂前。狄公道：

"你可曾记得，几日之前，本县向你保证，时机一到，本县自然会将害你女儿的凶手绳之以法。适才你也听到了他的供词。那对发簪确是引邪招害之物，天地所咒，自是无法可免。你可怜的女儿被那个下流的恶棍奸杀，那畜生连她的名字都不知晓便漠然行恶。你可将发簪留在县衙，本县会让金匠来称其分量，估个价，衙门自会折成等值的银子给你。既然这卑贱之徒身无分文，自然也就没钱来赔偿你。不过，眼下你已听到了本县所做出的补

洁玉遭遇不速之客（高罗佩　绘）

偿安排。"

肖富含忙向狄公叩头谢恩，可狄公却摆手制止，并让他退至一边。接着，他令衙役班头将王贤东带上堂前。

狄公细细打量王贤东，适才所宣布的其强奸、凶杀二罪未成立的消息并未缓解他心中的悲伤。相反的，黄三的供词令其甚为震惊，泪水顺着脸颊不住滚落。

"王贤东，"狄公将脸一板，斥道，"本县原可因尔勾引肖富含之女而给予重惩。不过，你已挨过三十大板。此外，本县信你真爱那洁玉姑娘，故本县以为，这惨祸让你一辈子扪心愧悔，倒不啻是种罚责，远比衙门能给你的惩处厉害。不过，尔悖德离经之举亦须纠正，受害家人也应得到补偿。本县令你须与死去的洁玉姑娘成婚，永为结发夫妻。本县会预支银子给你当聘礼，婚礼须有正规仪式，新娘由洁玉之牌位替代。你获取功名之后，自然须每月分期还钱给县衙，同时亦须每月付给肖富含一笔钱，直至总数达到五百两银子为止。"

"你须将这两笔债都还清后，方可娶第二位夫人。但是她或其他小妾皆无从替代洁玉之位置。在你死去之前，她永远是你的原配之妻。肖富含是个忠厚老实之人，你当做个尽职的女婿，尊敬并精心服侍二老。自然他们也须宽恕你，要像亲生父母般待你。现在你可回去了，务必专心研读，切勿荒怠学业！"

王贤东不停地磕着头，无所顾忌地啜泣着。肖富含则跪在他身旁，向狄公谢恩不迭，感谢青天大人为挽其家风所做的明智安排。

他们起身后，洪亮俯身在狄公耳旁低语了几句，狄公微笑道：

"王贤东，你离开之前，本县还欲确认一件事。你所叙述的十六夜十七日晨的情形，其中每一细节皆为真实，除了你犯的那个想当然的错误。

"本县初读你的供录时，便觉奇怪，一根小小的荆棘枝怎会在你身上留下如此深的划痕呢。你在黎明时的微光中见到几堆砖块和一拨树丛，自然就认为自己到了一座久已废弃的荒宅中。可事实上，你到的那处地方正在建一幢新屋。泥水匠将几堆砖留在屋外，那是砌外墙用的，而砌内墙的准备工作也比照常规按部就班，亦即打好几排竹桩当墙架。定是那些竹尖才让你在摔倒后划了那么深的伤口。如若你有兴趣的话，可以到'五味馆'左近去寻觅一番。本县断言，你会找到那个你命中注定要在那里过夜的地方。现在，你可以走了。"

随后，狄公起身退堂，同他手下亲随们一同离开了公堂。

狄公从书斋门外的屏风经过时，只听得公堂边旁观的人群不住地低声议论，人人对狄青天敬佩不已。

　　返回书斋后，狄公拟写了一份呈报州府的公文，详尽叙述了半月街案的来龙去脉，对案犯黄三拟以重罪论处。因全部重罪案犯之断决俱由朝廷定夺，地方不得擅权，故还需等上二旬一月后，方能将黄三正法。

　　中午升堂时，狄公处理了些本县的日常政事庶务。退堂后，在自己府邸内用了午膳。

　　狄公返回县衙后，随即召集洪亮、陶干、马荣及乔泰一行人到其书斋。众人行过礼后，狄公向他们说道：

　　"我来说说有关梁家与林家纠葛之来龙去脉。你们且沏杯茶，找个舒适处坐下！此事说来话长。"

　　四人坐在狄公书案前。趁众人饮茶之际，狄公打开了梁老夫人给他的文案卷宗。狄公理了理册页卷次之后，将其压在镇纸下，身子靠在椅背上。

狄公开口言道："诸位，此事首尾，着实冗长，且充斥诸般残暴凶戾、不仁不义之举，诸位定当震惊。咳，可怜青天之下，竟有此等违理悖德之事！此诚为狄某从未读过的、最令人惊讶之卷宗。"

狄公沉默了一阵，缓缓捋着胡须。众人眼巴巴地望着他，待其揭示底里。

狄公在椅子上直了直身子，遂开口言道：

"为述说方便，我且将此错综复杂之事分两段来讲。首段说的是梁、林两家结仇广州之原因及流变，次段乃述两家人来浦阳后所发生诸事。严格说来，首段所说之事，狄某目前自是无可论道。广州当地县衙及州府衙门皆已拒受此案，对他们的判断，狄某自然无法说三道四。尽管家仇源初与我等关涉不大，但我等切不能疏忽大意，因为借此我等可探知两家此后于浦阳所生发种种事端之背景。为此，我先简述此事之缘起，其中申诉讼过程、节略及与本案关涉不大的诸种细节皆略过不提。

"大约五十年前，广州有一个梁员外，经商有道，富甲一方。另有一林员外与其住在同一条街上，也是位富有的商人，乃梁员外之挚友。两人都是诚实、勤勉且颇具经商天赋之人。他们所经营的商行日益兴旺，商船可远航至大食国。梁员外膝下一男一女，其子名为梁洪，女儿嫁与林员外之独子林樊。不久，林员外过世。临终之前，他再三叮嘱儿子林樊要珍惜与梁府之情谊，盼两家世代交好。

"可随后几年情形大变。梁洪性情倒是与乃父相似，可林樊则不然，不肖其父。此人生性吝啬、贪心，为人寡德鲜义，行事残忍，明眼人一望便知。梁洪在其父退出商界后，秉承其父稳健之经营韬略，而林樊却好歪门邪道，从事不法交易，以期速得暴利。结果自然分明，梁家继续兴旺，而林樊却渐渐失去继承来的巨额财富。尽管如此，梁洪仍尽其所能襄助林樊，常提些商业妙计给他。当其他商人因林樊爽约而去衙门告状时，梁洪还替他辩护打点，甚至不止一次借与林樊相当大数量的钱财。可如此慷慨之举，反倒令林樊嫉恨不已。

"那时林樊膝下并无子息，梁洪之妻子却生有二子一女。林樊心里又恨又妒，对梁洪愈加仇恨。林樊起初便以为，梁家实为其自身背时逆运之根由，因此梁洪愈是助他，林樊心中恨之也愈深。

"有一回，林樊那厮恰巧撞见梁洪之妻，一见之下，淫心顿起，对其美色艳羡不已，由此种下祸根。那时，林樊恰有一笔买卖失手，眼见亏空甚巨，债务归还无期，心下甚为焦虑。自从他知晓梁夫人乃重德守贞、一心一意相夫教子的良善妇人后，遂心生歹念，欲以暴力强占梁洪之妻，且能行侵吞其财富之勾当。

"林樊因做那等不法交易，故与本地黑帮关系匪浅。当他听说梁洪欲至邻县收购大批黄金时，心下大喜，以为机会来了。那批黄金部分为梁洪所有，可绝大部分乃本阜其他三家大商行所有。林樊雇下强人，在梁洪返城途中于城外实施洗劫，众强人劫杀了梁洪，抢走黄金。"

狄公神色峻切地望着他的亲随们，随即又继续道：

"此恶谋实施当日，林樊直奔至梁宅，声称他本人有急事不得不面告梁夫人。林樊告诉她，其夫于途中遭袭，且黄金已为歹人所抢。梁洪业已受伤，但目下尚无性命之虞。梁洪之随从现已将主人匆忙安顿在城北郊外一座废庙内。梁洪又派人去唤林樊，要他去那儿私下磋商一番。

"梁洪希望能保守他遭劫的秘密，邀其妻及岳父盘点梁家资产，以便确认是否有银子可赔偿三家大商行损失之黄金。黄金被劫的消息无疑会影响梁府及其他三家大商行之信誉。梁洪希望梁夫人与林樊即刻赶至庙中，以便共商对策，决定梁府哪些财产可立即盘点。一番话，梁夫人深信不疑，因如此决断颇符合其夫谨慎稳重之心性，故而随同林樊自后门悄悄离了宅院。

"他们一至庙内，林樊便坦言相告，适才所说之话只部分为真。他告诉她，其夫业已为强人所杀，但自己心里一直很喜欢她，并愿诚心照拂她。梁夫人一听此语，不由得勃然大怒，斥责林樊卑劣无耻，欲返城告官。但林樊硬是阻其回城，且在当晚奸污了她。次日黎明，梁夫人以发簪刺破手指，血书于帕，写下遗言，痛悔自己因轻信而失身，无脸面再苟活于世。随即，以腰带悬于房梁之上，上吊身亡。

"林樊搜了她的身子，发现了血帕及遗书，细读之下，顿时有了主意，只需稍加改动便可掩其罪行。只见遗言写道：

　　林樊人面兽心，杀人越货，强夺人妻，罪不容赦。
　　奴身已污，辱没家门，唯死以忏罪。

梁洪为强人劫杀（高罗佩 绘）

"林樊撕下了血帖上遗言之首行，尽付火中。

"他将此帕放回梁夫人袖中，随后便返回梁家大院，只见梁老员外及梁老夫人已闻噩耗，正为其子被害、黄金被劫而哀伤不已。原来是一过路之人发现梁洪尸身，向官府报了案。林樊假仁假义劝说二老节哀顺变，且又问候梁洪遗孀。二老告知林樊，儿媳昨日不辞而别，去向未明。林樊假意欲言又止，二老再三追问，他遂吞吞吐吐道，自以为有责任告知梁老员外及老夫人，他早知梁夫人有个相好，经常与其在废庙中秘密幽会。他猜想，没准在那儿可寻得梁夫人。梁老员外匆匆赶至庙中，却见其儿媳业已悬梁自尽。老人寻到遗言，读罢大恸，以为儿媳因得知丈夫被杀而心中愧悔，继而自尽。老员外哪里承受得起如此伤心之事，悲痛交加，当晚便服毒身亡。"

狄公止住话头，示意洪亮倒茶。狄公啜了几口茶后，继续道：

"自那时起，现住浦阳的那位梁老夫人遂成了本案之关键人物。梁老夫人是个聪慧且精力充沛的妇人，她一直协助梁老员外操持家族事务，每每受众人夸赞。她了解儿媳贞洁品性，对林樊编派的那番说辞心有怀疑。她命账房人等随即盘点清算梁家财产，筹措银两赔偿三家商行之损失，同时又派忠心耿耿的老管家前往那庙内细细勘察。当时梁夫人写其遗言时，将手帕铺于石枕上书写，故那石枕上沾有其血迹，在这些模糊的痕迹中，可隐约显现遗言之首句。

"老管家如此这般将勘察情形向梁老夫人禀明后，老夫人顿悟，原来是林樊奸污了儿媳，且谋划了杀人越货之恶行，因林樊那厮早在梁洪尸身被发现之前，便已告知儿媳，梁洪业已身亡。

"梁老夫人随即向广州衙门喊冤，出告林樊犯下滔天大罪。可此时，林樊手中已握有大把金银，遂大肆贿赂地方官吏，雇人作伪证，一年轻无赖甚至谎称自己为已故梁夫人之奸夫。此案因此未被衙门受理。"

马荣张嘴欲问，但狄公举手示意马荣先不必发问。狄公继续道：

"几乎同时，林樊之妻，也就是梁洪之妹也不知去向，四处打探，终无消息。林樊假意伤心不已，可旁人看来却是林樊将其秘密杀害，且藏匿尸身。林樊对梁府上上下下俱深恶痛绝，自然包括未替他生得一男半女之发妻。

"此乃梁老夫人呈县衙之首份卷宗的事实大略。其人其事皆可追溯至二十余年前。

"我再来说说两家进一步交恶之情形。当时梁家仅余下梁老夫人、两名孙儿及一个孙女。尽管梁家财产赔偿给三家商行后，仅剩原先财产十分之一弱，可梁家名声却未曾受到损害，梁家商行各分号也仍旧兴旺。梁老夫人持家有方，经营得力，上下齐心，梁家商行没多久便挽回颓势，家族始又中兴。

"那时，林樊却到处搜罗死党，组了个庞大的贩私团伙，地方衙门开始不安，疑其行为有所不轨。林樊心知，行私犯禁之事，县衙一般不做处置，而是交由州府一类的衙门惩处，林樊与州府衙门素无关系，故其铤而走险，又定了条恶计，意欲转移官府视线，同时又栽赃梁家商行。

"他贿赂了本阜市舶司的小吏，悄悄将一些违禁品混入梁家商行的两艘平底货船仓中。随后，他雇了个人告发梁老夫人。官府在船舱货物中找到了实证，没收了梁家商行及各分行的财产。梁老夫人再次控告林樊诬陷栽赃，可地方衙门及州府衙门先后拒绝受理。

"梁老夫人明白，林樊不将梁家斩草除根，绝不会善罢甘休。因此，她在城外找了个田庄，权作避难之处。这田庄是梁老夫人堂兄的产业，位于一座已被弃毁的要塞上，唯有一幢旧砖堡还留在原处，田庄主人将它当作谷仓。梁老夫人深思熟虑，念及一旦林樊雇盗匪袭击他们时，此堡可充当避难所，故她将一切应急之物俱搬入堡中，以备不测。

"数月之后，林樊果真派了一群歹徒来田庄大肆破坏，杀死了许多田庄的居民。梁老夫人、两个孙子、孙女、老管家及六名可靠的仆役都躲入储有食物和饮水的旧砖堡中。匪徒们几次欲撞开大门，但铁门坚扃固锁，承住了撞击。众匪徒于是收集了些干木柴，点燃后向窗内猛扔。"

狄公说到此处停了一阵。此刻，马荣搁在膝上的那对大拳握得紧紧的，洪亮则怒容满面地将着他那稀疏的胡须。狄公接着又道：

"砖堡内的人几乎窒息，他们不得不向外冲。梁老夫人的小孙子、孙女、老管家及六名仆役皆为歹徒乱刀砍死。混乱之际，只有梁老夫人和其长孙梁寇发一同逃出虎口。

"那伙歹徒的头目向林樊禀道，梁家所有人俱被杀光，林樊大喜，心下以为梁家总算绝了香火。这一命案在广州城内引起公愤，一些熟知梁、林纠纷的商人心知肚明，林樊这厮定与这十恶

· 134 ·

不赦之罪有所牵连。

"自那时起，林樊便成了城中首富，颐指气使，无人敢同他作对。但同时，他也假惺惺地声言自己对此事甚感悲痛，且重金悬赏知晓歹徒行踪之人。那伙歹徒的头目了解林樊此举之企图，遂牺牲了四名同伙，他们皆对杀人罪行供认不讳，因而被官府斩首示众。

"梁老夫人偕其长孙梁寇发寻至广东一远房亲戚处避难，两人以假名藏匿了一段时日。此间，梁老夫人收集了林樊诸多罪行之证据。五年后的一天，她由藏匿处现身，控告林樊是那桩大命案的真凶。

"此案早已远近闻名，无人不晓。眼见百姓俱对林樊心存恶感，当地衙门也不愿过度袒护林樊。林樊遂又大量打点金银，最终仍使衙门撤销此案之诉讼。后来，以清正廉洁闻名海内的新一任都督走马上任，林樊自知树大招风，心怯不已，认为不如出门避上几年风头，方为明智之举。他随即将事务交与信任的管家经管，只带着几名仆从及小妾，乘三艘家船悄悄离开广州城。

"梁老夫人花了整整三年的时间，方探得林樊的去处。梁老夫人一得知林樊定居浦阳，便决意紧跟着他，以求复仇。她的长孙梁寇发自然也就跟随祖母。俗话说，杀父之仇，不共戴天，小孙儿如何能不与祖母相依为命，伺机替父报那血海深仇？于是两年前，梁老夫人和孙儿来到了浦阳。"

说至此，狄公停了一阵，又饮了一杯茶，接着道：

"现在，我来说说这第二段故事。其内容见诸梁老夫人呈递县衙的讼状文案内。"

狄公一边说，一边轻拍眼前的卷宗。

"梁老夫人出告林樊绑架其长孙梁寇发。她自述，他们一到浦阳，梁寇发便四处探查林樊在浦阳的动静，且梁寇发告诉她，业已觅得足以告倒林樊的证据。

"不幸的是，梁寇发当时未曾详说究竟，因此他所知何事，梁老夫人并不知情。梁老夫人断言，梁寇发是在林宅附近调查时为林樊所绑架。可呈递这一诉状，梁老夫人自然不得不再次追溯梁、林两家世仇往事。但梁老夫人终因证据不足，无从证实梁寇发失踪与林樊有所瓜葛，故我那前任冯县令未受理此案倒也无可厚非。

"眼下，我欲向诸位说明我下一步的打算。前往武义、金华两县途中，我于轿中对此疑案细细琢磨了一番，得出了林樊在浦阳为非作歹的假设。自然，这一想法也得自陶干探明的一些情形。

"起先，我问自己，为何林樊选中浦阳这个僻静小城为其藏身之处？像他这般富甲一方、一手遮天之人，通常喜欢住在大城市之中。所谓大隐隐于市，既享放荡不羁、富贵尊荣的生活，又可毫不引人瞩目。

"念及林樊那厮与走私犯禁买卖关系匪浅，更虑及其贪婪本性，我便得出结论，他选本城的动机无非是此处适宜其贩卖私盐！"

陶干眼睛一亮，业已心领神会。狄公说话之际，他只沉闷地点着头。

"自汉朝起，盐业即由官府掌控。浦阳位于运河之畔，离沿海产盐之地不远，因此我猜林樊定居浦阳，为的是贩运私盐而大发横财。这十分符合其吝啬贪婪之性，相较于都邑舒适但奢靡的生活，林樊倒宁愿离乡背井，过着孤单但有利可图的日子。

"陶干先前的报告证实了我的猜测。林樊之所以选中那栋四周荒寂但与水闸距离适中的旧宅，乃因此宅适于秘密运送私盐。他在城墙外买的那处地产也出于同样目的。若从林宅步行到那儿，确需花些时间，须经北门绕道而行。但看一下本城地图，你等可以发现，若经由水路，两处的距离便很短。虽说那道水闸门会阻止船只经过，但小包货物却可经由栅栏传递，并不碍事，因此运河成了林樊以平底货船贩运私盐的快捷方式。

"可目下情形叫人遗憾，显然林樊那厮业已暂停私运，且欲返回广州故乡。我心下甚为忧虑，他应该会销毁所有不法贸易的往来数据，只怕我等无法收集到捉拿他的证据。"

洪亮打断狄公的话头，说道：

"大人，梁寇发已发现了走私的证据，且打算由此控告林樊。为何我等不即刻彻底搜寻梁寇发？也许林樊将他拘禁于某处！"

狄公摇了摇头。他正色道：

"只怕梁寇发已不在人世。陶干之遭遇即可证明，林樊是个凶残之徒。那日，林樊认为陶干乃梁老夫人派去之细作，因得天助，陶干才免于一死。不，我担心林樊早已杀死了梁寇发。"

洪亮说道："看来抓林樊那厮的希望渺茫喽！两年已过，谋杀的证据便无从获取。"

狄公答道："确实叫人遗憾，因此我打算如此行事。既然林樊将梁老夫人视为其仅有之对手，因知晓对手，做起歹事来自然就驾轻就熟，且不会犯错。但我会叫他明白，从现在起，他将不得不对我狄某有所顾忌。我的目的是要惊吓他，令其寝食难安，如此一来，其做困兽之斗，自然早晚会露出马脚，届时我等便可轻取之。

"现在仔细听我吩咐。

"第一步，今日午后，洪亮带上我的名刺交与林樊，告诉他明日县令将造访林府。到那时，我会故意让他知晓，衙门已获知其罪，并将明示他未经衙门许可，不得擅离本城。

"第二步，陶干须立即找到林宅边那块土地的主人。找到后随即告知他，因流民无赖将那里当成藏污纳垢之所，故县衙命他即刻拆除这座废弃之宅，拆除所费之半由县衙开销。陶干，你与工匠等讲明，让他们明早便在你和两名衙役的监督下开工拆除。

"第三步，洪亮去过林宅之后，带着我的手令径直前往本城折冲府兵营，要那守卫四个城门的卫士寻些借口，对每个进入或离开本城的广州人严加盘问，此外，再派些卫士在水闸门四周日夜巡视。"

狄公搓着手，满意道："这下可让那姓林的有得忙了！诸位可有其他提议？"

乔泰笑了笑，道："我等也可对其城外的田庄弄些伎俩！明日我去城墙外正对着林樊田庄之处立个军帐，捣鼓他一二日。我嘛，在运河边钓钓鱼，从那儿可近观水闸门及林樊田庄之一举一动，那田庄里的人自然会留意到我。无疑，他们会向林樊报告我在暗中监视他们，这会更叫林樊那厮担惊受怕！"

"妙极！"狄公高声道。他转身面向陶干，只见陶干闷闷不乐地频捋鬓须，狄公道："你有何建议，陶干？"

陶干讲道："林樊为人阴毒，他要是觉察出衙门对其施加压力，极可能会图谋暗害梁老夫人。那告发人一死，诉讼自然撤销。我提议对梁老夫人妥加保护。我去她家时，曾留意到对面的丝绸店废弃已久，大人或可考虑派马兄及几名衙役待在那儿，不让那算计梁老夫人的阴谋得逞。"

狄公略略一想，便道：

"你说得甚对，眼下林樊虽未在浦阳谋害梁老夫人，但我等切不可冒险。马荣，你今日便领人前去。

"最后，还须再办一件事。我会下令给所有本县沿运河的守卫士卒，命他们对每艘载有林家田庄货物的货船严加盘查，一有违禁之物即予以扣留。"

洪亮笑着道：

"这下可好，不几日林樊便会觉得如履薄冰，好似热锅上的蚂蚁团团转了！"

狄公点头赞同，说道：

"当林樊得知衙门这些措施时，便会感到身陷重围。此地离他可以翻手为云、覆手为雨的广州城忒远，况且他已将大多数的亲信派出。此外，他哪会知晓官府尚未掌握一丝半毫的证据。他只会问自己，是否梁老夫人已呈递给县衙一些他不知道的证据，或者我狄某业已发现了他贩私的罪证。甚至他会猜，我是否已透过广州的同僚而获知了些蛛丝马迹。

"我希望这些疑虑令其手忙脚乱，行起事来自然便会轻率，我等便可乘机抓住他的把柄。我得说胜算并不大，但这可是我等唯一的机会，千万大意不得！"

次日，狄公正午升堂结束后，身着蓝袍，头戴黑色方帽，乘轿去了林宅，两名衙役随侍左右。

一行人来到林宅大门前，狄公将轿帘卷起，只见大约十二名工匠正在拆除清理林宅左侧的旧宅废墟。陶干坐在门边的砖堆之上，乐此不疲地从大门窥孔监督众人劳作。

衙役一敲门，林宅的大门随即大开，狄公的轿子被引进大院。狄公下轿后，见一高瘦男子正在客厅台阶下恭候，那人望去稳重干练、气度下凡。

此人身边有一矮胖之人，狄公猜想应是林府管家，除此之外，并无其他仆役。高个男子躬身深施一礼，嗓音低沉道：

"在下林樊，一介布衣，经商为生，蒙县令大人屈尊光临，真令寒舍蓬荜生辉。"

两人拾阶步入一宽敞大厅，厅内装饰雅致。他们在黑檀木细雕椅上落座，管家端来热茶及广东蜜饯。

叙礼过后，不免寒暄一番。林樊的北方话说得十分流利，但多少带些广东腔。交谈中，狄公暗自观察着林樊。

林樊约五十岁模样，长瘦脸，上唇蓄着稀疏的小胡子，下颌蓄着灰色山羊胡。林樊双眼给狄公印象最深，只见其眼神呆滞，似乎只随头转而动。狄公心下以为，若无这双眼睛，很难叫人相信眼前这谦恭儒雅之人，身背多起谋杀命案。

林樊身着一件朴素的玄色长袍，是以广东人偏爱的黑绸缎制成，戴顶常见的玄色薄纱帽。

狄公开门见山道：

"本县此次纯系私人拜访，为的是就某事向林员外讨教一二。"

林樊躬身连称不敢，他以低沉且单调的嗓音道：

"在下草民而已，但凭大人吩咐，在下遵命便是。"

狄公遂道：

"前些日子，一位姓梁的广东老妇来到县衙，击鼓鸣冤，向本县讲述了个冗长而支离的故事。说员外你犯下滔天罪行，且这些罪行桩桩件件皆针对她而来，着实令本县疑惑不已。过后，本县的一位随从道，此老妇神志癫乱多时。她在县衙留了份诉状，本县还未及细细浏览，看来其中也无可观之处，无非是那老妇疯癫时异想天开之语。

"但员外你想必也知，依大唐律，本县在未正式堂审之前，不得擅自拒绝讼案。因此本县特来贵府，欲同员外好好商议一番，以求处置之道。以本县之见，此案还是私下了断为好，何不顺水推舟，打点那老妇一些，以省却彼此不少时间。员外须知，就本县而言，如此处置断非衙门规范，但很明显，老妇神志昏乱，而员外无疑是个正直之人，故本县以为，如此处置也未失公允。"

林樊忙起身，在狄公面前深施一礼以表谢忱。再次落座时，他缓缓摇首道：

"此事甚为悲惨。家尊与梁老夫人之先夫生前堪称挚友。在下多年来一直努力维护两家之世谊，可谓尽心竭力，尽管有时确实令人烦恼不已。

"在下必须禀明大人，当初在下生意兴隆之时，梁家的买卖却一直在走下坡路。缘由嘛，部分乃因无从抵挡的天灾人祸，部分则因梁洪而起。我父亲对他十分关爱，可他却缺乏判断力，非生意中人，在下虽不时帮助他，但显然老天与之作对，梁家运蹇，梁洪为强人所杀，梁老夫人接管了商行。不幸的是，她在买卖的判断上犯了大错，因而损失惨重。此后，债主频施压力，她因利之所趋，入了贩私团伙，后被官府发现，家族的所有财产皆被充没。

"之后，这老妇人迁居乡下。时运不济，在那儿，歹徒烧毁了他们的田庄，而且还杀了她的两个孙儿及一些仆人。尽管贩私案暴露后，在下断绝了我们两家的关系，但念及旧情，我对歹徒杀害曾与我们林家世代交好的梁家子嗣，仍觉愤怒不已。在下悬赏重金，捉拿歹徒，最终天遂人愿，那伙歹人最终被缉拿归案。

可此时，诸般大灾大祸已令梁老夫人深受刺激，她竟以为在下乃罪魁祸首，是我引发了所有这些事端。"

"荒唐，荒唐！"狄公打断他的话道，"员外可是她们家的好友呀！"

林樊缓缓地点着头叹息道：

"正是如此！大人明察，此案困扰在下已久。这老妇数次威吓诽谤我，无所不用其极，为的是叫众人与在下作对。

"在下斗胆禀明大人，正是因那姓梁的老妇使的奸计，在下方始决意离乡背井。恳请大人明察秋毫，知我林某困境。一来，在下无从企求官府保护，以免遭此老妇无端佞指，毕竟她是与在下有姻缘关系的那家族之长辈；二来，如若在下对这些指控不闻不问，不做反驳，我林某在广州的信誉势必扫地。故在下以为最好还是待在浦阳打发时日，没曾想那老妇跟踪至此，并告我绑架其孙。青天冯县令详察究竟，随即驳回诉讼，拒不受理此案。在下妄测，是否那梁老妇人也将这同样的指控呈递于大人您面前？"

狄公并未马上接话，而是啜了几口香茗，又尝了林府管家呈上的蜜饯，随后方道：

"很不幸，本县不能立即拒审这件烦人的案件，但本县也不愿给员外带来什么麻烦。待适当之时，本县将传你到公堂，听听你的辩词。当然，这无非是官样文章。本县相信，要不了多久，本县亦会做出与冯县令一致的判断。"

林樊点头称谢。他古怪而呆滞的眼光直盯着狄公。

"大人您打算何时堂审此案？"

狄公捋了一阵鬓须，随即答道：

"恐怕还很难说。衙门还有些其他案件待审，加之本县前任留下了些官税必须催讨。照官府常例，本县的衙役及书吏们还得对梁老夫人的讼状细研一番，并给本县一份案情要略。是的，本县无法给出一个明确的日期，但本县保证将对此案速审速决！"

"在下深为感激。"林樊道，"大人有所不知，近日在下有些重要事务须回广州处理。在下原本已安排明日启程返乡，只留管家照看此处。正因久有归乡之意，故而本宅多时未加修整，以至荒芜杂乱，有污大人清目，在下深表歉意。"

狄公道："本县重申，将尽全力尽快处理此案。员外打算离开浦阳，这确属憾事。员外乃南方大贾，盛名远播，移居浦阳实乃本地之幸。本地为贫瘠之域，比起员外的富庶故乡来，可有天壤之别。本县心下也曾疑惑，如此杰出缙绅为何独选浦阳为其隐居之所。"

林樊答道："这也不难解释。家尊生前性情异常活跃，时常乘坐家船沿运河来回巡视林家商号。行经浦阳时，浦阳之景令其陶醉，遂决意在退出商界之后于此处建座府邸。唉，当时家尊正值壮年，哪料到未及达此愿望，老天爷便让他去了。在下自当尽一份孝心，以实现家尊欲于浦阳建一座府邸之心愿。"

"此种孝行着实可嘉！"狄公论道。

林樊继续道："也许在下会把此宅当成家尊之专祠，以慰家尊在天之灵。此宅虽已陈旧，但当初建得牢固，况且在下也尽己所能做了些改进。大人可否赏光，让在下带您在寒舍四处看看？"

狄公点头赞同，林樊遂领着狄公穿过第二进庭院，来到一面南正厅，此厅比前院大厅还大。

狄公见地上铺了一层厚厚的地毯，这地毯必是特意为此厅而置。屋内雕梁画栋，且嵌着珍珠贝，极尽奢华。家具都以芬芳的檀木制成，糊窗之物并非窗纸或丝绸，而是以薄贝镶成，大厅内洒满柔和的光线。

其他房间也同样雅致豪华。

当他们来到后院时，林樊淡淡一笑，说道：

"所有女眷俱已离去，大人只能见到在下一半的家人。"

狄公礼貌地止住脚步，示意不必再看，但林樊却坚持引领狄公到所有的房间一一查视。狄公心知肚明，林樊欲叫他知晓，其宅院内并未隐藏什么。

回到大厅，狄公又饮了杯茶，并与林樊闲聊了一阵。

闲谈中，狄公得知林樊的商行曾放贷给京内一些高官，且林家在不少州府城中皆有分号。

末了，狄公起身告辞。林樊殷勤地将狄公恭送至轿中。

狄公登轿之际，回首又向林樊保证道，他会尽己之力，妥善处置梁老夫人一案。

一进县衙，狄公便迈步进了书斋。他站在桌旁细细浏览文案，这些都是他不在时书吏放在此处的。狄公左思右想，却也无法廓清思路，造访林樊的经过一直在眼前闪烁。狄公心中知晓，此次他遇上了个极其危险的对手。这对手富可敌国，神通广大，他不禁对林樊是否会落入为其布置的陷阱深感疑虑。

正当狄公苦思冥想之际，他府上的管家来到书斋。狄公不解地望着他。

"你怎会到衙门来？"狄公问道，"该不是家中出了什么非常之事吧？"

管家看来甚为不安，不知如何开口。

狄公不耐烦道：

"罢了，你快说与我听！"

管家遂道：

"大人，适才有两乘轿子来到后院，头一乘轿中坐的是一稍老的妇人，她并未多说什么，只告诉我，她照大人您的吩咐带来了两名年轻女子。眼下大夫人正在小憩，小的不敢打扰她。我问了二夫人及三夫人，她们俱称不知此事。故小的斗胆跑来禀明大人，请您定夺。"

狄公一听，似乎非常高兴，他道：

"将两位姑娘安排在第四进院子内，每人拨一名丫鬟伺候。你去告诉带她们来的妇人，狄某甚为感谢，给过她赏后，便打发她走吧。今日晚膳前我会亲自去看望那两位姑娘。"

管家好似吃了定心丸，深施一礼后随即退下。

下午狄公与洪亮及管理文案的主簿、书吏等一同断案，众人推究了一件错综复杂的遗产分割讼案。当狄公回到府邸时，已是掌灯时分。

狄公直接来到大夫人的房内，只见她正与管家在核对府邸开销账目。

大夫人一见狄公进屋，忙起身万福施礼。狄公吩咐管家先退下，随即在方桌旁坐下，也请大夫人坐于身边。

狄公先是询问孩子可曾在塾学功课上有所精进，大夫人柔声一一作答，但眼睛却始终向下望着，狄公知其心情沮丧。过了一阵，狄公方道：

"无疑，你已听说了今日下午有两名年轻女子来到家中。"

"老爷，相夫教子职责所在，"大夫人言辞冷淡，"为了瞧瞧她们那儿是否还短少什么，我亲自去了那院子。目下已安排了翠菊及秋菊两丫鬟服侍她们。老爷您也知道，那秋菊可是厨中高手。"

狄公点头表示赞同。过了一阵，他的夫人又继续道：

"只是我去过那院子后，心下但觉奇怪，老爷您若想纳小，也该同我们妻妾几个商议才是，所选之人是否合适，我们也能帮老爷裁度裁度。老爷屈尊一问，难道不该？"

狄公双眉一蹙。

"我很难过，夫人并不赞成我的选择。"

大夫人冷冷道：

"老爷此言差矣，我怎敢冒昧妄论老爷的喜好。我只关心全家上下的和睦。我岂能不注意到，那两位新到的姑娘与家中其他女子不同。她们的教养与品位与狄家并不相称，如此一来，只恐家中长久维系的愉悦气氛难免不再。"

狄公起身敷衍道：

"此种情形下，夫人之责更为明晰。我承认如夫人所言，二女与狄府确有不相称处，因此我希望夫人能在尽可能短的时日内对其指导、纠正，亲自教导她们刺绣等女红，再认一些常用之字。我再说一遍，夫人的见解狄某完全赞同，因此我决定这段日子她们只陪伴你，我会时常来了解她们的情况！"

当狄公欲起身离开，大夫人站起身来说道：

"老爷，我得提醒您，咱们眼下的收入已无法承担日益扩大的诸般开销。"

狄公自袖中取出一枚银元宝放在桌上，说道：

"用这些银子替她们置办些衣裳，其余的补贴家里的用度开销。"

大夫人欠身又道了万福，狄公遂离房而去。

狄公不禁长叹一声，他深知此事甚为尴尬，况且刚刚起头。

他走过蜿蜒的长廊来到第四进院落，只见杏儿和蓝玉二人正在观赏四周围的环境。

她们在狄公面前双膝跪下，感谢其厚爱。

狄公忙吩咐她们起身。

杏儿双手捧着一缄封的信函恭呈狄公。狄公打开信封，但见内中乃两位姑娘原先主人的转让契约，随附罗县令的管家所写的一封客气的短笺。

狄公将短笺纳入袖中，契约则交与杏儿，并告诫其细心保管，以防日后那先前主人再对她们提非分要求。随后他道：

"我的大夫人会亲自照看你们的饮食起居，并教给你们狄家的所有家规。她将替你们买些新衣裳，一切备齐之前，你们需待在此院十天左右。"

狄公与她们亲切地闲聊了一阵，随后便返回书斋，并命仆役铺床，准备就寝。

长夜绵绵，睡下尚早。

狄公满腹疑虑，他不安地问自己，目下情形他是否能应对？

林樊有钱有势，着实是个危险和凶残的对手。同时，狄公深感当下他与大夫人之间已有了隔阂嫌隙。迄今为止，狄公一直将家庭和睦看得甚重，平日里每每公务缠身抑或悬案难解之际，一念及此，便会暖意周生，大获慰藉。

如此这般，心中烦躁不已，直至丑时更响，狄公仍未睡去。

十六

▼

接下来的两日，梁、林家仇一案未见新进展。

狄公的随从们定期向他禀报，林樊那厢按兵不动，也不知其葫芦里卖的是什么药。那厮似将自己圈在书斋之中，并不走动。

陶干已吩咐那些个清理废墟的工匠，将第二进庭院的旧墙留着。他们辟出一条简易的斜坡直达墙顶，并略加平整。眼下，陶干有了个方便的观察点，他坐在那处，边晒太阳，边监视林宅，每逢林府管家走出屋子来到院中，陶干便时不时对其挤眉弄眼。

乔泰禀报道，林家田庄内现只住着三名男子，他们不是忙着照料蔬菜，便是在岸边泊着的大帆船上忙碌。乔泰在运河上抓了两条鲤鱼，送至狄府厨中。

马荣在梁老夫人屋宅对面的废弃丝绸庄寻得一间阁楼，并自找乐子地教授一名前途有望的年轻衙役几招腿脚功夫。他禀报说，那梁老夫人足不出户，只见过那个服侍她的丑老太婆出门去买蔬菜，至于可疑人等倒委实未见。

第三日，守护南城门的卫士逮了名进城的广东人，卫士们因怀疑其与县南盗匪有瓜葛而抓了他。此人身上带着给林樊的大信封。狄公仔细读了其中内容，却未见有什么可疑之处。这是一册林樊在其他城中商号所送来的账册细目，记的均为开销盈利等详情。狄公对各种记载的银两数目还是惊讶不已，仅此处一桩生意便关涉数千两银子。

狄公吩咐将此件抄录一份，并放了那送信之人。那日下午，陶干禀报说此人已出现在林宅。

第四日晚间，乔泰在运河岸边截住了林樊的管家。那家伙定是沿运河游水而下，且随即潜水自水闸下通过，因此守卫的卫士未曾发现他。

乔泰装扮成水上大盗的模样。他将管家击倒后，趁势夺去一封林樊写给京城大臣的信函。狄公读后发现，此信用语晦涩，但暗示对方速将浦阳县令调任他处，切勿耽搁。随函附上了一张引人注目的五百锭金子的飞钱，以作酬谢。

次日清晨，一名林宅的仆役带了封信笺交与狄公。在信中，林樊称其管家遭一名水路强人袭击和抢劫。狄公命人贴出告示，宣称对知情禀报之人悬以重赏。他在相关文案内夹入了那封偷来的信，以备将来使用。

这是头一个好消息，但似乎也是最后一个。过了七八日，仍未见动静。

洪亮注意到，狄公开始焦虑起来。他完全失去了往日镇定自若的模样，而是时常发怒。

那时起，狄公开始对军务兴趣非凡，花了许多时间研究其他州府官员传阅的邸报内容。他细心关注本州西南的暴乱。在那里，某教之匪徒已开始招兵买马，立了反旗。洪亮心下大惑，按说这骚乱不可能波及浦阳，为何狄公反倒对此事如此关心呢？

狄公甚至与驻扎于浦阳的折冲府校尉称兄道弟，叙起交情来。此人除了略通军事、一身蛮力外，是个相当愚笨之人，而狄公却与之探讨州内军事布防之情形。

狄公没对洪亮做任何解释。洪亮因狄公不信任自己而暗自伤心，且因察觉狄府中的麻烦而愈加不快。

狄公难得宿于二夫人或三夫人处，大多数日子皆睡在书斋内的睡榻上。偶尔一两次，他清晨去到第四进院内，与杏儿、蓝玉喝上杯茶，同她们聊聊天，随即便返回县衙。

狄公造访林宅十来天后，林府管家带着主人的拜帖来到县衙，询问当日下午其主林樊可否拜见狄公。洪亮传信给那管家，狄大人欢迎林樊来县衙。

那日下午，林樊乘着一乘四周密遮的小轿来到县衙。狄公热情相迎，他在大客厅内请林樊坐在身旁，并亲手为他递上水果及糕点。

林樊一如往常，面无表情，显得神秘莫测。他以单调的嗓音问候狄大人安康，随即问及袭其仆从的恶棍是否已找到。林樊接着道：

"在下的管家去田庄传我口信，却在途中遭强人袭击。他自北门出城，在水闸外沿运河行走时，那强人将其击倒并洗劫一空，随后又把他抛入河中。幸亏在下的管家习得水性，挣命上岸，要不早就被淹死了。"

"哼，这狗贼！"狄公怒声道，"他袭击了人，又图谋将人淹死！本县将加倍悬赏，擒拿这歹徒。"

林樊态度矜持地谢过狄公，双眼直直地盯着狄公问道：

"不知大人何时有空听听在下对那案件的陈述？"

狄公歉意地摇首道：

"本县书吏正每日忙于那些卷宗，可有些地方须得向梁老夫人核对。如你所知，她鲜有清醒之时。但本县深信，不需多时，万事自当具备。须知，本县对此案向来甚为关注。"

林樊躬身深施一礼，接着说道：

"此二事终系小事。另有一事，在下本不愿叨扰，徒占大人宝贵时光，但在下发现，如今所遇之事唯大人您方能帮忙解决！"

"但说无妨，"狄公道，"本县自当效劳。"

林樊嘿然一笑。他摸了摸下巴，说道：

"大人，您时常与京城高官大吏接触，自然精通朝廷内外事务。对您而言，也许永远不会像我等无知商人因遭遇的那些麻烦而烦心，然而个中学问倒常能助我等一臂之力，省下数千锭银子的开销。眼下本人从广州商号总管处获悉，在下买卖上的一家对手商号，业已获得一名官员的暗中庇护。那官员准其所请，名义上顾问商号事务。在下以为，敝商行也该学其榜样。但不幸的是，在下经商无德无能，缺资寡财，以致高枝难攀。故而大人若

狄公热情款待林樊（高罗佩　绘）

肯赏脸引荐，替在下觅位官爷撑腰，在下将感恩不尽。"

狄公欠了欠身，热心道：

"员外屈尊来问，本县备感荣幸，只是狄某位卑言轻，虽忝列县令之职，然县治偏僻，纵令搜索枯肠，以经验、学识而论，亦想不出亲友之中有可堪顾问贵商行事务之重任者。员外错爱，狄某抱歉之至。"

林樊啜了口茶，轻声道：

"在下已探知，那家对手商号拿出一成的盈利，送与替他们顾问的官员聊作薄酬。当然了，这笔小财对高官而言自是微不足道，尽管如此，在下略一估算，每月倒也有五百锭银子，对于官邸开销不无小补。"

狄公捋了捋胡子道：

"员外须知，本县对此事无能为力，心下自是沮丧不已。本县若非敬重员外，自可随意荐些同僚玉成此事。但本县以为，熟人之中即便有最佳之选，也不足以推荐给贵商行！"

林樊遂起身，道：

"在下匆忙言及此事，唐突之处，还望大人海涵。在下只想强调一点，适才所提金额乃在下粗略之估算，此数目可能高至数倍。大人若能详加考虑，可能会有适宜之选。"

狄公也随即起身，并道：

"本县也是遗憾不已，狄某交游不广，亲朋好友之中，无人具此高深资质可堪如此重任。"

林樊再度深施一礼，告辞而去，狄公亲自送他上轿。

洪亮注意到，林樊来访之后，狄公精神大振。他告诉洪亮自己与林樊会晤之详情，并论道：

"那厮已身陷重围，却困兽犹斗！"

但次日，狄公心情重归沮丧，即使听陶干眉飞色舞地禀报他故意惹恼林宅管家的趣事，狄公亦未展露笑容。

又过了七八日。

中午县衙堂审过后，狄公独自坐在书斋内，无精打采地翻阅一些官府公文。

他听得屋外走廊上传来模糊的低语声，细一辨听，是两名衙役正在那儿闲谈。蓦地，狄公听得"暴乱"二字。

他迅速打椅中跳起，蹑手蹑脚来到窗边，透过窗纸，他听见一名衙役说：

"大可不必担心，匪乱不会蔓延。不过我刚听说，咱州府刺史已要求在金华附近集结重兵，以备不测之需，同时也为了安抚民心。"

狄公急急将耳贴在窗纸上，只听另一名衙役道：

"原来如此，我在军中的一位把兄弟告诉我，左近要塞及折冲府的兵营接到命令，星夜赶奔金华，以应急需。唔，若此话当真，州府的命令正在发往咱县衙的途中，并且……"

狄公没有再听下去。他急急打开保存机密公文的铁柜，取出一大包物件及一些纸。当洪亮进屋时，不禁大吃一惊，因为狄公如同换了个人似的，萎靡漠然的神情一扫而光，话语清晰地吩咐道：

"洪亮，我得即刻出门做个极为重要的暗访！时间紧迫，仔细听我吩咐，我没法再重复一遍，也来不及向你解释。按信中指令行事，明日你自会明白。"

狄公交给洪亮四个信封。

"此处有四个我的名刺，分送给四位本县德高望重之人。我细细琢磨之后，方选了这些人，当然，也考虑了他们住宅的位置。

"他们是致仕的左果毅将军鲍善、致仕的刺史万大人、金匠会首林凡、木匠会首闻峻。今晚你替我前去拜望他们，告诉他们明日拂晓前半个时辰，我狄某约请他们做一桩要案的证人，并请他们切不可对旁人吐露半字。我希望他们备好轿子，吩咐各自的贴身随从守在自家院内待命。

"随后你悄悄将马荣、乔泰和陶干从他们各自的岗位上唤来，派衙役替代他们，并要他们在明日黎明前一个时辰在县衙大院内集合，马荣、乔泰披挂整齐，在马上待命！

"同时，尔等四人也要暗中唤醒县衙内其他人，包括书吏、衙役等。我的官轿停在院内，众人候在附近，衙役须带上棍棒、铁链及鞭枷等一应刑具。这些俱应悄悄备齐，切勿聒噪，切记不许点灯。你留神将我的官服、官帽放于轿内，令狱卒守护县衙。现在我得走了，明日天亮前一个时辰见！"

洪亮尚未回过神来，狄公已带着那包东西离开了书斋。

狄公匆匆来到自家府邸，直奔第四进庭院。到了那儿，只见杏儿和蓝玉正在一件长裙上刺绣。

他仔细与她们谈了半个多时辰，随即打开那个包裹。包裹中收着一套打卦算命的用具、一项玄色方帽、棕色布袍以及招揽生意的布招，上书大字"六壬神课，麻衣相法：博古通今，神算来日"。

杏儿和蓝玉替狄公换上这身装扮。狄公将布招卷起纳入袖中后，注视着两位姑娘，并缓缓对杏儿道："我完全信赖你们姊妹俩！"

两位姑娘深深道了万福。

狄公自后院一小门离去。当初他特意选第四进庭院作为杏儿和蓝玉的住处，就因这院离他所住的院子较远，有扇小门可直通县衙后的市廛，因此狄公可神不知鬼不觉地离开此院。

狄公一到大街，便撑开布招混入人群之中。

在午后剩下的时间里，他随意穿街走巷，绕城而行，在许多小茶馆和街边茶摊上喝茶。如有人走近要他算命，狄公便以须赶赴一位大主顾处为借口而婉言谢绝。

夜幕降临，他在离北门不远的简陋小饭庄里草草吃了碗饭。念及长夜漫漫，还有许多时辰需要打发，在付账给店小二时，他忽然想起，不妨到圣明观走一趟。马荣对申八绘声绘色的描述，以及他提到的鬼故事，都勾起了狄公的好奇心。店小二告诉他，那座道观离此地不远。

问了几回路，狄公终于找到了通往道观的小巷。借着前方一处灯火引路，狄公在黑暗里小心翼翼，彳亍而行。他一见那座道观的院子，便瞥见了马荣业已叙述过的熟悉场景。

此刻申八正坐在院墙前的老位置，他的手下麇集周围，直愣愣地望着滚动的骰子。

那伙人一见狄公，皆面露疑容，直至瞧见了那布招，方又埋首自顾自赌钱。

申八则轻蔑地拍了拍手，对狄公恶声道："快滚，老弟！想到过去就叫我伤心透顶，更别提他妈的将来了。快滚，来他妈个屁滚尿流，快些从大爷眼前消失。照我看，你是个丧门星！"

狄公并不理会，只客气地问道："这位大爷，此处是否有个叫申八的汉子？"

申八猛地一跳，身手极为敏捷。他的两名手下则威胁般地靠近狄公。申八粗声粗气道：

"我可从未听说过这名字。你这狗杂种问这是什么意思？"

狄公假意害怕，怯怯道："大爷息怒，大爷息怒！我适才巧遇一同行，他见我朝此处走，便交与我两串铜钱，说是他的丐帮兄弟托他将这些钱转交给申八的，还说我可在圣明观前见到此人。要是申八不在此处，那我就当没这事便了！"

狄公当即转身欲离去。

"嗨，你这狗娘养的！"申八大怒道，"你给我认准了，大爷我就是申八。你竟敢偷丐帮帮主的钱！"

狄公急忙拿出两串铜钱，申八将其夺入手中，随即开始点钱。眼见并无差错，申八便道：

"老弟，别在意我的无礼！谢谢你替我做了这档子差事。不过让我告诉你，前一阵有过一些怪人到访，其中有个相当可爱的无赖，那阵子我还自以为在帮他摆脱困境呢！只是眼下有传闻说那汉子不诚实，是衙门里的人。要是一个人连他朋友都不能信，那这他妈是个啥世道？可怜，他还是个玩骰子的好手哩！

"也罢，既然你帮了我这个忙，不妨坐下来歇息一会。你要真能预测来日，那同你玩骰子，咱可赢不了钱。"

狄公蹲坐在地，同众乞丐攀谈起来。他对黑道研习已久，自能以黑话应答。他说了些个趣事，众人喝彩不止，欲要其再讲下去。

随后狄公开始说一个可怕的鬼故事。

申八抬手制止，厉声喝道：

"老弟，嘴上小心！这些个骇人的家伙可是我们的邻居。在我的地盘，决不许乱说他们的事儿！"

狄公假装惊奇，乘机寻根问底，一探究竟，申八遂告诉他身后那座废弃道观的故事。狄公早已知道这故事，申八一席话也未再添枝加叶。狄公遂道：

"行，我不说一句伤害他们的话。实话说，那些个孤魂野鬼也是我生意上的伴儿，打卦算命之人，不得不经常求教于他们，以期能带来些好买卖。我嘛，总时不时供奉些小祭品给他们，譬如在废宅旧院的角落里放上些油糕。他们就爱这些玩意儿。"

申八拍着膝盖大声叫道："怪不得昨晚上我一直惦记的那块油糕不见了！罢，罢，原来是有旁人惦记它！"

狄公见申八的一名手下吃吃直笑，但他假装未曾在意，只继续道：

"要是我靠近仔细瞅瞅这道观，申爷你可在意？"

"你既已通晓与鬼魂打交道的法儿，"申八道，"那就由你去吧！你可以告诉他们，我和手下这伙人都是正派人。须知，咱好不容易才得个晚间清静的所在，不必担惊受怕！"

狄公借了个火把，登上观前平台阶梯，迈步走向道观前门。

此门以重木制成，有铁闩插着。狄公举起火把，但见一张封条赫然在上，上盖有"浦阳县衙"大印，是前任冯大人封的，落款日期是两年之前。

狄公绕着平台走，直至一扇小耳门前，它同样也被上了封条。但是此门的上半部是栅栏。

狄公将火把在墙上揿灭，踮起双脚，朝漆黑的道观内望去。

他安静地站着，竖起耳朵。

在道观深处，他似乎隐约听到微弱的脚步声，但这也可能是蝙蝠飞翔时的声音。过了一阵，一切又归于寂静。狄公不知适才听见之声是否为其幻觉。

他耐心地等待着。

随后，他又听得些微弱的声音，可却戛然而止。

尽管狄公站着听了很久，但一切俱如坟茔般寂寥无声。

狄公摇了摇头，打算事后定要来勘察此道观。脚步的移动声可以寻个借口解释，但敲击声便离奇异常了。

当其转身返回观前空地时，申八问他：

"得，你离开了好一阵子，到底见着了些什么？"

"没啥可说的，"狄公答道，"只见着两个老鬼同一个新鬼玩掷骰子。"

"老天爷！"申八嚷道，"这是些什么玩意儿！可咱也是时运不济，没法自家做主挑邻居！"

狄公随即迈步离去。回到大街上，他发现街边有一家名叫"八仙"的小客栈，虽说小，但却相当干净。他租了一间房过夜，并告诉他送来热茶的伙计说，他次日很早便要离去，城门一开他便得起程。

之后，狄公喝了两杯茶，脱下长袍放在近处，随即在摇晃不止的床上睡了几个时辰。

十七

▼

四更鼓起，狄公忙起身，以凉茶漱口，将身上长袍的褶皱拉直，便离开了八仙客栈。

穿过荒凉的街巷，狄公步履轻快地来到衙门口，一名满脸倦容的衙役将狄公迎入县衙，可瞧见狄公奇怪的装扮，衙役一脸的狐疑。

狄公未置一词，迈步直奔大院，隐约见到那儿黑压压的一片，一大群人正静静立在他官轿旁。

洪亮点上一盏小纸罩灯，帮狄公坐入轿内。狄公在轿中脱下棕色布袍，换上官服。戴上乌纱帽后，他撩起轿帘，招手唤来马荣与乔泰。

只见两名亲随身披重甲，头戴尖顶头盔，穿戴得甚是威武。

两人各佩长剑并携带弓弩，挂囊里装满了箭。

狄公对二人轻声道：

"我等先至致仕的左果毅将军鲍善府邸，然后到致仕的刺史府上，最后去那两名会首宅院。你们二人骑马带路。"

马荣躬身领命。

"我等已用稻草将马蹄包裹起来，"他道，"这么着，马蹄便不会发出声响！"狄公满意地点点头，随即一声令下，大队人马便离开了县衙。他们沿衙门外墙静静向西而行，接着往北拐，一路直奔鲍将军府邸。

洪亮上前敲了敲门。不多时，府邸门大开。

洪亮见院内停放着鲍将军的官轿，四周站着大约三十余名随从。

狄公的官轿抬进了府内。狄公步出官轿，在客厅的台阶下与鲍将军会晤。

老将军每逢重大场合，总是披挂齐整，尽管年逾古稀，但精神矍铄，不减当年之勇。他外罩紫色绲金边的丝袍，身着金甲，一柄镶嵌宝石的巨剑佩在腰间，金盔上五彩翎飘扬。这身盔甲曾伴其北战胡虏多年。

二人叙过礼后，狄公道：

"此时打扰将军，下官甚为不安，但乞将军恕罪，只因本邑有宗大罪孽亟须将军到场作证，故下官恳请将军随下官前往，望将军晓谕下属噤声，过后还望将军屈尊到县衙公堂上作证。"

老将军一听此刻出行破案，顿时兴奋不已。他以军士般口吻回话道：

"狄大人是本县的父母官，老夫自当听从你的号令。咱们这就出发吧！"

接着一行人又来到致仕刺史府及两名会首的宅邸，狄公将适才与将军所说之语又重复了数遍。

眼下，这支队伍中已有了五乘轿子，还有一百来位随从。行至北门附近时，狄公将马荣唤到轿旁，直截了当地吩咐道：

"我们一过城门，你与乔泰便去传话，任何人都不许离队，不然格杀勿论。你与乔泰在队伍边来回骑马巡视，上箭控弦，若有谁欲私自离去，即刻射杀。现在骑马上前，命守城卫士将城门打开！"

不多会儿，两名卫士将重重的铁钉城门打开，一行人过了城门。

他们径直往东，朝晋慈寺而去。

转眼来到晋慈寺山门，洪亮上前敲了敲门，格子窥孔后露出个满脸倦意的和尚脑袋。

洪亮喝道：

"我等乃县衙公差，前来捉拿潜入你们寺院的夜贼。快快将门打开！"

过了一阵，只听得横闩被拉开，大门开了条缝。此时马荣、乔泰已把马拴于山门之外，两人一个箭步迅疾将门打开。两个吓坏了的和尚被锁入门房，马荣等警告那两个和尚道，若他们一出声，便要了他们的脑袋。接着，众人拥入寺中。狄公由轿中走出，四位证人紧随其后。

狄公悄声请他们及亲随与他一同赴内院，其余人等皆在原地待命。陶干走在前，马荣、乔泰殿后，他们敛气屏声，迈步前行，一会儿便来到观音大殿前。观音像前的青铜灯彻夜通明，照得宽敞的院内光影斑驳。

狄公抬头注视，众人也都静静站立。过了一阵，阴暗处走出个披着尼姑斗篷的娇小身影。她向狄公躬身施礼，又在他耳边轻声说了几句。

狄公转身对陶干道：

"带我们去见方丈！"

陶干跑上大殿平台，走入大殿右侧的长廊。他指了指长廊尽头那扇关着的门。

狄公朝马荣点头示意。马荣肩膀用力一顶，破门而入，随即闪过一边，让其余人等进屋。

众人眼前所见，乃是间豪华的屋子，屋内燃着两支大白烛，空气中弥漫着浓重的香烛味及天竺香料味。那方丈正在黑檀木雕睡榻上睡着，鼾声阵阵，身上盖着条精美的刺绣绸被。

"把他放在椅子上！"狄公吩咐道，"将其双手反绑。"

马荣、乔泰将那方丈从睡榻上拖起，扔在地上，未待其清醒，一条细链已将其双手反绑起来。

马荣将其推倒在地，大喝一声：

"还不快给大人跪下！"

方丈脸色灰白，好比突然被带至阴曹地府，任由那几个白盔白甲的小鬼牵着去见阎王。

狄公对四位证人道：

"诸位请仔细端详此人，尤其注意瞧他的光脑袋！"

166

随后，他转向洪亮道：

"你去前院衙役那儿，越快越好，令他们尽可能将所有和尚都抓来，用链子铐上。现在他们可以点上灯笼火把了。让陶干带他们去和尚的僧寮。"

眨眼之间，满院内俱是点亮的灯笼，灯上映出"浦阳县"三个斗大的字。命令层层下达，一扇扇门被踢开，链条的叮当声不绝于耳，衙役们挥动鞭、棍，痛打那些个顽抗之徒，寺院内到处回荡着哭爹喊娘的尖叫声。末了，大约六十名惊恐万分的和尚被带至观音大殿前的院子里。

狄公始终伫立在大殿平台之上。他注视着眼前的景象，突然高声说道：

"让他们面北对着平台分六排跪下！"

和尚们照此吩咐跪倒，狄公又命令道："我们的人听着，大伙绕院子东西南三面列队站好。"

随即他命陶干将他们带到寺院内封闭的花园中。狄公转身面向大殿旁身着尼姑斗篷的那姑娘，她一直候于此处。狄公对她说道：

"蓝玉，现在你可将杏儿的住处指给我看了！"

陶干打开花园大门，众人沿曲曲折折的小径前行。陶干与那姑娘手中的提灯一路摇曳闪烁，一眼望去，此座雅致的花园好似西方的极乐世界。

蓝玉在一间隐身于竹林丛中的香阁前停住脚步。狄公招手让证人们再走近些，指给他们看那扇锁着的门上封条完好无损。

他朝蓝玉点点头，蓝玉将那封条撕去，并用钥匙开了锁。

狄公敲了敲门唤道：

"本县县令在此！"

说罢，他退后几步。

那扇红漆门打开了，只见杏儿穿了件薄丝袍站在门口，手里擎着一支烛台。她见一大群人站在眼前，连将军和刺史万大人也在，遂连忙回屋穿了件斗篷。

此后，众人进了屋里，见墙上挂着幅华丽的观音像，大睡榻上放着织锦被，屋内陈设豪华。

狄公恭敬地向杏儿施了一礼，其余人一愣，但也都照着做了，鲍将军头盔上的翎子也随之舞动。

接着狄公道：

"现在，就让我等看看那个密道吧！"

杏儿走到门边，在漆门表面那众多的装饰铜柄中选了一个，稍一转动，门中间的一块窄嵌板便打开了。

陶干以手击额。

"真难以置信，连我这个老手也被这玩意儿给骗了！"他疑惑不解地高声道。"我几乎查遍了每一处角落，偏就漏了最显眼之处！"

狄公向杏儿问道：

"其余五间屋里也都住着人吗？"

杏儿点点头，狄公遂吩咐道：

"请随蓝玉一同到前院客房去，把那些妇人的丈夫唤来，打开那些屋子的门，让他们把妻子接回家去。随后他们还须独自回到大殿院内，我希望本案在此初审时，他们能够在场。"

众人来到杏儿夜宿的香阁（高罗佩　绘）

杏儿和蓝玉离了屋子。狄公细细搜索屋内，他指着睡榻边的小桌对四位证人道：

"诸位，请留意桌上那只放着胭脂的小象牙盒，并请记住它的位置！鲍将军，请把它合上，适当之时，它会被拿出来当作证物。"

众人等候杏儿回来之际，陶干却忙着研究秘密嵌板。他发现，在门的两边都可悄无声息地操作此机关，只要转动一只装饰铜柄便可。

过了一会儿，杏儿回来禀道，另外五间屋里住着的妇人都已被带到前院，她们的丈夫此刻正在大殿前候着。

狄公领着证人及亲随们依序检视每间屋子。在那里，陶干每次都能轻而易举地找到秘密嵌板的位置。

狄公转身面向四位证人。

"诸位，"他平静地说道，"恻隐之心，人皆有之，狄某在此欲请各位同意隐瞒一件事实。我建议堂审时，各位须指出有两间屋内并没有密道，当然不必说明屋子的具体位置。不知各位以为然否？"

"不错，狄县令，这是个好主意。"鲍将军同意道，"大人关心民生，对诸多当事人来日之幸福甚为关切，此诚为百姓之福。老夫完全赞成。不过，个中实情也须另立文案，详加记录，以作判案之依据。"

待其他三人均表赞同后，狄公道：

"诸位，眼下我们去观音大殿前的平台，我将在那儿初审此案。"

一行人站于平台时，已是破晓时分，红霞万丈，金光四射，照在院内跪着的六十名和尚的光头上。

狄公命衙役班头去寺中斋房搬张大桌子和几把椅子。临时公堂布置妥当后，马荣将那方丈拖至桌前。

那方丈在清晨的寒气中瑟瑟发抖，他一见狄公，顿作恶声道：

"好你个狗官，你曾受我重金馈赠！"

"你错了，"狄公冷冷道，"本县只不过暂借！须知，你给本县的每个铜子都令你自我葬送，万劫不复。"

狄公请鲍将军及万大人在他右首落座，两位会首则坐于左首。洪亮搬来两把椅子放于桌边，让杏儿和蓝玉坐下，自己则仍站在两位姑娘身后。

书吏及助手们则坐在一张侧案后，马荣、乔泰站在平台的左右两角把守。

众人位置排定，狄公对眼前的怪异场景扫视了片刻，人群顿时鸦雀无声。

接着，便听到了狄公铿锵有力的声音：

"现在升堂！本县初审此案，被告乃晋慈寺方丈及手下数十名和尚。他们身犯四大罪名：通奸、强奸、亵渎圣所及敲诈勒索。"

狄公向衙役班头瞥了一眼，接着命道：

"将原告带上堂来！"

杏儿被带至桌前，跪倒在地。

狄公道："此次初审，并非一般堂审，本县准你免跪！"

杏儿站起身来，将头上的斗篷往后一甩。

狄公一见这娇弱女子身着长斗篷，双眼下垂，严峻的脸色顿时变得柔和起来。他和颜悦色道：

"原告姓名、籍贯，为何状告这伙僧人，不必害怕，慢慢道来。"

杏儿声音颤抖地答道：

"小女子姓杨名杏儿，湖南人氏。"

书吏将其所说之语全部记录在案。

狄公将身子靠在椅背之上。

"请接着讲！"他说道。

十八
▼

揭密道杏儿述原委
晓下属狄公释案情

　　起先，杏儿很是羞怯，可随后，她自信渐生，不再怯场。在悄无声响的听众前，她声音清晰地叙述起来。

　　"昨日下午，"她开始道，"我妹妹蓝玉陪我来此庙烧香许愿。我拜见了方丈，求其准许我参拜大慈大悲的观世音菩萨神像，求菩萨保佑。方丈说须在寺院香阁内留宿一宿，整夜默诵观音菩萨法号，求告方有灵验。他向我收了入宿的定金，我给了他一枚金元宝。"

　　"入夜，那方丈将我与妹妹带至后花园的一间小屋内。他要我在此处住宿，妹妹则被安排在寺院香客住宿处过夜。那方丈道，有些个妖言惑众之徒时常对寺院恶意中伤，为维护我的贞洁之誉，我妹妹须亲手将门锁上。她便照此做了，且将加盖印鉴的封条贴在门上，方丈还叫她保管好钥匙。"

"我独自待在上了锁的屋子里，"姑娘继续道，"先在墙上挂着的大幅观音像前虔诚祝祷许愿。此后，我觉得有些倦意，便躺在睡榻上，那时梳妆台上的烛火还亮着。"

"大约二更天过后，我一觉醒来，只见那方丈站在睡榻前，向我保证我适才许的愿定会实现。接着他吹灭蜡烛，一把抱住我任意轻薄。当时，我的胭脂盒正开着，就放在我枕头边的桌上，趁其不觉之际，我将红胭脂涂在他的光头上，做个记号。那秃驴奸淫我之后道：'娘子愿望实现之日，可别忘了给敝寺布施些银两！要是贫僧未曾收到的话，你那个富裕的夫君没准会听到些令人不快的消息！'过了一阵我才发现，他已由某个密道悄悄离了屋子。"

杏儿述说之际，平台下众人开始交头接耳，小声议论。杏儿继续道：

"我仍躺在暗中，伤心流泪，忽然，又见一和尚立于屋内。他道：'别哭，你的相好来了！'我苦苦哀求，奋力反抗，可他毫不理会，也同样奸淫了我。尽管我内心痛苦万分，可还是以胭脂给他做了记号，就像适才对待那方丈一般。

"我暗下决心，时机一到，定要报复这群恶人，于是留心收集证据，假意喜欢这和尚，其实一眼望去便知他是头十足的蠢驴。我从炭炉内取出一块烧炭，将蜡烛重又点亮，连求带奉承，终于哄着他把门内藏着的机关指给我看。

"他走后，又来了第三名和尚，这回我决意装病。但我在推开他之际，还是用胭脂给他做了记号。

灵善方丈突然出现在杏儿房中（高罗佩 绘）

"半个时辰前，我妹妹来敲门，告诉我本地县令来此勘案。我让她速去禀报，就说我想状告那群秃驴。"

狄公果断道："本县想请证人见证一下为首案犯头上的记号！"

鲍将军及其他人都站起身来。

方丈秃脑袋上的那块红记号，在朝霞光芒照射下一清二楚。狄公又命衙役班头派人到跪着的众和尚处，将那些头上有同样记号的带上前来。

片刻间，衙役们已把两名和尚拖至平台上，将其按倒在地，跪于方丈身边。两人头上那红色记号赫然在目。

狄公大声宣布道：

"毫无疑问，此三名人犯罪名成立。那告状女子可以退下！今日下午，县衙公堂之上本县将再审此案，且详尽说明证据来源，还将严刑拷问庙里所有和尚，看看谁还参与其事。"

一语未了，首排跪着的一名年岁甚高的僧人抬起了头，他颤声叫道：

"大人，请听贫僧一言！"

狄公对衙役班头举手示意，那老和尚便被带至桌前。

"大人，"他颤巍巍道，"贫僧法号明空，乃晋慈寺真正的方丈。那边所跪之人强占寺院，自称灵善法师，僭方丈之位，可实际上却未曾剃度，实非出家之人，真是罪过。几年前他来到本寺，威胁贫僧让位与他。后来，当贫僧得知此人心存不良，欲对那些来本寺许愿之妇人图谋不轨时，贫僧竭力反对，斥其无耻，他遂叫人把贫僧锁于后院密室内。这几年，贫僧好似犯人般为其

176

拘押，度日如年，直到半个时辰前，大人您的衙役们才将贫僧放出。"

狄公抬头望着衙役班头道：

"事情真是如此？"

"这老和尚，"衙役班头道，"确实是在一间小密室内发现的，密室反锁。那门上有个小格子窥孔，我等听见他颤声呼救，遂破门而入。他丝毫未曾反抗，只一味要我等将其带到大人您跟前来。"

狄公缓缓颔首，对那老和尚道：

"请接着讲！"

"贫僧共有两名徒儿，其中一人，"老和尚继续道，"在寺中一直紧随贫僧。后来，因他威胁灵善，说要告官揭露其丑行，结果为灵善毒死。另一徒儿现正跪于台下，他假意背叛贫僧，实为监视灵善及其手下，偷偷将发现之情形告知贫僧。可机缘未至，他一星半点的证据也未拿到。灵善所干的下流勾当，除了他那伙臭味相投的亲信之外，对所有的人都不透露半分。故而贫僧令徒儿少安毋躁，静观待变，不必急于告官，要不一旦消息泄露，那厮肯定会先杀了我俩。死虽小事，可未能将他亵渎圣所的罪孽昭告世人，则愧对前辈大德，且无颜参拜佛祖。不过眼下，他还是能替大人您指出哪些无耻之徒参与灵善的恶行。"

"其余和尚、沙弥等原非歹人，只是些信仰不坚或好逸恶劳之徒。贫僧替他们说项，恳请大人从宽发落。"

狄公做了个手势，衙役遂将老方丈身上的镣铐卸去。衙役班头随老方丈来到一名上了年纪的和尚身边。那和尚遂与衙役班头在一排排跪着的众和尚身旁检视，并指出了十七位年轻和尚，这些人即刻被拖至狄公桌前。

那伙人跪下后连声不迭地赌咒发誓，有的叫嚷道自己因灵善逼迫而去干那伤天害理之事，有的则连声哀求，希望青天大人宽恕，更有些人自称该死，大声认罪。

"肃静！"狄公大喝一声。

衙役们举起鞭棍朝这些和尚的脑袋、肩膀打去，叫喊声顿时成了痛苦的呻吟声。

待众人安静后，狄公道：

"可将其余和尚的镣铐卸去，让他们自由。这些僧人须随侍明空方丈左右，聆听训示，以再生虔敬之心。"

院子腾空后，旁观的人群向平台拥去，众人低声咒骂那些秃驴。人群中有些城北郊外之人，他们听得庙内阵阵骚动，想来一探究竟。

"往后退，都站好，听本县说！"狄公喝道。

"这些罪大恶极之徒，好似社鼠般危及社稷民生，所作所为必为国法所不容。众所周知，圣人教化四方，以人伦纲纪护国利民，那些色胆包天之徒竟敢败坏纲纪，淫人妇女，自当严惩，罪不容赦。而那些遭玷污的妇人因顾及贞洁名誉以及子女性命安危，只得忍气吞声。

"不过还好，这些恶棍未敢在所有屋里都安上机栝密道。经勘察发现，有两间屋内并无密道。本县从不信怪力乱神之说，但深信天道仁慈，故本县明白告知诸位，纵有女子在寺内过了夜，其子也未必是异种，此独赖天道大恩。

灵善被押下公堂（高罗佩　绘）

"至于一干人犯，本县会在下午县衙升堂之际提审。他们可以申辩，但终究会认罪。"

狄公转向衙役班头补充道：

"因县衙牢房忒小，无法容纳这些恶棍，你暂将他们关押在县衙东墙外的监栅内。速速押送他们到那儿去！"

灵善被带走时，朝狄公大声喊道：

"你这个可怜的傻瓜！等着瞧，不久你便会身带镣铐跪于我跟前，到那时，便知由谁做主！"

狄公微微一笑。

衙役将这二十个人分成两队，每队十人，以粗链将其串在一处，这般小心，自是万无一失。众衙役舞棍挥鞭，催促一干人前行。

狄公命洪亮领着杏儿与蓝玉到前院，用他自己的官轿将她们送回府邸。

随即，狄公唤来乔泰。

"此事很快便会传遍全城，"他说道，"我担心届时群情激愤，百姓会攻击这些和尚。你尽快骑马至浦阳折冲府兵营，传我的话，请校尉派出一队人马即刻前往县衙外监栅处，要卫士们在栅栏前团团围起警戒。城内守军驻扎处离县衙不远，故卫士须在人犯抵达前火速赶到。"

乔泰领命，速奔要塞而去。老将军在旁对狄公道：

"果然名不虚传，狄大人处置甚为得体。"

"诸位，"狄公对鲍将军及其他三位证人道，"狄某劳动几位大驾，让诸位费时奔波，甚感歉意。只是寺中尚有宝库未曾开启，内藏金银无数，因此在所有宝物未盘点密封之前，我等尚不能离开此处。下官期待州府衙门将此寺内财物尽数充公，但县衙须于上禀州府公文之后附上全部财物清单。”

“下官猜想，本寺院执事应当有那份清单，但仍需一一比照核对，那得花上好几个时辰。故狄某建议，我等不妨先至斋堂用早膳。”

狄公派一名衙役到斋堂传话。众人离开平台，来到第二进院内的大斋堂。围观人群也都鱼贯而出，朝前院走去，不住地怒骂这群秃驴。

为省时间，狄公欲在用膳时对亲随详加训示，因此就对鲍将军及其他三位证人致歉，称己公务在身，疏于待客。

趁鲍将军、万大人及两名会首争相谦让主座之际，狄公却挑了张远离其他桌子的小桌，与洪亮、马荣及陶干一同坐下。

两个小沙弥将盛满大米粥及腌菜的碗碟放在他们面前。几个人静静用着早膳，待俩小沙弥走远，没法听请他们说话时，狄公才笑着自嘲道：

“过去十多日内，恐怕对你们，尤其是洪亮而言，我定是个惹人厌的县令！不过眼下你们大可听听我的解释。”

狄公喝完米粥，将碗箸一放，开始说道：

“洪亮，那日你眼见我受了那无耻方丈的贿赂，定是伤心透顶。狄仁杰竟然收了三枚金元宝、三枚银元宝！可那时，我虽还未曾谋划下一步如何行事，但我知晓，迟早会用金使银。而你们也知道，除了官饷之外，我狄某无其他进项，又为防灵善细作察得我有所动作，我也未敢从县衙账房处支钱。

"而事实也证明，这些金银贿赂大派用场，使我能设下陷阱。我用两枚金元宝将那两位姑娘从妓院赎出，第三枚金元宝则给了杏儿，用来说服灵善，以让她在寺内留宿一夜。我将一枚银元宝给了我的同僚金华罗县令的管家，以酬谢他张罗那事并将两名姑娘送至浦阳。又将第二枚银元宝给了我的大夫人，请她替两位姑娘买几件新衣裳。其余则买了两袭斗篷，还雇了两顶豪华轿子，亦即昨日下午两人去晋慈寺所乘的那两顶。故而洪亮你大可不必为狄某焦心。"

狄公见洪亮顿时如释重负，遂宽慰地笑了笑，又继续道：

"我之所以在金华选中这两位乡下姑娘，乃因狄某从她二人身上识见到农人之纯朴美德。农为国之本，农人自为国家梁柱，其坚毅勇忍之德，当可规范人心。她们尽管出身卑微，遭遇不幸，可美德未失，我心下便认定，她们若能助我一臂之力，擒那奸宄之徒定会成功。

"两位姑娘及狄某家人俱以为我买她们为的是再纳小妾。我未敢将秘密告诉任何人，连我大夫人也未告知。正如先前所说，灵善极可能在县衙及我府邸安插细作，稍一冒险，便会前功尽弃。我须耐心等待两位姑娘适应新生活，直至她们能扮好大家贵妇及其贴身丫鬟之角色，如此我方能依计而行。

"真得感谢我的大夫人，多亏她不辞辛劳，教导有方，杏儿学得甚快，故而我昨日才决意行动。"

狄公用筷箸夹了些腌菜。

"洪亮，昨日离开你之后，"他接着道，"我便径直走到她们的宅院，告诉那两个姑娘，我对晋慈寺疑心已久，又如此这般说了我的谋划。我问杏儿是否同意如此行事，还补充道，她可拒绝我的要求，我还有另一安排，那样便无须她亲自出马。但杏儿随即应允。她对晋慈寺内淫僧的行径深恶痛绝，说是若错过拯救其他女子的机会，任由那些妇人遭淫僧荼毒，那她会悔恨终身。"

"接着我便让她们穿上我夫人替她们买来的华服，披上尼姑的长斗篷，将妇人服饰隐藏其中。我吩咐道，她们得悄悄从府邸后门出去，在集市上雇两顶最好的轿子。她们抵达晋慈寺后，杏儿须告诉灵善方丈，自己系京城一显贵之妾。那人身居高位，故不能道出其名。因那人的大夫人妒心甚重，她本人则担心丈夫会对其渐生冷淡之意，故她只能求助于晋慈寺，因其丈夫膝下无子，此地观音菩萨若能显灵，使她生下个儿子，其地位自然牢固。"

说到此处，狄公停了一阵。而他的随从早已投箸停食，直直望着他，细听经过。

"此番话听起来并无纰漏，"狄公继续道，"但我知灵善精明异常，诡计多端，我担心他会拒绝杏儿，因杏儿并未告知其真名及更多详情。我遂教她利用灵善贪财好色之性，先送其一枚金元宝，同时故意展露自己的美貌，且暗示自己倾慕其英俊仪表，诱那厮上钩。"

"最后我叮嘱杏儿，那一夜她该做些什么。当然，观音菩萨显灵一说，我并不排除，尤其是陶干先前并未在屋内发现机关通道一事，着实令我印象深刻。"

陶干一听，顿时面露窘色，赶紧埋首喝粥。狄公宽容地笑了笑，又继续道：

"故而我告诉杏儿,午夜时分,如若观音菩萨真的显灵,她得赶紧跪拜在地,一五一十将情形告知菩萨,并求菩萨宽恕自己不虔敬之罪。但如若是一凡人来到屋中,她得设法探知他是如何进屋的,之后,便要她见机行事。我给了她一只胭脂盒,让她在轻薄自己的男人头上暗留记号。

"四更过后,蓝玉便须悄悄地溜出香客房,在杏儿房门上敲两下。若听得四声敲门声响应,则表明我的怀疑毫无根由,但若是三声,则意味着内中必然有鬼。

"以后之事,你们俱已知晓。"

马荣和陶干兴奋得击掌相贺,可洪亮却面带忧色。

犹豫再三,洪亮道:

"那日,大人您曾对在下说过一番话,在下本以为晋慈寺案终会不了了之。大人您曾说,即便找到众僧犯罪证据,且他们也供认不讳,可京城佛徒人多势众,定当插手此事,包庇众僧,设法在县衙结案前放了他们。倘若如此,这又该如何是好?"

狄公两道浓眉紧蹙,忧郁地抚着胡须。

正在此时,院内传来嘈杂的脚步声,随后便见乔泰冲入斋堂。

他不住地四下张望,一见狄公等人,连忙奔了过来。此时他额上全是汗水。

"大人,"他心急火燎地喘着粗气,"大事不好,我在折冲府兵营只寻得四名卫士!其余卫士及校尉本人昨日俱已出发赶奔金华,去执行刺史大人下达的紧急公务。我回城经过县衙外那处监栅时,只见数百名狂怒的民众正在猛击木栅,看守的衙役俱已逃至县衙内！"

"真乃时不凑巧！"狄公大声道，"那我等速速回城！"

他简要向鲍将军说明了情况，请他负责寺内善后事宜，并请金匠会首协助将军。狄公又请万大人与木匠会首跟随他一起回城。

狄公和洪亮上了鲍将军的轿子，万大人及木匠会首则坐入各自的轿中，马荣、陶干等翻身上马，轿夫们以最快速度抬轿赶往城内。

大街之上，群情激愤，人潮涌动。当他们见狄公端坐轿中，顿时欢声雷动。众人大喊："青天大人！""狄大人为民除害，功德无量！"

一行人到达县衙，周围人群早已散开，众人在县衙东北角察看时，但见几条不常有人光顾的街上，笼罩着死气沉沉的不祥气氛。几处木栅已被砸倒在地，其间有二十具犯人的尸身残骸，俱被愤怒的百姓以石块砸死或踩死，血肉模糊，一片狼藉。

狄公并未下轿。稍望便知，一切已无可挽回。残肢断臂的尸身上鲜血淋漓，沾满泥污，根本不会有幸存者。狄公命轿夫将轿子抬进县衙。

看门的衙役打开了县衙大门，狄公与他同伴的座轿被抬入大院。

八名衙役战战兢兢，跪倒在狄公轿旁，不住在石板地上磕头。为首那名衙役已仔细备好说词，只待狄公回衙，便叩头求饶一番，可甫一开口，狄公便打断他的话。

"你无需求本县宽恕，"狄公道，"你们八人如何能挡住人群。那原本是折冲府驻军之责，本县曾派人去叫，但他们未能及时赶到。"

狄公与他的亲随及万大人、木匠会首步出轿子，迈步往狄公书斋而去。桌案上堆满公文，皆是狄公未在县衙期间送达的。

狄公拿起一只大信封，上面盖着本州岛府刺史的封印。

他对万大人道：

"此件定是召集浦阳驻军的紧急公文。请大人您帮忙确认一下。"

万大人扯开信封，略略看了看内容后，便朝狄公点了点头，随后将信件交还狄公。

"此件公文，"狄公道，"定是昨夜送达的，那时我正为一项急务出门密访。我在城北一家名唤'八仙'的小客栈内过了一夜。"

"拂晓之前，我方回县衙，但连衣服也来不及换便又赶往晋慈寺，遑论入书斋处理公文了。

"万大人您与闻会首如能询问狄某家丁、八仙客栈掌柜及送达此件的公差，以证狄某所言不虚，我将不胜感激。我欲在本案呈文中加上二位的证词，以免不知情者将那些案犯之死归于狄某之疏忽。"

万大人点头称是，道：

"最近万某收到一位京城老友的来信，信中说佛教势力日盛，在京城官场中大行其道。我敢肯定，大国师等佛界显要定会深究细勘晋慈寺一案，巨细靡遗，直如研读佛经那般细致。他们一旦发现些许漏洞，便会大做文章，让朝廷怀疑您处置失当。"

"大人明镜高悬，揭露那伙禽兽不如的淫僧，"木匠会首道，"实乃太快人心之事。在下向大人保证，对此，浦阳百姓定当心怀感激。自然，在下很为那些举措过激的百姓难过，他们一气之下不顾王法，任意妄为，以致闯下大祸。在下恳请大人宽恕这些可怜的百姓！"

随即，两位证人应狄公之请，离开县衙赶奔各处，以查证那些事情。狄公对二人称谢不已。

此后，狄公提笔草拟了一份用词严厉的告示，昭告浦阳民众。他严词谴责对罪僧之残杀，强调惩处犯人乃官府之职权，任何人不得僭越。他还警告道，若再有人聚众滋事，当严惩不贷。

此时众书吏尚在晋慈寺内，故而狄公命陶干以大字誊写五份，他自己也以魏碑体粗字誊抄了另外五份。抄毕，又盖上县衙大红印章。接着，狄公让洪亮派人将这些告示张贴于县衙的大门之上及县城中心地带。他还命洪亮派衙役将二十具和尚尸身以草席收殓，待日后火化。

洪亮领命而去，狄公又对马荣、乔泰道：

"有道是恶行生恶果。如果我等不当机立断，则星火燎原，届时将难以收拾。目下驻军不在城内，一旦暴民打家劫舍，恣意妄为，我等将无计可施。我欲再乘那顶老将军的敞轿，于大街之上巡视一番，以防暴乱。你俩骑马跟随左右，勿忘携上弓箭，若有人欲以身试法，寻机滋事，一律射杀。"

狄公等人先至城隍庙。一行人中唯狄公乘轿，马荣与乔泰骑马护卫在旁，此外便是两名衙役，一前一后张罗。狄公身着官服，因坐在敞轿中，一路上行人皆能望见他。人群鸦雀无声，恭敬地闪过一边，替父母官让路。百姓未曾欢呼，可以看出，众人对适才的暴乱深觉惭愧。

狄公在庙中点上一炷香，真心祝祷，请求宽恕百姓冲撞神明、玷污城池之罪。因城隍所辖之地适才已为暴行所污，而城隍是不喜欢流血的，故法场总设在城门之外。

狄公出得庙门又向西行，至孔庙，在圣人及其几位著名弟子牌位前上香礼拜。接着又向北行，经县衙北墙外，在关帝庙内也祝祷如仪。

街上行人异常安静。他们都见了告示，因此街上并无骚动迹象。淫僧皆遭杀戮也令百姓怒气顿消，精疲力竭。狄公暗忖，看来不会再有暴乱，遂满意地返回县衙。不久鲍将军也从晋慈寺回到县衙，衙门内的书吏、衙役等人也一同随其返回。

鲍将军将寺院财物清单交与狄公。他说寺内所有金银宝物，包括黄金打造的供案等俱收入寺院库房，库门现已紧锁。鲍将军曾蒙圣恩，陛下亲赐一习武兵库，故当下他派人从库内取来剑矛等兵器，分发于家丁及衙役们，并留下二十名手下及十名衙役守卫寺庙。老将军因致仕在家，平时里着实寂寞难耐，而今遭逢此事，自是兴奋不已，精神十足。

不多时，万大人及闻会首也回至县衙。两人对狄公道，他们业已证实，昨夜急召浦阳驻军一事，狄公确实无从得知。

随后，众人皆往大客厅而去，在那儿用了些点心。

衙役们将临时拼凑起来的书案、桌椅放妥之后，证人、书吏等遂落座动笔，草拟整个事件的详细经过，狄公在旁不时指点一番。

每逢特别要紧处，书吏还会做番补记，将杏儿与蓝玉从狄府宅院内唤来，对昨夜之事一一叙述，且按上指印。在笔录文案中，狄公特别附上一笔，说是欲从数百人中找出杀死二十名和尚之真凶乃徒劳之举。此外，这些淫僧所作所为确实激怒百姓，只是骚乱过后，事态并未随之激变，故而他恳请州府禀明朝廷，宽恕浦阳百姓，薄施惩处。

末了，呈文及文案记录附件皆克其功。此时夜幕降临，狄公遂邀鲍将军、万大人及两位会首同进晚餐。

老将军无甚倦意，本欲答应，但万大人及两位会首却道劳累一日皆感疲倦，万分抱歉云云。如此一来，老将军也不得不推辞，四人遂告辞而去。

狄公亲送他们上轿，且再三谢过四人襄助。

接着，狄公换了件便袍，回到自己府邸休息。

在自家大厅内，只见他大夫人、二夫人及三夫人正陪着杏儿、蓝玉围坐在菜肴丰盛的饭桌旁。大家喜气洋洋，好似过节。

她们一见狄公，便都起身迎接。狄公在桌首落座，一边尝着热气腾腾的菜肴，一边享受近期来一直心向往之的家庭和睦气氛。

用罢晚膳，管家又将茶奉上。此时，狄公对杏儿和蓝玉道：

"今日下午，在拟就呈给州府的公文时，我在其中插了条建议，大意是从晋慈寺充公的金银宝物中，取出四锭金子赏给你们，以谢二位协助之大功。

"这一建议得到准许之前，我会写封公文派人快递给你们原籍的县令，请他过问一下你们故家。也许赖上苍佑护，你们的父母尚犹健在。若他们业已过世，那自会安排你们族内其他人来接你们，届时我会派衙役护送你们一路返回原籍。"

狄公向两位姑娘和蔼地笑了笑，又继续道：

"你们须随身带上我的一封信，交与当地县令，我在信中托他保护你们。拿着官府给的钱，你们可买些地或开家店铺。在适当之际，家人自会替你俩安排适宜的婚事。"

杏儿、蓝玉双双跪倒，向狄公拜谢。

狄公随即起身返回县衙。

经过敞轩，狄公由长廊穿过花园，此处通向府邸前门。突然，他听得背后有轻轻的脚步声。狄公转身一看，只见杏儿独自一人站着，双目低垂。

她深深施礼，却一声不吭。

"杏儿，"狄公和颜悦色道，"如若我还能替你做些什么，切莫犹豫，就直说吧！"

"大人，"杏儿轻声道，"思乡之情，人皆有之。只是我与妹子逢如此好运，由大人您看顾，因此我俩都不愿离去，对我俩而言，此地很是叫人亲切。大夫人也曾亲热说起，说她会很开心，如果……如果我俩能……"

狄公挥手笑道：

"须知，天下无不散之宴席！你很快便能体会到，在村子里做个诚实农家的妻子，可要比做地方官员的小妾幸福得多。此案了结之前，你和你妹妹在此做客，狄某甚感荣幸。"

说罢，狄公拱手作礼，却见杏儿脸上闪过一丝失望。狄公暗暗说服自己，许是月光之故，适才看走了眼。步入县衙大院，狄公见衙门内所有屋子都灯火通明，书吏等还在那儿誊抄下午拟就的呈文。

在书斋内，只见四名亲随正在听衙役班头禀报。班头奉洪亮之命，巡视了县衙设于林宅附近的暗哨。实际上，他们不在之时，那里并未有任何异样。

狄公命班头退下，走到书案后坐下，开始翻阅公文。他将三封便笺放于一旁，对洪亮道：

"此三封便笺系运河沿岸三个岗哨送来的报告。他们拦截搜查了林樊田庄开出的几艘帆船，可除了些正常的货物之外，什么也没发现。看来目下要得到林樊那厮走私的证据为时已晚。"

接着，狄公处理了几件其他的公文，并以朱笔在页边留白处给书吏写上指示。

然后他饮了杯茶，往后靠在扶手椅上。

"昨晚，"他对马荣道，"我微服暗访了圣明观，见着你的老友申八。我细细观察了那个废弃道观，内中着实可疑，似乎有些奇怪的声响。"

马荣心怀疑虑地望了洪亮一眼，乔泰则显得很不自在，陶干则摸着左脸颊那颗痣上的三根毛。一时无人搭腔。

显然，四人对此缺乏热情，但狄公毫不在意，兀自说道：

"那道观令我相当好奇。既然诸位今晨在佛寺中已领教了不少，那我等今晚也去那道观如法炮制一番，尔等以为如何？"

马荣尴尬地笑了笑，两只大手搓了搓膝盖，说道：

"大人，我敢说一对一较量，马某海内无敌手。可要说到与阴间鬼魂纠缠一处，那可……"

狄公打断他的话道：

"我并非不信鬼魂，平日里，撞神见鬼之事未必子虚乌有。

只是狄某深信，心地纯良者自不必惧怕神魔鬼怪。切记，阴阳两界皆以公正为圭臬。再者，不瞒你们说，不论昨夜或今日之事，俱令我烦心不已，因此我希望去那道观勘察一番，以略略调剂身心。"

洪亮若有所思地捋了捋胡子，说道：

"大人，如若我等去圣明观，申八那伙人又该如何？在下以为，此行须悄悄而往，不可让旁人撞见。"

"我已考虑过了，"狄公答道，"陶干，你先去那边里正家，让他去圣明观告知申八立刻离开。那伙人见官则惧，未等里正说完，也许早已散去！不过无论如何，告诉衙役班头带上十名衙役同去，万一里正需要帮忙，便可派上用场。"

"待陶干一回，我等便换上便服，神不知、鬼不觉地雇轿前往道观。除你们四人外，我谁也不带。切莫忘记带上四盏灯笼，多带些蜡烛！"

陶干来到衙役值班房，命班头挑出十名衙役。

班头束紧腰带，大大咧咧地笑着对众衙役道：

"要是各地县令都有我这等干练的衙役班头，那他想必官运亨通了，是不？瞧，大人一到浦阳，咱立马便为擒半月街案的凶手奔忙，那档子差事可是赚不来一个铜子的。可没过多久，他老人家又开始对佛庙来了兴致，乖乖，那地方看上去便似财神爷的住处！咱眼巴巴等州府判决此案，可不就盼在那儿多点事干。"

一名衙役刻薄道：

"照我想，今日下午你在林樊宅院附近监视，不会是空手而返吧！"

班头正色道：

"这可是堂堂正正的交易，一个愿打一个愿挨，那林宅管家对咱有礼有节表示点意思罢了。"

另一名衙役道：

"那管家的嗓音听来好似银铃一般。"

班头叹了口气，打怀中取出一小枚银锭扔给衙役们，一名身手敏捷的衙役接住了银锭。

"我不是吝啬鬼，"班头道，"你们自己去分吧。既然你们这些狗崽子注意每件事，那也一定听到了我俩整个对话。那管家给了我些银子，问我明日是否可以帮他送封信给一位朋友。我答道，倘若明日我在的话，定会帮他送。可明日我不会在那儿，因此我不会拿到那封信。这样一来，我既没违反大人的命令，也没因为推却这番好意而冒犯那位有脸面的管家，更没违反我给自个儿定下的诚实规矩。"

既然银子到手，衙役们也都认为班头这番话合情合理。接着，被挑出的人都离开值班房随陶干而去。

二十 ▼

二更鼓响，陶干回到县衙。狄公喝了杯茶，换了一身蓝布便服，戴了顶玄色方帽，由四名亲随相伴，悄悄从边门离开县衙。在街上，一行人雇了几乘轿，命轿夫将他们抬至圣明观附近的一条岔巷口。在那儿，他们下了轿，付过钱后，继续往前行。观前空地上一片漆黑，万籁俱寂，申八及其丐帮弟兄早已离去。

狄公轻声吩咐陶干道：

"你去将大门左侧锁着的耳门打开。千万别弄出声响！"

陶干蹲下身子，将布巾包在灯笼外，以打火石点亮灯笼后，只有道细细的光线从灯笼内透出。走上宽阔的台阶时，这道光刚好照在脚下。

找到紧锁的耳门后，借着灯笼里发出的光，陶干细细地将此门察看一遍。他在晋慈寺未曾寻到密道机关，真是有失颜面，大伤自尊，因此他决意此次要既快又熟练地完成狄公之命。他从袖内取出一套细细的"如意钩"开始撬锁，没几下，便顺利开锁，接着又放下门闩。他轻轻一推，门便开了，里面未曾置放另一根门闩。

他快步走下台阶，向狄公禀明观门已开，众人随即步上台阶。

狄公在门前候了一阵，仔细听了听，里面未有任何声响，只是死寂一片。随后，他们悄悄入内，狄公在前开道。

狄公小声让洪亮将灯点上。举起灯笼时，众人发现自己正在道观前殿之中。往右一望，但见三扇大门内侧皆插着粗重的木闩。显然，他们适才进来时穿过的那扇门，是无须打开厚重大门入内的唯一通道。

众人左侧矗立着一座十来尺高的大坛，上立金粉装饰的三清巨像。三位天尊俱作抬手祝祷状，高高在上的肩与首，隐没在黑暗之中。

狄公弯腰细细察看地板，只见地板上厚厚的灰尘，唯有老鼠留下的浅浅印记。

他招手示意，众人遂一同绕着三清神像，步入大殿神像旁漆黑的走道。当洪亮举起灯笼时，马荣咒骂了一声。原来灯光照着一具骇人的女子头颅，她扭曲变形的脸上还淌着血，一只手拽住她的头发，将她的头提起。

陶干和乔泰一时骇得呆若木鸡，不知所措。可狄公却沉着道：

"无须紧张！道观大殿两侧墙上，常常雕有阎罗十殿的恐怖情形，我们须提防的不是雕像而是活人！"

尽管狄公出语宽慰，欲消弭众人恐惧，可古代匠人在大殿两侧所刻的可怕雕像，还是令他们震惊不已。这些雕像色彩诡异，描绘了道教阴间对前世作孽魂灵的残酷责罚。此处是一群红脸、蓝脸鬼正在将人锯开，或以剑刺，或用叉挖，挑出作恶之人的内脏；那边一伙罪人则或被下了油锅，或为骇人猛禽啄瞎了双眼，真是触目惊心。

转过阴森可怕的走道，狄公缓缓推开前殿的后门，众人朝前院望去。此时朗月高悬，月光照在废弃已久的院子里。院子中央，一形状奇异的荷花池畔建有钟亭一座。此亭建在大约二十尺见方、离地六尺高的石台之上，四根粗大的红漆梁柱撑起了那座精美的尖顶，顶上饰有光滑的青瓦。那口铜钟照常理应悬在亭内横梁之上，可现在却放于石台上。一般情形下，若寺庙或道观之人出走，为使大钟免遭损毁，便如此处置。此钟约十来尺高，外饰图案诡异，神秘莫测。

狄公静静观察了一阵，眼前的院子静谧无声。他带着众人，沿院子四周的长廊巡视。

长廊边的几排小屋空无一物，地上灰尘满布。道观尚在使用之际，这些房间应该是用来招待进香做法事的施工，道士也常在此处研习经书。

院子后门通往后院，此院四周俱是道士居所，而今也已空空荡荡。庭院后有间大厨房。

看样子，这座废弃的道观并无异样。

在厨房一侧，狄公发现了一扇狭窄的小门。他说道：

"我猜这是扇后门。不妨打开一看，以知晓这道观之后通往哪条街巷。"

他向陶干做了个手势，陶干手脚利落地打开了粗重铁闩上的锈锁。

众人向外一望，不觉惊讶万分，只见眼前是一侧院，比前两个院子大上一倍，地上铺着大石板，四周尽是高大的双层楼阁。一眼望去，便知此地也已废弃，四周一片死寂。只是看起来院内近期尚有人待过，因那石板间并未长出杂草，房子也修葺妥当。

"真是奇怪！"洪亮惊道，"此院对圣明观而言实乃多余，不知道士要它究竟何用？"

众人为此争论不休，正在此当口，一片乌云遮住了月光，四下里顿时漆黑一片。

洪亮、陶干随即想将灯笼点亮。蓦地，有个声音划破寂静，在稍远处院子的尽头传来关门的声响。

狄公急忙夺过洪亮手中的灯笼，快步穿过院子。在那头，他发现了一扇厚厚的大门，由于门轴上了油，开门时不会为人察觉。狄公将手中的灯笼高高提起，只见眼前有条狭窄的通道。他听得一阵轻轻的疾步声，接着有扇门砰地合上。

狄公闪身入内，欲细细察看，但一扇高大的铁门挡住了去路。他迅疾将此门察看一遍，此时陶干心急难耐，不住踮起脚尖朝狄公的肩上望去。狄公心绪平静后，说道：

"此门甚新，但遍查上下始终不见锁，而且门这面也无任何把手，故欲从此面开门，定然无从着手。陶干，你不妨细细琢磨此门！"

陶干一听，忙凑近身子，一寸寸检视此门光亮的表面，又细细察看门柱，可却始终找不到开门的机关。

"大人，如若我等当下不将此门撞开，"马荣急道，"那便永远不知究竟是何人窥探我等！要是不立刻逮住他，那狗崽子便会跑得无影无踪！"

狄公缓缓地摇了摇头。他以手指轻叩平滑的铁门表面，说道：

"此门插着重重的大铁闩，我等无论如何撞不开此门。我们还是先将那些房子细细查过一遍吧！"

一行人转身离开窄道，检视院子四周的昏暗房屋。狄公随意挑了扇门一推，那门并未上锁。他们穿过一间大屋，除了地上铺着的席子外，屋内空无一物。狄公迅速环视屋内，走到靠在后墙的一把梯子边。他登上梯子，推开屋顶楼板的门，探身一望，只见眼前是间宽大的阁楼。

四位亲随也攀上阁楼，好奇地打量起阁楼四周。这阁楼实际上是条宽敞的长廊，粗大的木柱撑起高高的屋顶。

狄公不禁惊讶地问道：

"你们可有谁见过道观或佛寺中有如此布局的屋子？"

洪亮慢慢捋着稀疏的胡须道：

"兴许，此道观先前有大量经书。道士以这阁楼来存书。"

陶干插话道：

"要那样的话，我们该在沿墙处发现书架的痕迹。可照我看来，此阁楼看上去更像个储物的仓房。"

马荣摇头，问道：

"道观要个仓房干啥？你们瞧，地上还铺着这些厚席子，我想乔泰没准会赞同我的意见，这是个舞刀弄棍的习武之处。"

乔泰一直在检视墙壁，一听马荣之言，便随即点头道：

"瞧，此处有些成双的铁钩！一定是用来挂靠长矛的。大人，我猜此处是某个秘密帮会的总会所在。此会成员可在此地习武，外头自然不知此处有此变故。那些该死的道士定也沆瀣一气，他们可用来掩人耳目！"

狄公沉思了片刻，说道：

"你说得有理！但那些密谋者显然是在道士离开后方才入住，且就在几天之前才全部离去。诸位可看见，此处不久前才彻底打扫过，席子上没有一点灰尘。"

他扯了扯胡须，愤愤道：

"他们定还留了些人，包括那个对我等此行勘察兴趣十足的狗贼！出发来此道观前，我未曾细细观览本县详图，想来真是遗憾。眼下只有老天爷才知那扇紧锁的大门通往何处！"

"我们不妨试着爬到屋顶，"马荣道，"在那里瞧瞧这道观后究竟是何方神圣。"

马荣和乔泰一同打开了阁楼边的那扇大窗，俩人伸长脖子往窗外望去，只见沿着上端屋檐有排长铁钉直冲地面。院子后侧的高墙，将道观背后那些屋子滴水不漏地遮蔽起来，隐约望去，那些屋子顶端也有类似的长钉直冲夜空。

乔泰缩回身子，遗憾道：

"不成！我们至少需要些梯子方能攀到那里！"

狄公耸了耸肩，焦虑道：

"如此说来，眼下我等已无事可做了。但此行也并非徒劳，我等至少知晓此道观后的一部分已为某个秘密帮会所用。上天决不允许白莲教再度兴风作浪，更不允将汉源（参见《湖滨谜案》一书）的麻烦带到此地来！好吧，等到明日天亮，我等再回此地，届时带上必要的工具。照此情形看，还须来次彻底的勘察！"

他爬下梯子，众人紧随其后。

在离开院子前，狄公小声地对陶干说道：

"在关闭的门上贴张纸条！明日再回此地时至少可知，我等离开之后是否又有人开门入内。"

陶干点了点头。他从衣袖内取出两张细长的纸片，以舌舔湿，随即将它们贴在门框缝隙间，一张贴得略高，一张稍低，离地面甚近。

他们又返回前院。

一行人向三清大殿走去，在通往大殿两侧阴森走道的殿门口时，狄公停下脚步。他转身察看了一下那座不为人注目的花园。月光照在那口青铜大钟的圆顶上，远远望去，表面甚是怪异狰狞。蓦地，狄公似乎察觉到一丝异样。看似平静的背后，往往隐匿罪恶。他慢慢捋着胡须，心下惘然，不知怎会有如此怪异之感。

狄公见洪亮一脸疑惑地望着自己，遂正色道：

"我等不时会听到些可怕的传言，说有些佛寺或道观内的大钟，常常掩盖着不少骇人的罪行。我等既已到此，不妨检视一下钟底，以确知钟底并无见不得人之物。"

众人返身来到花园，往石台钟亭而去。马荣道：

"那口钟以青铜浇铸，有好几寸厚，咱得用棍子才能将它撬起。"

狄公道："你与乔泰去三清前殿，寻些道士驱邪镇恶、分量十足的铁矛或叉戟等法器，我等可用那些器具将钟撬开。"

马荣和乔泰跑回时，狄公、洪亮及陶干正拨开茂密灌木丛往前摸索，以寻到直通钟亭石台的那段阶梯。当众人站在钟亭边的空地上时，陶干指着钟顶道：

"那些老道开溜时，把吊起大钟的滑轮也取走了。我等也许能用大人您所说的法子，以那些个矛戟将钟撬开。"

狄公心不在焉地点了点头。他内心愈来愈紧张。

马荣与乔泰各自带了柄长铁矛爬上石台。他们脱去外衣，将矛尖插入大钟边缘。俩人臂扛肩顶，将钟撬起寸许。

"快把石头垫在底下！"马荣气喘吁吁地对陶干叫道。

陶干立即把两块小石头放在钟缘下，马荣和乔泰接着又将矛伸至钟下，他们在狄公和陶干的襄助下，照此机巧往复数回，大钟终被抬起约有三尺。狄公对洪亮道：

"把那圆石凳滚过来！"

洪亮迅速将石台边的那张石凳推倒，让它朝大钟滚去。眼看只差几寸了，狄公放开手中铁矛，腾出手来脱去外袍，接着又奋力以肩顶矛。

众人奋力一搏，马荣、乔泰俩人屏气使力，粗脖上的肌肉都涨了起来。洪亮瞅准时机，将石凳一推，恰好塞在钟沿之下。

铜钟下赫见一具尸骨（高罗佩　绘）

马荣等扔去铁矛，擦了擦脸上的汗水。此时月亮又消失在云层之后。洪亮随即自袖中取出一支蜡烛点燃，然后弯腰向钟下一望，不禁倒吸一口冷气。

狄公即刻俯身细细察看。只见大钟之下覆着层土，中间躺着具骸骨。

狄公赶紧起身从乔泰手上拿过灯笼，钻入大钟之内。马荣、乔泰和洪亮也如法炮制，爬入大钟里。当陶干也想爬入时，狄公向他叫道："此处甚是狭小。你待在外面守望，不必入内！"

四个人在尸骨旁蹲下。除了枯骨之外，并无他物。尸骨的手腕、脚踝处还铐着重重的铁链，皆已锈迹斑斑。

狄公细细察看尸骨，对头骨尤其注意，但未发现被击伤的痕迹。狄公只留意到死者左上臂骨曾经断过，且未能接合妥帖。

狄公看了看他的亲随们，忧虑道：

"很明显，这个可怜人被关入大钟时尚且活着。他是在钟内活活被饿死的。"

洪亮不停拨弄着覆在尸骨颈椎上厚厚的尘土。突然，他指着一发光圆物件叫道：

"快瞧！那东西好像是只小金盒！"

狄公小心翼翼将其捡起。那是枚椭圆形的金锁。他用衣袖把它擦净，凑近灯笼细看。

金锁外表平滑光洁，但背面却刻了个"林"字。

"定是林樊那恶棍让这人枉死于此处！"马荣嚷道，"他把那人推至钟下，拉扯之际掉了此物！"

"这么说来，这人便是梁寇发了！"洪亮慢条斯理道。

一听此语，陶干好奇心顿起，遂也爬入大钟之下。五人在铜钟下挤成一团，直直望着脚边那具尸骨。

"不错，"狄公淡然道，"正是林樊那厮犯下此罪。适才我记起，此道观笔直往前不远便是林樊宅邸。无疑，道观和林宅的院子共有一堵后墙，它们借由那扇厚厚的铁门相连。"

"观内第三座院子，"陶干即刻插话道，"准是林樊用来存放私盐的地方！那个秘密帮会定是与圣明观道士们一同离开此地。"

狄公点了点头。

"我等不虚此行，得了件有力的证据，"狄公道，"明日我便开堂审那林樊。"

突然，钟下的石凳滚开了。接着轰隆一声巨响，铜钟倒下，将五人尽数罩于其中。

二十一

众人目瞪口呆，随即骂声四起。马荣、乔泰激动地诅咒着，两人用手指沿铜钟内壁胡乱摸索。陶干则懊丧不已，狠咒自个儿犯了如此愚蠢的大错。

"闭嘴！"狄公大声喝道，"目下时间紧迫，都仔细听着！我等几个绝无可能从内侧抬起这口要命的大钟。要由此处出去，唯有一个办法：设法将此钟推动几尺，只要有部分大钟边缘超出石台，便会露个缺口，我等便可从那缺口爬出。"

"那亭角的柱子不会挡道吗？"马荣嗓音嘶哑问道。

"这个我也不知，"狄公简短答道，"可只要推出个小小的口子，那至少可叫我等不至于窒息而亡。把灯灭了，此处空气已不多，别再让烟给熏了。诸位别说话，脱了衣服开始干吧！"

狄公将方帽子扔在地上，脱去内衣。他右脚在地上探着，于石板缝隙间觅到一处撑脚的凹口，遂躬身推钟。

其他人都依此而行。

不多时，空气愈来愈少，众人呼吸困难起来，但那大钟总算动了一下，虽说至多不过一寸，可事实证明，齐力推钟并非不能，如此一来，众人愈加用劲猛推。

也不知过了多久，五人仍困于铜钟之下，光着身子直淌汗。

众人气喘吁吁，几近窒息。

洪亮早已精疲力竭，当五人合力将钟向石台边推出几寸时，他忽然跌倒在地。一条小弯月形的缝隙出现在他们脚边，清新的空气飘进了钟内。

狄公一把将洪亮拖至缝隙，好叫他吸到新鲜空气。随后，他们又拼力猛推铜钟。

大钟边缘又朝前移动不少，眼下的缝隙已成出口，足以让一小孩出入有余。众人再次拼上剩余之力往前猛推，可铜钟纹丝不动。显然此钟已为亭柱所挡。

忽然，陶干蹲下身子，把腿伸出那道口子，决意拼命钻出此钟。坚硬的石台边沿在其背上划出了一道深深的血痕，但他并不放弃。几经努力，肩膀终于穿过了那出口，陶干掉入亭边树丛中。

没过多久，一杆铁矛伸入钟内，这下马荣、乔泰又可将那大钟重新推动，不久那道出口已大得能让洪亮钻出。随后，狄公及其他两人也钻了出来。

众人疲惫万分，躺在灌木丛中。

可狄公不久便跳起身来，走到洪亮身旁，用手摸了摸他的胸口，随即对马荣、乔泰道：

"快把洪亮抬至荷花池旁，用水润润他的脸和胸口。在他体力尚未恢复之前，别让他起身！"

狄公说罢转身，却见陶干跪在眼前，不住磕头请罪。

"快快起来！"狄公道，"算是个教训吧！你已亲见，如若不领命而行，后果将会如何。须知，每项命令自有其道理。来吧，随我一同去检视一番，不知那个欲害我等的凶手是如何移走石凳的。"

狄公系上腰带爬至石台上，陶干顺从地跟随在后。

一到那儿，两人便明白了一切。那歹人取了根他们用以撬开大钟的铁矛，矛柄插在石凳之下，一压矛尖，直抵亭柱，自然将那石凳拨弄开来。

知道这点后，狄公与陶干拿起带来的灯笼，来到侧院。他们检视后侧的那扇铁门时，发现陶干适才所贴的那两张纸片俱已扯破。

狄公道：

"目下真相大白，林樊那厮便是元凶。他从那面开了门，偷偷尾随我等到了前院。当他窥见我等撬开铜钟并爬入钟内时，便知这是除掉我等的绝佳机会。"

狄公向四周望了望。

"我们走吧，"他说道，"去瞧瞧洪亮目下究竟如何。"

他们发现洪亮已经恢复了知觉。洪亮一见狄公便欲起身，但狄公执意命他躺下别动。他给洪亮把了脉后，亲切道：

"洪亮，当下无事，无须你操持。你就在此地歇息，等候衙役前来！"

说罢狄公转向陶干，命道：

"你赶去本地里正那儿，传我命令，叫他带人即刻赶来。同时让他派个人骑马去县衙，唤二十名衙役尽速到此，此外尚需带上两乘小轿。传命之后，你快快到最近的药铺去敷药，眼下你浑身都是血。"

陶干领命飞奔而去。与此同时，马荣自铜钟之下及左近处取回狄公方帽、内衣及外袍。马荣已经抖去衣服上的尘土，举着衣服欲让狄公穿上。

狄公摇了摇头。

出乎马荣意料，狄公只穿上内衣，并卷起袖子，露出肌肉发达的前臂。他把衣襟掖进腰带之中，又将长髯分成两股，甩过肩，在脖后打了个结。

马荣以行家的眼光望着狄公，心中暗忖，尽管狄公已有赘肉，可一对一打斗起来，确是个难缠的主儿。

狄公用方帕将头发包起，准备停当之后，他对马荣道："狄某并非心胸狭小、睚眦必报之人。但林樊那厮手段忒阴险毒辣，欲置我等于死地。要不是我等将那铜钟推至石台边缘，浦阳县又要多一份惊人的失踪案录。我定要亲手将林樊那恶贼擒拿归案，念及此事，确也按捺不住兴奋。我倒是盼那厮临了做些反抗！"

狄公转身对乔泰吩咐道：

"你和洪亮待在此处。衙役来后，让他们将青铜大钟拖到原先的位置上。尸骨须细细收集起来，存于盒中。之后，你将钟下那地方的尘土等筛选一遍，看看能否找到更多线索。"

狄公说罢，遂与马荣一同自耳门离了道观。

穿过许多狭街窄巷后，马荣、狄公一前一后来到林宅前门。

四名疲倦的衙役正在那儿监视着。

马荣快步上前，在资历最深的那位衙役耳边小声地下着命令。

那人点了一下头便去敲门。大门窥孔打开了，衙役向守门的大声叫道：

"快把门打开！有个贼溜进你们院里来了。瞧你这条懒狗，要不是咱几个差爷一直这么警醒，这院里还不翻了天？趁夜贼还没把你家东西偷完之前，快把门打开！"

守门的刚把大门打开，马荣一个箭步，上前一把掐住他的脖子，另一只手捂住那人的嘴。众衙役将那人紧紧捆住，随即以油布堵了他的嘴。

随后，狄公与马荣冲入大院。

院子望上去业已废弃，无人前来拦阻。

走至第三进院子，林宅管家忽从暗处闪出。狄公朝他喝道：

"本县下令拘捕你，不得违抗！"

那管家的手伸向腰带，猛然间抽出一柄长长的牛耳尖刀，月光之下，寒气逼人。

马荣原本想扑向那人，但未及出手，狄公已一拳挥向管家的胸口，那人喘着粗气朝后倒去，狄公趁势又踢了管家一脚，那一脚不偏不倚，正中其下颌。管家四脚朝天摔在石板之上，顿时昏死过去。

"好拳脚！"马荣轻声喝起彩来。

狄公直奔后院，马荣则捡起管家的牛耳尖刀，紧随狄公。那儿唯有一扇窗户透出黄色的亮光。

狄公猛地将门踹开，马荣跟随在后。

他们眼前是一间小而雅致的卧房，精雕细刻的乌木架上悬着纱灯，发出柔和的亮光。右手是座乌木大床，左侧为一张雕琢精巧的梳妆台，上面放着两支点燃的蜡烛。

林樊穿了件薄薄的白丝睡袍，背对着门，坐在桌前。

狄公一把拽住他，将其转过身子。

林樊望着狄公，一脸惊恐却不吭一声。他毫无反抗的动作，紧绷着苍白的脸。其额头上有一道很深的伤口，狄公进屋时，他正在往伤口上敷药。他光着左膀，露出些瘀伤痕迹。

狄公眼见对手如此无能，不禁大失所望，遂粗声喝道：

"林樊，你被拘捕了。站起身来，随本县回县衙去！"

林樊还是一语不发。

他从椅上缓缓起身。此时马荣站在屋子中央，正从腰间取出条细链子欲将林樊绑起。

突然，林樊伸出右手，一把抓住悬于梳妆台左侧的那根绸带。狄公冲上前去，对准林樊下巴猛击一拳。林樊直往后退，撞在墙上，可那条绸带却不放手，他昏厥倒地之际，那绸带也被一同拉下。

狄公只听得背后一声咒骂，他忙转身，只见马荣身子往下一沉，脚下的地板活门打开了。

狄公连忙拽住其衣领，马荣这才没掉入地底。狄公使劲将其拖了上来。

那扇地板活门四尺见方，顺着铰链向下悬着，此门之下，有段通往暗处的陡峭石阶。

"你很幸运，马荣，"狄公道，"要是你站在这阴毒机栝的中间，早就在石阶上摔断腿了！"

狄公检视梳妆台，发现右侧还有另一根绸带。他拉了一下，地板活门又慢慢抬起，随后"咔"的一声关上，地板又恢复原样。

"我不爱打一个受伤的人，"狄公望着躺倒在地的林樊说道，"可我要是不把他击倒，天知道那厮又会耍什么毒招。"

"那一拳打得真是干净利落，大人，"马荣由衷赞道，"可我不明白，这恶棍头上的伤痕和肩上的瘀伤都打哪儿来？看来，就在今日，那厮才受过点皮肉之苦！"

"不忙，自会查出真相，"狄公道，"眼下，你得把林樊和他的管家结结实实捆绑起来，然后去把前门的衙役们唤来，搜查整座宅子，把能找到的林宅其他仆役都抓起来，带回县衙。我还要再细细勘察这一密道。"

马荣领命，动手捆绑二人。狄公则拉了一下绸带，再次将地板活门打开，并从梳妆台上拿起一支点燃的蜡烛，沿石阶走了下去。

沿陡峭的石阶走了十几级后，便步入一狭窄的走道。

狄公将蜡烛高高擎起，只见眼前左侧为一石砌平台，壁上有一凹洞，顺势而下是一排宽阔的石梯，伸向黑漆漆的污水。通道右拐沿斜坡往上，有扇大铁门，门上安着把构造繁复的大锁，通道至此便断了。

狄公沿石阶爬回原处，从活门内探出身子，对马荣高声道：

"屋子底下的暗道通向一扇紧锁之门，那定是几个时辰前我等试图打开的那扇门。装盐的包裹是从道观第三个院子内的仓库，经由一地下水道运输的，那水道定是通往河流，在水闸内侧或外侧。你在林樊外袍袖内搜一下，寻得那串钥匙，我去把门打开！"

马荣检视挂在床架上的一件刺绣袍子，取出两柄雕着复杂图案的钥匙，下了石阶，交与狄公。

狄公再次走下石阶，在过道那头，尝试以钥匙开锁。铁门被打开了，眼前朗月柔光之下，正是圣明观侧院。

狄公别过马荣，独自一人步入夜色之中。猛然间，他听见远处传来衙役们的呼号声。

二十二

狄公缓步往前院走去。

院内灯火通明，数十盏大灯笼上俱有"浦阳县衙"四字。在洪亮和乔泰的监督下，衙役们正忙着往钟亭横梁上装滑轮。

洪亮一见狄公，忙跑上前来问长问短。见洪亮比先前遇险时好多了，狄公心下高兴，遂将拘捕林樊及搜得林宅连接此观的秘道之事说了一遍。

洪亮帮着狄公穿上外袍，狄公对乔泰道：

"你速带上五名衙役去林樊的田庄！那儿有四名衙役守候。尔等将田庄内所有人等抓来，且将码头边货船上的人也抓来。乔泰，夜长梦多，我不想生出其他变故，望你能将林樊那恶贼的所有亲信手到擒来！"

乔泰一听，正中下怀，顿时欢天喜地，兴奋不已，当下在衙役中挑了五名身强力壮之人，领命而去。

狄公遂往钟亭走去。

此时滑轮早已安妥，笨重的大钟已为粗麻绳缓缓提起，钟钮挂于横梁之上，铜钟离地约有三尺。狄公对着钟下的地面细细察看了一阵。适才他们在铜钟内慌乱挣扎、设法逃脱时，那具骸骨早被踏得四分五裂。

"想必乔泰业已将我的命令吩咐过你们了，"他对衙役班头道，"我再说一遍，你们将尸骨收齐之后，须将铜钟下的尘土等细心筛上一遍，可能还会找到些其他重要线索。此后，你们须去帮其他衙役细查林宅，留四人在此看守，明日一早向我禀报！"

狄公和洪亮随即离开圣明观。两乘小轿已在前院等着，他们遂乘轿回衙。

次日黎明，天晴气爽。

狄公命文案馆书吏在地契登记册内查找圣明观及林宅的有关文案。之后，他与洪亮在书斋后的花园内用了早膳，此刻天已大亮。

用膳毕，狄公返身回到书斋，仆役奉茶才毕，马荣和乔泰便走了进来。

狄公让仆役也给两人送上茶来，随后问马荣道：

"林樊的亲信们是否已顺利擒拿？"

"很顺利，"马荣笑着道，"返回林宅后，我发现管家仍在大人您击倒他的地方昏躺着。我将此人连同林樊俱交与衙役带走。接着我等搜了整座宅院，却只寻得一人，那是个粗鲁的魁梧的恶汉。他本欲反抗，可众人喝止了他，那厮很快便乖乖让衙役绑了。就这样，我等共抓了四名人犯：林樊、管家、一名打手和一个年老的看门人。"

"我也带了个人犯来，"见马荣说毕，乔泰遂补充道，"经盘查，有三人住在林樊田庄内。他们都是些个老实巴拉的广东乡民。在货船上，我等共找到五人，系船主和四名船夫。那些船夫都是些粗笨懵懂之人，但船主却有重罪之嫌。我把农夫及船夫关在当地里正的屋内，把那船主带回衙门下了大牢。"

狄公点了点头。

"唤衙役班头！"他对身边的仆役道，"随后去梁老夫人家，告诉她事出紧急，本县要马上见她。"

衙役班头向狄公恭敬地请了安。他站在书案前，看来很是疲倦，可脸上表情却很得意。

"属下根据大人您的吩咐，"他郑重其事道，"我等收齐了梁寇发的尸骨，把它们放入一盒中，现已带回县衙。我等仔细筛了铜钟下的尘土，但未曾发现任何东西。之后属下亲自监阵，众衙役彻底搜遍了林樊的宅院，并把屋子全查封了。最后属下还亲自察看了那卧房活门下的水道。"

"属下发现，那凹洞的阶梯下停着艘平底小船。我拿了个火把沿水道走，发现水道汇入水闸外侧的河流。属下在那处岸边又发现另一石拱门，它藏在高高的荒草杂树之下。这门很低，小船可没法打底下过，但人要是跳进水里的话，便可轻松涉水蹚过。"

狄公捋着他的长髯，不悦地瞥了班头一眼。

他冷冷道：

"你在晚间倒真是热情过头！我很遗憾，你探察水道后，并未将隐藏的细软拿出。林樊的宅院内有些小物件，你大可将它们纳入袖中。不过也请你好自为之，免得有朝一日惹祸上身。你现在可以走了！"

衙役班头狼狈不堪，匆匆离去。

狄公对几位亲随道：

"这个贪婪狗贼适才说的那番话，至少说明了那日林宅管家是如何离开本城，却又未曾引起水闸守卒的注意。显然他是由地下水道而出，行至那门下，再涉水游入河中。"

正说着，文案馆的书吏走了进来。他躬身施礼后，将一捆文案放在狄公面前，说道：

"根据大人您清晨的指示，我查阅了地契登记册的案卷，找到了那些有关林樊财产的卷宗。"

他冷静而严肃地说道：

"这第一份文案要追溯至五年前，它记录了林樊购得宅院、道观和田庄的情形。这三处房产原本都属于本地乡绅马员外，他如今住在东城门外。

"这道观原先曾为一秘教帮会的总会所在，早已为官府查封。马员外之母虔信道教。她在观内请了六名道士，让他们替其死去的丈夫做法事，有时还深更半夜地让道士做道场，甚至设坛焚香、扶乩请仙。她在道观与宅院间建了条通道，如此一来，她便可在任何时候前往道观。

"六年前马老夫人谢世，马员外遂封了此宅，但他允许道士仍留在道观内，条件是他们须维护修缮此观，道士们则可靠做道场法事以及卖护身符等过活。"

书吏停了一下，清了清嗓子，接着又继续道：

"五年前，林樊对本城西北角的几处地方勘察了多次。没过多久，他便贱买下宅院、道观及田庄，得了份大便宜。大人请看，这是附于文案后的宅地布局图册。"

狄公将此文案浏览一遍，翻开图册。他将洪亮等叫到跟前，说道：

"可以想象，林樊那恶贼原本是打算高价购进的！这些地产对他图谋贩卖私盐确实有利。"

狄公长长的手指在地图上勾画着。

他说道："你们看这图册，林樊购买这些宅地之际，宅院、道观两院间的通道是仅由一道木梯相连，那扇铁门及机栝活门都是林樊后来加建的。此时尚无那地下水道的踪影。正因如此，我等还需核查一下更老的地图。"

"那第二份文案，"文案馆书吏接着道，"则需追溯至两年前。那是由林樊签章后交与本县县衙的诉状。他禀道，圣明观内的道士不守道门规矩，生活放荡，喝酒赌博，任意滋事，因此他想让众道士离开此观，故恳求官府查封圣明观。"

狄公道："那时，林樊定已发现梁老夫人在此地跟踪监视他！我猜，林樊那厮叫那些道士离去时，肯定给了他们不少钱。要找到这些居无定所的道士几无可能，故而我等永远无从知晓他们在林樊的密谋中担任了何种角色，亦不知他们是否了解铜钟之下的那次谋杀。"

随后，他又向文案馆书吏补了一句：

"我须保存这些文案以备参考。你现在去找幅本县的老地图，要能标出百余年前的位置。"

书吏走后，一位军差捧着盖过封印的公函走入书斋。他恭敬地将公函交与狄公，并称此函乃校尉遣其送来。

狄公拆开浏览一遍，又将此件交与洪亮道：

"这是封正式公文，说今日一早，浦阳驻军业已返回，重新执行守备任务。"

他向后靠在扶手椅上，要了一壶新沏的热茶，然后说道：

"让陶干也来此，我要与诸位商量一下，如何开审林樊一案。"

陶干来后，众人皆饮了杯热茶。狄公才将手中茶杯放下，衙役班头进门禀道说，梁老夫人到了。

狄公迅捷地扫了一眼他的亲随们。

"艰难的会面！"他低声说道。

梁老夫人望上去比先前精神了许多，头发整齐地盘起，双眼炯炯，透着股锐利之气。

洪亮让梁老夫人坐在书案前一把舒适的扶手椅上，狄公正色道：

"梁老夫人，本县现已找到足够证据，将那林樊下了县衙大牢。本县还发现了林樊在浦阳所犯下的另一桩凶案。"

"大人找到了梁寇发的尸身？"那老妇人惊叫道。

"本县尚难断定那是否是你长孙，梁老夫人。"狄公答道。

"只发现具尸骨，无其他物件可证明此人身份。"

"那定是他！"梁老夫人大声喊道，"林樊那恶贼一得知我等追到浦阳的消息，便起了杀心，图谋杀害我的孙儿！容老身禀告，当初我等逃离那座着火的旧砖堡时，一根房梁恰好落下，砸断了梁寇发的左臂。逃出虎口后，我才把他的断骨接上，可再也未能复原。"

狄公若有所思地望着她，缓缓捋着长髯，随后道：

"梁老夫人，很遗憾，本县得告诉你，那具尸骨左上臂确有一断处，未曾接好。"

"我就知道是那林贼杀了我的孙儿！"梁老夫人捶胸顿足，恸哭起来。她浑身颤抖，泪水自凹陷的脸颊处不住滚落下来。洪亮赶紧替她倒了杯热茶。

狄公等她稍稍平静后，方说道："老夫人，目下你大可放心，那个行恶之人定会受到严惩。

本县不想叫你悲伤过度，但还是须再问你一些问题。在你交上的状子上说，你与梁寇发逃离燃烧的砖堡后，曾在远亲那里寻到一处避难之所。你能否再详细告诉本县，你们如何逃脱歹人追杀，又是怎样寻到亲戚的？"

梁老夫人茫然地望着狄公。忽然，她痉挛地呜咽起来。"那……那太可怕了！"她讷讷道，"老身不想……不想再提起它……老身……"她的声音渐渐低了下去。

狄公对洪亮做了一个手势，洪亮便扶着梁老夫人走出书斋。

"毫无办法！"狄公无奈道。

陶干拉了拉左脸颊上的三根长毛，好奇地问道：

"大人，在下不明白，为何有关梁老夫人逃离砖堡的细节这等重要？"

狄公答道："还有些个疑点令我困惑。不过，这些可待日后讨论。现在先让我等商议一下，如何对付林樊那恶贼。他可是个异常狡猾之徒，我等须谨慎从事。"

洪亮道："大人，在我看来，我等可由梁寇发一案着手。谋杀可是重罪，要是可以定他这项罪名的话，其他罪，诸如袭击我等或贩私诸罪，自可忽略不顾！"

其他三个人都点头赞成，唯狄公一语不发，凝思默想。最后，他道：

"林樊有足够时间销毁其贩运私盐的罪证，我们无法在此事上收齐到证据来定他的罪名。再者，即使能叫他承认违禁偷运，他也会设法从我等掌中逃脱。那些查禁贩私的案子不归县令所管，只能由州府处置，如此便给了林樊时机，任由其亲朋好友互相勾结，到处行贿。

"此外，他欲将我等困于铜钟之下，显系蓄意谋杀，况且他要杀的可是位朝廷命官！我须查一下大唐刑律，若我未曾记错的话，图谋杀害朝廷命官，便是藐视朝廷，犯上作乱。或许这是条快捷途径。"

说罢，狄公紧锁双眉，捋着长髯。

"但梁寇发被谋杀，不是更能定林樊的罪吗？"陶干问道。

狄公缓缓地摇了摇头。

他答道："眼下未能掌握足够的证据。我等并不知谋杀是何时发生，其间情形如何。文案上记载，林樊因众道士生活放浪而将道观封闭，因此他大可借题发挥，天花乱坠地解释一气。例如，他可说当年梁寇发监视他时，却与那些道士结成朋友。这样人们便可推测他与道士赌博时发生争执，之后道士们杀了梁寇发，将其尸体藏在铜钟之下。"

马荣坐在那头，兀自生着闷气。

他不耐烦道：“既然我等业已知道那厮犯了弥天大罪，为何还需自找麻烦，研习刑典，字斟句酌地替他定罪？哼，将他放到刑具下，看他招还是不招！”

狄公道：“别忘了，林樊是上了年纪之人，真要对他动大刑，他很可能便一命呜呼。果真如此，我等麻烦便大了。不，切不可如此莽撞，我等唯一的希望，便是寻得更多的证据。今日下午升堂时，我欲先审林樊的管家以及那个货船船主。他们皆为冥顽之辈，若有必要，审案时不妨动些刑。

“马荣，你即刻与洪亮及陶干一同前往林宅，为审案做准备，来次彻底搜查，或可觅得些其他线索。此外……”

未及说完，门忽然被撞开，衙役班头冲了进来，一脸的沮丧。

他跪在狄公书案前连连磕头。

“快说，”狄公怒喝道，“到底发生了何事？”

“那狗贼确也该死！”班头哀号道，“今日一大早，林樊的管家同我手下的一名狱卒闲聊，那蠢驴告诉林樊管家，林樊已被县衙擒获，且下了死牢。适才我去巡视牢房时，发现那管家死了。”

狄公以拳重击书案。

“没用的蠢材！”他咆哮道，“难道你没查过那些人犯的身子，看看他们是否藏有毒药？你未曾将他们的腰带收去吗？”

“大人，属下一切都照常规行事！”班头哭丧着脸，“可哪料到这家伙会咬断自己的舌头，流血过多而见了阎王！”

狄公长长叹了口气。随后他稍稍平静些，说道：

“也罢，此事你确实无能为力。那是个凶顽血性之徒，此类人想自杀当是无人能阻。你快回牢里，把船主手脚用铁链锁于墙上，再以根木棍塞于口中。不可再失去一个证人！”

班头离开后不久，文案馆的书吏又进了屋。他打开一份年代久远、纸已泛黄的卷宗。这是幅一百五十年前绘的浦阳全图。

狄公指着县城西北地域，满意地说道：“水道在此处很清楚地标示出！那时它尚为明渠，流向一个人工挖出的小湖，此湖位置便是现在道观之所在。后来水渠被覆，林宅就建于其上。林樊定是偶然发现了地下的秘密水道，同时顿悟其宅院比他原先设想的更适于违禁贩私！”

狄公又将此图卷起。他望着洪亮、马荣一干人正色道：

“你们即刻上路！但愿老天有眼，叫你们能在林宅内觅得些线索，目下确实非常需要一些线索！”

洪亮、马荣和陶干很快离去，可乔泰镇定自若，虽说未曾加入讨论，但他认真听着每一句话。他不无忧虑地摸着他的短髭，说道：

“恕我直言，大人，我以为您似乎不愿讨论梁寇发一案。”

狄公看了他一眼。

“你说得不差，乔泰！”他从容道，“我以为当下讨论那桩案子，时机尚未成熟。我虽有个想法，但因缺乏证据，连自己也难说服。总有一天，我会向你及其他几位说明白，但并非眼下。”

他从书案上拿起一份文案读了起来，乔泰遂起身走出书斋。

狄公见四下无人，便将文案一扔，却从抽屉内取出一大捆卷宗，其中一份关涉梁、林世仇案。细读之下，狄公不禁双眉紧蹙。

洪亮与马荣、陶干到了林宅之后，直奔第二进院内的书斋。那是间令人赏心悦目的屋子，透过窗户可望见花园美景。

陶干疾步来到窗户右侧一张乌木大书案旁，只见光亮的案头放着贵重的文房四宝。马荣试了试，欲打开书案中间的抽屉。尽管未见有锁，可抽屉就是打不开。

"且勿乱来，老弟！"陶干道，"我曾在广东待过，知道那里木匠们的把戏！"

他伸出手指，指尖机敏地沿抽屉面板的雕饰轻轻划过，很快，他便找到了隐藏的弹簧锁。一打开抽屉，只见里面塞满了厚厚的字纸。

陶干将其叠放在书案上。

"参军，接下来看你的了！"他舒心道。

洪亮在书案前那把带坐垫的扶手椅上坐下。此时，陶干又请马荣相帮，把靠在后墙的沉重睡榻推开。他一寸一寸地检视那堵墙。接着，两人又将书架上的书全都拿开，细细察看书架。

好一阵子，除了翻动纸张的沙沙声及马荣的低声咒骂声外，屋内悄无声响。

末了，洪亮靠在椅背上。

"此中除了明显的生意往来信函外，别无他物！"他快快道，"看来我等只能将全部信函等都带回县衙，以细细研究一番，或许其中一些内容隐藏贩私真相也说不定。你们俩干得如何？"

陶干摇摇头。

"一无所获！"他不悦道，"我们再去那厮的卧房瞧瞧！"

三人来到后院，走进那间有地板活门的卧房。

陶干很快便在林樊床架后的墙内发现了一处秘密嵌板。内中有一铁箱，但箱盖紧锁。此锁的结构复杂非凡，陶干花了很长时间，仍无法将锁打开，最后只得放弃。

"一定得让林樊那恶棍告诉咱们，究竟如何打开此锁。"他耸了耸肩道。"咱们再瞧一下那条通道及道观侧院。这几处乃是那无赖存放私盐之处，没准那儿还有些洒落下来的盐粒呢。"

白天来此处察看，远比昨晚瞧得清楚。几处地方业已清扫干净，不但席子擦干净了，就连通道的石板路面也被人以硬笤帚扫过一遍，槽沟内毫无尘土，更别提盐粒了。

这三人垂头丧气地回到林宅。他们检视宅院内的其他屋子，但也一无所获。屋子都是空的，林宅内眷及仆役离开此地回南方之际，早已将屋内家具搬空了。

及至中午时分，三人已是又饥又累。

陶干道："前阵子我在此处巡查当班时，一名衙役告诉我，鱼市附近有家馆子，那里有道本地名菜，将蟹肉、猪肉切碎，和着姜蒜塞入蟹壳蒸煮，据说美味异常！"

"我口水都被你说出来了！"马荣大声道，"咱们快走吧！"

那馆子是栋双层小楼，店名颇为别致，名唤"鱼狗斋"。

一条长长的红布招由屋檐垂下，上写大字，无非是此处酒美菜香云云。

三人甩帘入门，只见眼前有个很小的厨房，空气中弥漫着浓浓的馋人的煎肉及姜葱香味。一个胖汉光着膀子站在一口大铁锅后，手中挥着把长柄铁勺，锅上放着一排蒸笼，里面蒸的正是带馅的蟹。那胖汉身旁有个年轻后生正忙着在大砧板上切肉。

胖汉粗俗地笑着，高声道：

"客官楼上请！小二即刻就来伺候！"

洪亮要了三笼带馅的蟹以及三大壶酒，随后三人便上了摇摇晃晃的梯子。

刚走到一半，马荣听得楼上传来一阵乱响，便转身朝身后的洪亮说道：

"看样子楼上有人正在聚会呢！"

可上得楼来一见，二楼店堂空空如也，只一位身材魁梧之人，肩上披着件玄色的锦缎袍子，背对着他们坐在临窗的桌旁。

他正弯腰低头美滋滋地猛吸蟹壳，发出惊人之响。

三人站在他的身后。马荣走到桌旁，拍了拍这壮汉的肩膀，粗声道："久违了，兄弟！"

　　那人转身抬头，众人见其长着张大盘脸，下颌尽是密密匝匝的油腻胡子。他斜眼瞪了瞪马荣，随即又转身向着食盘，大脑袋直摇，并以食指拨弄着桌上的空蟹壳，哀叹道：

　　"你倒是好，老弟，叫人长见识，不再去信那什么同伙。那阵子我把你当可以信赖的朋友，可现在人人都说你是衙门里当差的。我怀疑是你捣鬼，把咱弟兄们赶出那个道观附近的安乐窝。朋友，你未免太过了些！"

　　"得了，"马荣道，"请别误会！世上每人都须尽忠职守，我的职责恰巧便是替狄大人巡视本城。"

　　"这么说来那谣传是真的了！"胖汉唉声叹气道，"不，老弟，你我恩断义绝。你还是饶过咱一个老实巴拉的良民吧，让他安静会儿，在这间破馆子想想那些个美食吧！这吝啬鬼老板，就他妈端这么一小点来。"

　　"行，"马荣乐道，"说到一小点美食，要是你乐意再来一笼带馅的蟹，咱哥们几个倒是很高兴你与咱一块儿享用！"

　　申八用手指揩揩胡子。过了一会儿，他说道：

　　"也罢，过去的事就让它过去吧。见识见识你的朋友，咱申八倒也乐意。"

　　他站起身，马荣把他介绍给洪亮与陶干，彼此自然客套一番。马荣选了张方桌，坚持让申八靠墙坐，洪亮、陶干坐在他两边，马荣则在其对面的位子上坐下。马荣朝楼下大声叫唤，添了好些酒食。

当店小二再次下楼添酒时，申八已有醉意。马荣道：

"兄弟，瞧你最后还是替自个儿觅了件漂亮袍子，真叫我高兴。那定是花了你许多银两，一般人可不会把这么好的东西给白扔了，你眼下定是很有钱吧！"

申八一听，顿时有些个不自在起来。他期期艾艾地说了些个理由，很快又俯身喝酒。

忽然，马荣站起身来摔了手中的酒杯，把桌子往墙边一推，大声喝道："快说，恶棍！你打哪儿搞到这件袍子的？"

申八迅速往左右两边望了望，眼前的桌子顶住了他的下腹，身子则被牢牢贴在墙上，洪亮、陶干二人近在身旁，根本没法逃脱。他长长叹了口气，缓缓脱下袍子，然后恶声道：

"我早该知道，谁也别指望能和一伙衙门狗安安静静吃顿饭！来吧，把这件该死的袍子拿去吧！我这个上了年纪的人只能眼看着在冬天里冻死，可你们这些人连一声也不会吭！"

马荣见申八这般顺从，遂又坐下来倒了杯酒，然后把酒杯推给申八道：

"我可不想让你感到不舒服，兄弟。可我必须知道，你是如何弄到这件黑袍子的。"

申八一脸狐疑，犹豫不决地挠着胸部的长毛。此时，洪亮开了口。他和颜悦色道：

"你久在江湖，经验丰富，定然明白事理，又何苦与衙门公差对抗？有道是识时务者为俊杰，眼下我看你还是与衙门好好合作才是明智之举。老弟，身为丐帮帮主，向衙门说出实情并不为过！说吧，你瞧我都已把你当成同僚了！"

申八一口喝完了酒，陶干随即又替他斟上一杯。此后，申八快快道：

　　"你们软硬兼施，来对付我这毫无防备的老人，看来也只能把实情告诉你们了。"

　　他一口气将酒喝完，随即道：

　　"昨晚里正来圣明观，令我等马上从道观前的空地上搬走。他说理由了没？才没呢！可咱是浦阳顺民，还是乖乖离开了。可大约半个时辰后，我又返回原地，因为我在观前旮旯里埋了几串钱以做应急之用，我可不想把它们留在那儿。

　　"我对那里了如指掌，因此不需要点灯。就在我把钱串放进腰带时，只见一人从耳门出来。我心说那定是个恶棍，哪见老实人会在深更半夜到处乱跑的？"

　　申八眼巴巴瞅着其他三人，未见他们搭腔，只得接着说道：

　　"那个人下平台阶梯之际，我出其不意绊了他个脸朝天。老天作证，那可是个卑贱的贏贼！他爬起身来，竟抽出一柄尖刀对着我！出于自卫，我三两下就把他打倒在地，扒光了他的衣服，接着便离开那里。可我拿走了他所有东西吗？不，丝毫没有！我申八自有我的为人，我只拿了他的袍子，本打算今日下午带着这身衣裳去里正处禀报。咱希望官府能在适当的时候治治那恶棍。以上便是所有实情，无半句假话！"

　　洪亮点点头，说道："老弟，干得好！现在不必谈你在那件袍子里找到钱的事了。君子之间，这种小事自不必挂齿。但你从那袖中可曾觅到其他私人物件呢？"

　　申八一听，立即将袍子交与洪亮。

"里头找到的任何东西都归你！"他慷慨道。

洪亮细细检视了两只袖子，都是空的。可手指摸过夹缝时，只觉有一小物件，他伸手进去，取出一枚碧玉小方印。洪亮将方印递与马荣、陶干看，只见其上镌着四字："林樊之印"。

洪亮将方印纳入袖中，又把袍子还给申八。

"拿着吧，"他说道，"你说得不差，那人确是个卑鄙之徒。你须同我等一起回衙禀明大人，不过我向你保证，无须害怕。眼下，咱们快些趁热把蟹吃了吧！"

众人吃得津津有味，不多时，空蟹壳已堆了一桌。

吃罢，洪亮前去付账，申八却设法令掌柜的少收了一成钱。

饭馆掌柜们通常不会向丐帮头目多收钱，要不然便会有成群蓬头垢面的乞丐聚集在店堂门口，吓跑顾客。

回到县衙，他们径直将申八带到狄公书斋。

申八一见坐在书案后的狄公，顿时惊讶地举起了手。

"老天保佑浦阳！"他惊叫道，"现在竟派个算命的来管咱了！"

洪亮当下对他略略说了实情，申八忙在书案前跪下。

洪亮把林樊印章递与狄公，并禀明经过，狄公越听越来劲，他小声地对马荣道：

"这就是林樊那恶贼受伤的原因！他将我等困在铜钟之下后，没过多久便遭此胖无赖袭击！"随后又对申八道："眼下你已成了关键人物！仔细听着，今日午后升堂时，你须在场。届时会有一人被带至公堂，与你当堂对质。如果那人正是昨夜与你厮打之人，你须如实禀告。现在你可退下了，在衙役值班房内歇息一阵。"

申八离开后，狄公对他的亲随们说道：

"既然有了这条新的证据，我想可以给林樊设个圈套！他是一个危险的对手，我们便该想方设法将其置于不利的地位。他无论如何也想不到，自己竟会被当成一名普通罪犯对待。对，那我等便用此法来对付他！如若他心智失常，自会落入圈套！"

洪亮大惑。

"大人，我等设法先打开他卧房内的铁箱不是更好吗？"他问道。"而且，在下以为我等该先听听那个船主的说法。"

狄公摇了摇头。

"我自有办法，"他答道，"此次升堂，只需从道观侧院阁楼上取些席子来便可。洪亮，告诉衙役班头，快去道观拿些过来！"

洪亮等三人面面相觑，心下疑惑不解，但狄公未再做任何解释。迟疑了一阵，陶干遂发问道："可是大人，谋杀又该如何断案呢？我等可用现场发现的金锁与林樊对质！"

狄公神情严峻，他搓揉着浓密的双眉，沉思了片刻，随后缓缓说道：

"实话告诉诸位，对这金锁，我狄某也不知如何处置。就让我等在堂审时静观其变吧。"

狄公翻开书案上的卷宗阅读起来。洪亮对马荣、陶干做了个手势，三人悄悄离了书斋。

正午一过，便有人群麇集县衙公堂。圣明观晚间发生的事以及衙门拘捕了一位广州富商的消息，早已传遍全城，浦阳县民都急欲知晓内中究竟。

狄公升座后，随即开堂。他下了令签，传人犯林樊。没过多久，两名衙役一左一右，将林樊带至公堂。此时林樊前额的伤口已敷上了膏药。

林樊并不下跪，他睨视狄公，正待开口，衙役班头挥起鞭柄，照头一击，两名衙役又连踢带压地令其跪下。

"人犯姓名、籍贯，以何业为生？"狄公喝道。

"我想知道……"林樊开口道。

衙役班头扬起鞭子，猛抽林樊的脸。

"你这狗头，在大人跟前放规矩点，快回大人的话！"他对林樊咆哮道。

此时林樊额上膏药已然掉落，伤口鲜血直流。他显然被激怒了，大声喝叫：

"在下姓林名樊，祖籍广州，世代经商。林某欲知，大人为何拘捕本人！"

衙役班头又举起了鞭子，可狄公摇了摇头。他冷冷道：

"待会儿你自然知晓。你先告诉本县，以前是否见过此物？"

说罢，狄公将那铜钟下寻得的金锁往下一扔，啪的一声掉在林樊跟前的石板地上。

林樊先是随意瞥了一眼，可随即眼神异样，猛地将金锁攥在手中，捧起细细端详，随后又将此物紧贴于胸前。

他大声道："这是……"可却又骤然住口。

"这是我的！"他肯定道，"你从何处得来？"

"公堂之上唯有本县可以提问。"狄公答道。他以目示意衙役班头，班头一把从林樊手中夺过金锁，把它放回狄公桌案。林樊猛地站起身来，脸露怒容，尖声叫道：

"还我金锁！"

"林樊，还不快快跪下！"狄公喝道，"本县先来答你适才的疑问。"此时林樊才慢慢跪下。狄公又道：

"你问本县为何拘捕你。本县告诉你，你违反大唐律令，盐向来由官府专营，你却囤积贩私，拘捕你实为罪有应得。"

林樊似又恢复了镇静。"一派胡言！"他冷冷道。

"大胆，你这奸宄之徒，竟敢藐视公堂！"狄公怒道，"来人，重打十鞭！"

两名衙役如狼似虎般扑了上来，将林樊袍子脱下，令其脸贴着地。顿时，公堂上响起一阵阵鞭子声。

林樊哪里受得住如此折磨。鞭子抽裂了他的肌肤，痛得他连声叫喊。当衙役班头将其拖起时，林樊早已是脸色灰白，气喘如牛。

见林樊止住呻吟，狄公遂道：

"林樊，本县倒是有个可靠的证人，他会证实你贩运私盐之罪。只是取他口供也非易事，但本县以为，重鞭之下，他自然开口！"

林樊双眼充血，直直瞪着狄公。此时此刻，他仍未完全清醒。洪亮疑惑地望了望马荣及乔泰，他们俩也都摇了摇头，陶干更是目瞪口呆，众人皆不知狄公葫芦里究竟卖的是什么药。

狄公以手示意衙役班头，班头随即带了两名衙役离了公堂。公堂内一片寂静，听审众人的眼睛都紧盯着侧门，不知班头要带何人上堂。

班头回到公堂时，却是抱着一卷黑油纸，两名衙役则扛着重重的芦席，步履蹒跚地跟随其后。此时人群中不免交头接耳，啧啧称奇。

班头在公堂石板地上铺开油纸，两名衙役也展开芦席，待狄公一点头，三人当下挥鞭猛抽芦席。

狄公神色自若，缓缓捋着长髯。

末了，狄公手一扬，班头等三人遂止了鞭，擦着额上的汗水。

"这些席子，"狄公大声道，"取自林宅后院的密窖，诸位请看，证据就在公堂之上！"

衙役班头将芦席卷起，随后提起油纸一边，示意两名衙役提起另一边。三人来回抖动一阵，油纸中央集了些灰粉，班头拔出短刀，以刀尖挑起一些，呈与狄公。

狄公以指拈了些尝尝，满意地点了点头。

"林樊，"他说道，"你自作聪明，以为所有贩私罪迹俱已销毁，可你哪能料到，无论怎的细扫芦席，总会有少量的盐渗入席内。虽说不多，可也足以证实你贩运私盐之大罪。"

一言才毕，公堂下喝彩声顿起。

"肃静！"狄公喝道。他接着又对林樊道：

"此外，林樊，你还犯有其他罪行！昨夜本县及随从在圣明观内巡视勘察之际，你却袭击本县及随行者，是也不是，还不快从实招来！"

"昨晚，"林樊缓缓答道，"我因不慎，在自家院内跌伤，林某只得在卧房内疗伤敷药。大人适才所指罪名，不知从何说起！"

"带证人申八！"狄公大声朝衙役班头喝道。

申八被衙役们拥着，扭扭捏捏来到堂前。

林樊一见申八穿着一件玄色锦缎袍子，迅疾别过脸去。

"你可认识此人？"狄公问申八。

胖汉申八扯着油腻腻的胡子，上下慢慢打量了一阵林樊，随即生硬地说道：

"回大人话，正是这狗头，昨夜在圣明观前袭击我！"

"这名证人，"狄公不急不缓道，"昨夜宿于圣明观前院内。你暗中窥视本县及随从，他却在旁瞧得一清二楚。那时，适值本县及随从们钻入铜钟之下，他见你上前取走铁矛，且移走石凳。”

狄公示意衙役将申八带走，随后靠在椅背之上，稍缓辞色道：

“林樊，你图谋加害本县是实，无从抵赖。只可惜本县不能亲自判你大罪，你贩私违禁，依律须交与州府刺史定罪！”

林樊听得此语，不禁狡黠地望了望狄公。他沉默了一阵，舔了舔流血的嘴唇，长叹一口气，接着嗓音低沉道：

“大人，林某目下已知抵赖罪行实属徒劳。我袭击大人纯属意气用事，愚蠢之至，求大人宽恕。因衙门对林某暗中勘察已久，我心中甚是不满。昨晚我听得道观前院有响动，忙过去察看，远远便望见大人及随从们钻于那铜钟之下。我心生一计，欲开个玩笑，给大人一番教训，遂将石凳移走。此后，我打算奔回家去，把管家及仆役遣来放出大人。我本欲随后向您致歉，解释本人误将您和您的随从当成夜盗。可没料到，跑至那扇铁门时，门却呼地关上。我心下大骇，生怕大人闷死钟下，遂又跑向道观前门，欲穿过街巷返回家中。但奔至观前平台的台阶时，却不小心被石块绊倒，摔得昏死过去。我苏醒之后，忙奔回家去，命管家速去将大人您放出。我自己则歇息了一阵，为前额伤口敷上膏药。当大人您只穿了件……不太一般的衣服来到我卧房时，我又错把您当成是夜盗强人……这便是全部实情。

“容林某再说一遍，我对伤害大人一事甚感后悔，此诚为招灾引祸之举，林某认罪便是。”

“好，”狄公淡然道，“你终于招供，本县甚为高兴。目下你细细听书吏将你以上所言复述一遍。”

书吏大声将林樊的供词读出。狄公对此似乎全然不在意，他靠回椅背，悠然地捋着长髯。书吏读罢，狄公依例问道："林樊，以上供词记录你可有疑问？"

"林某认同！"林樊肯定答道。衙役班头将供纸递与林樊，他便按下了手印。

蓦地，狄公俯身向前，正色喝道：

"林樊呀林樊！你逃脱律法多年，此番却无路可遁，你死定了！适才你按下手印，正所谓咎由自取。

"你心下打着如意算盘，袭击他人之罪至多重鞭八十，你大可贿赂县衙之人，令其佯装鞭打，逃过此劫。此外，若是将你送至州府，你那些有权有势之亲友自可为你奔波打点，你至多罚些重金便可免受刑责。

"可本县告诉你，你永远不会被送往州府待审！在浦阳南门外法场斩首示众，乃是你唯一的下场！"

林樊抬起头，冷笑着瞥了狄公一眼。

"依大唐律令，"狄公接着道，"对谋逆朝廷、违抗官府、杀害双亲及其他种种大罪，俱应处以最严厉的惩罚，绝不宽贷。林樊，你听听'违抗官府'四字！因刑律上明言，袭击朝廷命官等同于违抗官府之谋逆大罪。此案事实俱在，无须咬文嚼字，你既已认了图谋加害本县之罪，此罪又等同谋逆大罪，本县须将判决径自呈递大理寺及御史台裁定，再也无人能帮你从中作梗。"

狄公一拍惊堂木，道：

"林樊，你业已供认图谋加害本县，本县宣布，因你袭击朝廷命官，依律判处极刑！"

林樊挣扎着站起身，衙役班头快步上前，将一件袍子盖在他血肉模糊的背上。这也是狄公念其年老，以示体恤之意。

就在此刻，忽听得公堂边有一老妇颤声道：

"林樊，你看我是谁？"

狄公俯身一望，只见梁老夫人已挺直身子站在堂前。积年重负似乎已离她而去，一时间老妇人仿佛年轻了许多。

林樊止不住浑身战栗起来。他擦了擦脸上的血迹，随后怔怔地望着梁老夫人，嘴唇颤动，却吐不出半字。

梁老夫人缓缓抬手，指着林樊：

"你杀了……"

她开口道，"你杀了你的……"忽然，她泣不成声，低下了头，痛苦地绞着双手，哽咽道：

"你杀了你的……"

她缓缓地摇了摇头，抬起满是泪水的脸，直直望着林樊。随后，老夫人身子摇晃起来。

林樊忙紧步上前，但衙役班头迅速拉住他，将其双手反剪于后。两名衙役拖走林樊之际，梁老夫人已昏倒在地。

狄公将惊堂木用力一拍，高声宣布退堂。

却说浦阳县衙开堂十日之后，中书令王大人在长安府邸大厅内设下便宴，款待三位贵客。

此刻正是晚秋初冬时节，宽敞的大厅前有三扇门敞开，如此，客人们便可饱览院中荷花池美景。月光之下，池水晶莹闪烁，好似人间仙境。八仙餐桌旁，摆放烧着精木炭的大铜盆。四位长者俱已六十开外，皆为朝廷重臣。

精雕细刻的乌木桌上，尽是珍稀美味、四季鲜果。十二名仆役侍立两旁，由一名总管支使，他时时留意为客人添上美酒。

中书令身旁为大理卿刘大人。他留着灰白的长髯，气度不凡。另一侧则是礼部尚书顾大人，瘦长身材，稍有些驼背，许是经年累月早朝跪拜所致。对首坐着位目光锐利的高个儿，胡子也已灰白，此人乃御史大夫匡大人。此公为人耿直，远近尽知其鞠狱断案从不留情。

晚膳虽已用毕，但四人意犹未尽，各自端着盏美酒，细细品啜。席间，中书令王大人引出话头，与众人讨论了些朝廷要务，四人随意闲聊着。

王大人轻捋银须，对刘大人道：

"浦阳佛寺淫僧一案，令圣上大为震怒。四天来，京城佛界沸反盈天，大国师也已在上朝之际替那案子辩护，可一切皆为徒劳。

"我有绝对把握可奉告阁下，明日圣上将降旨除去白马寺方丈'大国师'尊号，同时圣裁各佛寺税收不予豁免。刘兄，这意味着佛界再也不能滋扰圣纲，干预国事！"

刘大人颔首称是，说道：

"有时机缘凑巧，地方官吏也可举重若轻，替朝廷出得大力。浦阳县令狄仁杰虽说行事忒轻率了些，可却叫那座庞大富裕的寺院出乖露丑。眼下整个佛界皆恨恨不已，要不是前些日子该城驻军恰好领命离城清剿匪徒，以致该县民众一怒之下杀了那些和尚，我看那狄仁杰早已丧命。此人哪里知晓，得亏有此幸事，方保全其职，这也是他命大福大啊！"

"刘兄，听得此言在下甚是高兴，"御史大夫匡大人道，"刘兄提及狄县令，这倒叫我想起一些事。在我衙门书斋案上，有两份他递来的呈文。一份事关一无赖恶棍，此人犯下奸杀大罪，此案再清楚不过，无须讨论。另一件则关涉一名广州富商忤逆之大罪。琢磨之下，我发现此案仅靠计谋判决，虽与法理无悖，但匡某断不能苟同。此呈文最初呈递大理寺，由刘兄及同僚亲审，因此在下推测个中许有隐情，现求教于刘兄，盼能解说一二，在下不胜感激。"

刘大人放下酒杯，微笑道：

"匡兄，此事说来话长！许多年前，在下尚在广州某地出任县令，那时广州彭都督乃一卑鄙无耻之徒，后终因营私舞弊，在长安被斩首。我闻听那富商重金贿赂彭都督，因而逃脱刑罚。此后，他还多次被控犯下其他罪行，包括谋害九人性命。

"浦阳县令狄仁杰明白，此案须速审速决，因他知晓那富商平时拉拢私党，勾结官府，故狄仁杰不照常例审讯，而是巧设计谋，避重就轻，让其坦然招供些其他罪状，但这罪状却可等同于谋逆抗官之大罪。此富商逃脱法网已二十余年，此番可谓天理昭彰，终获报应。因此刘某以为，狄仁杰做此判决并无不当，大理寺同僚亦完全赞同此判。"

"原来如此，"匡大人道，"明日一早，我做的头一件事，便是签发此呈文。"

礼部尚书顾大人在一旁饶有兴趣地听着两人交谈，见匡大人如此说，遂插话道：

"在下对判案诸事不甚了了，但顾某只知这位县令于国有功，一举破了两件大案：一件令权势盖天的佛界大伤元气，无以再干国政；另一件嘛，那广州商人为富不仁、违禁贩私，严惩此人以维护官府尊严，实属必要。为何不将那县令擢升几级，任一要职，以显其才华？"

王大人缓缓摇了摇头。

他说道："那位县令可能年仅四十，来日方长，他大可在将来宦途中施展才华。用官之道，须执中庸，若提升过缓，则未免叫人灰心丧气；可若提升得过快，则引颈翘盼，欲心无厌。为朝廷用才计，应力避极端。"

"在下深以为然，"刘大人道，"可换而言之，朝廷对那县令也该有所奖励，以嘉许其志。顾大人对此可有高见？"

礼部尚书轻捋长须，默想了片刻，随后道：

"圣上业已恩准赏赐晋慈寺一案有功之人。明日上朝之际，我欲奏明圣上，恳请圣上钦赐狄仁杰一匾。自然，匾上之字非圣上手题，仅为依原样镌刻鎏金。"

王大人拊掌称道：

"妙极，妙极！顾兄果然高见！"

顾大人一反板正之态，微微一笑。

他说道："圣人厘定仪典、礼节，乃维纲纪，护国本之需。多年来顾某三省乎己，严责于人，不敢稍有懈怠，所谓奖勤罚懒，诚如金匠称金，唯须谨慎仔细，失之毫厘，谬以千里。"

四人起身撤席。

中书令王大人引领众人走下宽阔台阶，去荷花池畔信步漫游一番。

二十五
▼

当京城传来三案判决时，狄公的四名亲随却正各自烦恼。十多天来，四人皆唉声叹气，烦躁不已。

林樊定罪下了死牢，浦阳全城为之轰动。可狄公却一直愁眉不展，闷闷不乐。四名亲随眼见如此，也只能心存焦虑，不知狄公为何事烦心。与往常不同，此番结案后，狄公并未循旧例与随从一同悠然复述破案过程，而是仅对四位亲随尽心竭力表示谢意，随后便埋首于浦阳例行公务之中。

长安信使于下午抵达，正在文案馆内审核县衙账目的陶干签收了公文，并速送至狄公书斋。

洪亮正坐在书斋，等狄公来签发些公文，马荣与乔泰也在。陶干将公文一扬，只见公文函封上赫然盖着大理寺的封印，随后他将公文放于桌上，乐道：

"我说兄弟们，这定是那三件案子的终判！眼下大人该振作了！"

"未必吧，"洪亮道，"大人正担心京城大理寺等衙门是否同意他对此案的处置。眼下大人守口如瓶，并不对我透露半分心思。但我相信，这正是大人苦思冥想而未获解答之事。"

"罢了，"马荣插话道，"我只知大人一宣布京城判决，某人将大获全胜，那便是梁老夫人！朝廷当然会没收林樊一大部分财产，但判给梁老夫人的已足以叫她富可敌国！"

"那是她应得的！"乔泰评道，"前些天我见那老夫人身心憔悴，悲伤异常，此番获胜也算是上苍有眼！只是对她而言，这阵子受刺激过大，她已十来天不能起身了。"

正说着，狄公走了进来，四人立即起身施礼。狄公点头招呼四人，随即打开洪亮交与他的公函。

狄公匆匆浏览了一遍，说道：

"上司业已同意了本县衙对三桩案件的判决。我本以为此案判决至多斩首，那料林樊如此背运，但判决既下，我等必须遵令。"

随后狄公宣读了礼部嘉奖令。狄公将公文交与洪亮后，向京城方向躬身施礼。

"狄某此次被授予殊荣，"狄公道，"圣上恩赐御匾一块，上镌陛下御书。切记着，圣上所赐御匾到后，行礼毕，你便差人将御匾悬于公堂之上！"

四位亲随道贺不已，狄公淡淡谢过，又道：

"如往昔一般，明日一早，亦即拂晓前一个时辰，我会在县衙当着众百姓之面宣读判决。洪亮你去吩咐县衙众人准备停当，且知会校尉，希冀折冲府卫士在指定时间到达县衙，以便将罪犯押送至法场。"

狄公捋着胡须想了一阵，随后又叹了口气，打开洪亮放在桌上待其签发的本地钱粮公文。

陶干拉了拉洪亮衣袖，马荣及乔泰也挤眉弄眼，示意其快说。洪亮遂清了清嗓子，对狄公道：

"大人，我们几个对林樊谋害梁寇发一案大惑不解。此案明日一早便告结案，大人您现在能否替我等解惑？"

狄公抬头望了望他。

"人犯正法之后，我自会告知。"狄公简短答道，随即又读起公文来。

次日天方破晓，许多浦阳百姓已摸黑起身，赶奔县衙。衙门外人群密集，众人静候县令升堂。

县衙大门一开，人群便蜂拥至公堂。公堂沿墙点着十二支巨烛。堂下人群压低嗓门，悄声低语着。许多人则脸露忧容，不安地望着衙役身后五大三粗的刽子手。这壮汉肩上斜背一柄阴森可怖的鬼头大刀。

多数人来县衙只为亲聆判决，凑凑热闹，可那些上了年纪之人则心情沉重。他们知道，朝廷对犯上作乱之事向来严惩不贷，那回百姓一时性起，杀了淫僧，亦可被视为暴民作乱。老人们害怕朝廷会对本地严加责罚。

忽地，堂上传来三声锣响。

公堂桌案后的幕帘被拉开，狄公大步走出，身后紧跟着四名随从。狄公身着猩红披肩，以示奉旨宣判。

狄公升座后，喝令将人犯押至公堂。没多久，黄三已被带到堂前。

黄三在死牢期间，伤口业已痊愈。他已用了最后一顿饭，心知必死无疑，倒也满不在乎。

他在狄公桌案前跪定，狄公遂展开公文，大声宣判道：

"人犯黄三，依律处斩，碎尸万段，抛尸荒野。其首级悬于浦阳城门之上三日，以示惩戒。"

顿时，黄三被五花大绑起来。衙役在黄三背上插了块白木板，上以大字书写犯人姓名、罪行及所受刑责。随后黄三被带下堂去。

书吏又递与狄公另一份公文。狄公展开后，向班头道：

"传明空方丈与两位年轻女子上堂！"

班头将老僧引至公堂。这老方丈身披紫色袈裟，将锡杖一放，缓缓跪下。

杏儿和蓝玉则由狄府管家领上堂来。两人穿着长袖绿裙，头上戴着未婚女子的头饰。

众人见两名女子如此美艳，不禁暗自钦羡。

狄公见三人俱已到齐，遂道：

"本县宣布朝廷对晋慈寺一案之判决：充没该寺所有财物；除大殿及僧寮外，自即日起，七日之内须将整座寺庙夷为平地。准允该寺原方丈明空继续供佛，但庙内和尚不得超过四人。

"本县及浦阳地方缙绅曾共同勘察晋慈寺，证实该寺六间女子留宿之香阁内有两间并无密道，因此若有妇人曾在此住宿而受孕，众百姓不必捕风捉影，胡乱猜疑，那些妇人所生之子当系观音菩萨所赐。

"自寺庙财物中拨出四大锭金元宝，赐予杨杏儿及其妹。朝廷已令其故乡县令，待二女回乡后妥加照应，予以褒奖，且记录在案。朝廷允准本县所请，因杨家二女之功，其家五十年内免除所有徭役赋税。"

言至此，狄公止住话头，轻捋长髯，注视着人群。随后，他一字一顿地强调道：

"朝廷对浦阳民众藐视官府，肆意击杀二十名僧人之所为甚是震怒。此种举动完全无视大唐律令，浦阳全县应对此暴乱担责。朝廷原本欲严厉惩处，但念及当时具体情形，且本县亦恳请朝廷从宽处置，遂决定宽恕浦阳百姓，但下不为例。且朝廷责成本县对浦阳百姓严加申饬。"

堂下众人大舒一口气，不禁低声颂起皇恩来。一些人笑逐颜开，大声欢呼。

"肃静！"狄公声若雷鸣，大声喝道。

狄公缓缓卷起公文，老方丈及二位姑娘连连叩头谢恩。三人随后被带下堂去。

狄公点头示意衙役班头。一会儿，林樊被两名衙役带至堂前。

林樊在死牢内已有多日，消瘦的脸上，那双小眼睛深深地凹陷下去。他抬头一见狄公身披红披肩，一旁又站着个凶神恶煞的刽子手，身子不禁猛地战栗起来，衙役们不得不扶他跪在公案之前。

狄公将手拢入衣袖，在扶手椅中直了直身子，缓声判道：

"人犯林樊，违抗官府，藐视朝廷，依律必须严惩，故判该犯车裂极刑。"

林樊大惊失色，颤声一喊，便瘫软在地。衙役班头以醋置于林樊鼻下，令其苏醒。狄公又继续道：

"林樊所有财产，概由官府没收，待盘点后，其中一半归梁老夫人所有，其家多次受林樊侵扰伤害，这些财产算是赔偿。"

狄公停了一会儿，双眼扫视大厅，可未见梁老夫人踪影。

狄公遂概括道：

"此为林樊一案之正式判决。基于人犯被处极刑，且其财产将赔偿梁家，故林、梁家仇案也告结案。"

狄公一拍惊堂木，宣布退堂。

狄公离开公堂回书斋之际，听审众人不禁高声喝起彩来。不多时，浦阳城内人头攒动，百姓纷纷拥至县衙，欲随囚车赶赴法场。

木笼囚车业已备好，停于县衙大门前，囚车四周围着折冲府卫士。八名衙役将林樊、黄三带出县衙，命两人并排站于囚车内。

"让道，让道！"衙役和卫士齐声向路人嚷道。

狄公的坐轿也已抬出，轿前有四排衙役开道，轿后也紧跟四排衙役，再后则是卫士守卫的死囚车。一行人直往南门而去。抵达南门外法场后，狄公下了座轿。校尉浑身披挂齐整，盔甲闪亮，八面威风。他引领狄公登上昨夜临时搭起的高台。狄公升座后，四名亲随在其身侧站定。

两名衙役将林樊和黄三从囚车上押下，卫士们则甩镫下鞍，围成一圈，禁止百姓靠近。卫士们的战戟在红曦霞光的映照下闪闪烁烁。

百姓们在卫士之外围成一圈，心怀恐惧地望着不远处的四头大水牛。四头水牛正静静地吃着农夫喂食的草料。

奉狄公之命，两名衙役令黄三跪下。他们从黄三肩上取走白木板，将其衣领松开。刽子手举着沉重的鬼头大刀，望着狄公。狄公点头示意后，鬼头刀一闪，直劈黄三脖颈。

一阵阴风，黄三顿时栽倒在地。许是其骨骼粗壮，许是那刽子手砍得欠精准，黄三首级并未与躯干完全分开。

人群中传出了嗡嗡的低语声，马荣向狄公耳语道：

"这厮罪有应得！临了这狗头还是这般背运，可见老天有眼！"

两名衙役猛地将黄三尸身拉起，刽子手舞动鬼头大刀，顿时凉风阵阵。霎时间，黄三身首分离，那颗血淋淋的首级飞出十步开外。

刽子手提起黄三首级来到狄公座前，狄公以朱笔在首级前额上一点，随后黄三首级便被扔入一竹篮，以便将此首级悬于城门之上。

接着，林樊被带至法场中央，衙役们割去捆绑其双手的麻绳。当他一见身旁那四头水牛时，顿时声嘶力竭，欲挣脱束缚。

刽子手一把抓住林樊脖颈，将其摔在地上，衙役们则在其手腕及脚踝上系上粗绳。

剑子手向几名农夫招了招手，农夫们牵着四头水牛来到刑场中央。此时狄公弯腰向校尉耳语了几句，校尉额首称是，随即高声发命，卫士们便在法场中央围起一道方形人墙。如此一来，百姓便无法见到那可怕情形。他们只能望见坐于高台上的狄公。

法场一片沉寂，远处田庄公鸡报晓之声依稀可辨。

狄公点头示意行刑。

蓦地，众人听得林樊疯狂的尖叫声，随后叫声又成了低沉的呻吟。

此时，农夫吹出柔和的哨声赶着水牛。这声音本可叫人想起农家平和场景，但眼下只令人觉得毛骨悚然。

林樊的尖叫声再次响起，其间夹杂着疯汉似的痴笑，如同劈树声般干枯凄然。

卫士们站回原位。百姓们见剑子手正从四分五裂的林樊尸身上割下首级。剑子手将首级呈与狄公，狄公也在首级的前额点了朱笔，它将与黄三的首级一同悬于城门上示众。

循惯例，剑子手交与农夫中一位长者一小块银子。虽说农夫们平时大多不会有银子过手的机会，可老农还是拒绝了这块不吉之银。

锣声响起，卫士们举起兵器行礼，狄公离了高台。他的亲随们注意到，狄公脸色灰白，神情黯然。虽说清晨寒气逼人，可狄公双眉之上仍淌着豆大的汗珠。

狄公上轿后，一行人直奔城隍庙。在城隍像前，狄公虔敬地焚香祝祷，随后方回县衙。

步入书斋后，他见洪亮等四人正候着他。狄公默默向洪亮打了个手势，洪亮很快地为他沏了壶热茶。狄公缓缓啜茶之际，门突然开了，衙役班头闯了进来。

"大人，不好了！"他慌张地叫道，"梁老夫人服毒自尽了！"

四名亲随不禁惊呼起来，可狄公却安之若素。他吩咐班头带上仵作赶到那儿，叫仵作拟出尸格，说明梁老夫人乃是在神志不清时自尽。随后狄公靠回椅背，嗓音低沉道：

"林、梁两家的多年恩怨至今方算到了尽头。林家最后一人才被正法，而梁家幸存之人也已自尽，两家仇恨延宕几近三十载，其间充斥种种恐怖之谋杀、强奸、纵火及卑劣欺诈等罪行。目下此案所涉之人都已死去，一切俱成过眼烟云。"

狄公怔怔地直视前方，他的四名亲随睁大眼望着他。一时屋内悄无声息。

猛然间，狄公清醒过来。他将手插入袖中，语调平淡道：

"当初我研究此案时，便觉十分蹊跷。我知那林樊乃一凶残恶徒，亦知梁老夫人为其死敌。此外，还知那林樊使出浑身解数欲置其于死地。可奇怪的是，梁老夫人一到浦阳，林樊便未再继续下手。我问自己，为何他不在此地了结她呢？直到最近，林樊那些爪牙尚随侍在侧，本可轻易杀了她，并掩饰成意外事故。他可以毫不犹豫地在本地谋害梁寇发，且一旦他认为可杀害你我几人时，也同样毫无顾忌，断然而行。可梁老夫人到了浦阳后，那林樊丝毫未曾动她，我曾对此甚为迷惘。可随着我等四人在铜钟之下发现那只金锁，此物所提供的线索，方令狄某豁然开朗。"

"因那金锁上刻着'林'字，你们遂假设此物为林樊所有。但这类挂件通常以红线串挂，系于脖子上，且在衣内贴身系挂。如若红线一断，金锁至多掉在前胸上腹，哪能遗失！此物在尸骨颈脖左近被发现，因此我推断，它属于被杀之人。林樊未曾见到它，乃因金锁在被害人衣内系挂着，后因袍服为虫蚁朽坏后方才露出，系金锁的线与男人的颈脖紧挨着。我遂怀疑这尸骨并非梁寇发，而是一个与凶手同姓之人。"

狄公停了一会儿，很快喝完杯中之茶，随后继续道：

"我重又阅读此案卷宗上我曾做过的附注，发现了第二条线索，证明那被谋杀之人确非梁寇发。因梁寇发到浦阳时已有三十岁，梁老夫人在里正的登记簿中确实也将此人登记为三十岁，但里正告诉陶干说，梁寇发看上去二十不到。

"我开始怀疑梁老夫人。我心下以为，她可能是另一妇人，相貌酷似梁老夫人，且了解两家仇恨渊源。如梁老夫人一般，她也对林樊深恶痛绝，但她却又是林樊不欲或不敢伤害之妇人。我再次细细研究她呈递给我的状纸，试着找出可能扮作梁老夫人及其孙子的妇人和年轻后生。那时我有个推想，起先我也以为这想法荒诞不经，可此后事实证明，这推想是对的。

"你们当记得此案卷宗上的记录，林樊奸污梁洪夫人后没多久，其妻林夫人便告失踪。一般人猜测林樊杀了她，可并无证据，且尸身踪影全无。我目下已知，林樊并未杀她，而是她离开了林樊。她曾深爱林樊，甚至可以忘却林樊是谋害其兄弟，并导致其父之死的罪孽。对女子而言，自然嫁鸡随鸡，跟随并服从丈夫。可当她得知丈夫爱上她嫂子，她的爱便成了恨，那是种受伤害女子的深仇大恨。

"她决意离林樊而去，以报复其薄情。可以想见，她暗中与老母接洽，提议一同报复林樊，这事再自然不过。林夫人离开林樊后，林樊大受打击，一蹶不振。也许诸位甚觉奇怪，可须知，那林樊深爱其妻。他对梁洪夫人的强烈欲望只是受本性驱使，一时兴起而已。他对妻子的爱始终未变。正因如此，林樊才不敢试过张狂作恶。

"可自从失去夫人之后，林樊恶心大起，他对梁家的迫害也变本加厉起来。最后，在一废弃要塞之旧砖堡中，终于将梁家出逃之人尽数杀死，包括梁老夫人和其孙子梁寇发。"

陶干正欲开口，但狄公举手制止了他。

狄公继续道：

"林夫人承续梁老夫人未竟之愿，继续报复林樊。林夫人深得梁老夫人信任，又熟知家事原委，故扮成梁老夫人并不难。况且，她母亲已料定林樊还会再下毒手，在去那座旧砖堡的田庄之前，便将讼状等文书托付给她，要她妥善保管。

"此后不久，林夫人定是向林樊透露了真实身份。这着实令林樊大受刺激，远比第一次打击更甚。想想看，妻子未死，离他而去，且发誓与其为敌。可他不能告发她假冒梁老夫人。作为男人总有自尊心，怎会容忍妻子冒他人之名攻击自己？此外，他尚爱着妻子，因此唯一能做之事，便是躲开她。就这样，林樊逃至浦阳，可她却毫不懈怠，继续滋扰控告他，因而他本欲再次迁到他处躲避。

"林夫人将自己的一切对林樊和盘托出，唯独未将那后生的实情告诉林樊，而只说这后生便是梁寇发。这幕人间惨剧，真是匪夷所思，至今仍叫我心有余悸，难以置信。林夫人的谎言忒过阴毒，比起林樊残酷行径有过之而无不及。须知，这后生是她亲生儿子，生父便是林樊。"

一听此言，四人都欲开口插话，但狄公再次举手令他们安静。

"当年林樊奸污梁洪夫人时，并不知其妻已怀有身孕。两人成亲多年，未得一子。诸位，狄某无从推测女子内心深处之隐秘，但我大可推断。正当林夫人自认这段姻缘幸福至极时，林樊却在追求其他女子，这叫她狂怒不已，变得不近人情。我说她'不近人情'乃因她为报复林樊，故意牺牲亲子性命。她欲待成功摧毁林樊后，再对林樊补上致命一击，亲口告诉他，他杀了自己的儿子。

"无疑，她告诉那后生，为避免林樊攻击，梁家只得隐姓埋名，将孩子互换以求安全，那年轻人信以为真，便自认是梁寇发。但林夫人却让后生戴着那金锁片，此物系林樊与其成婚时送与她的信物。

"我来告诉诸位这件骇人听闻之事的真相。先前这不过是个模糊的假设，但当我听林樊说出那几个字时，我终于明白了。首先，林樊一见我拿出金锁后，几欲说出那是他妻子之物。其次，亦即最重要的证据，乃是他们夫妇会面的那一刻，二人站在公堂之上，心如枯槁。按理说，林夫人时机已到，她希冀的目标业已完成，恶夫已毁，将在法场上被处死。如今给予其致命一击的时刻到了，她手指林樊控诉道：'你杀了你的……'可此时此刻她却再也无法说出'你杀了你的儿子'那句惊悚之语。她眼见曾爱过的丈夫血迹斑斑站于堂前，顿时，所有的憎恶之情俱已消融。当那情感恢复时，她双脚一软，林樊便冲向她，但这并非衙役班头及其他人所想的是要攻击她。我见着他的眼神，知晓此刻他只为扶她，怕她在石板地上跌伤。

"那便是全部情形，眼下你们该明白，我在堂审林樊前所处之困境了。我拘捕了他，不得不速速定其罪名，可又不能利用他谋杀亲子的罪证指控他。那须得花上数月时间去证实林夫人假冒梁老夫人的实情。因此我只得尝试诱使林樊招认袭击我等一事。

"但他的招认未能使我脱离窘境。依律，朝廷须将充没的林樊财产之大部分分与梁老夫人，可我无法容忍那冒充的梁老夫人获得本该属于官府的财产。我在等她前来详说经过。那次我问她从燃烧的旧砖堡出逃的详情时，她定然知晓我已明白真相。适才她并未来县衙，我正担心是否须强令她前来。眼下已不必为此担忧了，林夫人业已自尽。她只是在等那一刻，因她期待与丈夫同年同月同日死。眼下老天成全了她。"

书斋内一片寂静。

狄公打了个寒战，拢拢官袍，说道："冬日临近，天已愈来愈冷。洪亮，你去吩咐一下仆役，令他备个火盆。"

四名亲随离去时，狄公站起身，他走到衣帽镜架前，脱下官帽，镜中映出他憔悴苦闷的脸。

无意中，狄公将帽折起，放于帽镜架下的抽屉中。他换上居家便帽，背着手踱起方步。

他极力试着让自己心绪安宁，可脑中千头万绪，纷纷扰扰，哪能瞬间廓清。种种无可名状的恐怖情形此消彼长，不能自已。狄公脑中不禁浮出二十名被砸死踏死的和尚模样，耳边响起林樊肢体撕裂时疯狂的笑声。一时间，他万念俱灰，自问为何上苍竟能容忍如此残忍血腥之事。

狄公此时五内翻腾，郁闷不已。好一阵子，他默默站于帽镜之前，双手遮面。当他放下手时，目光落在了礼部的公文上。狄公怅然若失，长叹一声。此刻他猛然记起，不知圣上所赐御匾是否已悬挂妥帖。

书斋与公堂仅一屏之隔，狄公拉开帷幕，步入公堂，至堂中转身细观。

只见红布覆盖着公堂桌案，其后是空空的座椅，背后则放着张绣有獬豸的屏风。狄公仰头望去，只见堂前横梁之上高悬着镌有圣上亲书的御匾。

狄公一遍遍读着圣上的题词，肃然起敬，感动不已，禁不住在石板地上跪了下来。在阴冷空荡的大厅内，狄公独自待了很久，静思默祷，省乎己身。在他之上，清晨的阳光透过公堂的窗子，照耀在圣上所题的遒劲隽美的四个鎏金大字上："义重于生"。

狄公跪拜在钦赐的御匾之前（高罗佩　绘）